新潮文庫

姫君を喰う話

宇能鴻一郎傑作短編集

宇能鴻一郎著

目次

姫君を喰う話

姫君を喰《く》う話

1

食べるものに私は関心が深いけれども、かならずしも美食家ではない。打水をした粋《いき》な料亭で、凝った料理をほんの小量味わい、目を細め、芸者の酌に舌を鳴らすのは、むろん大好きである。けれどもそれと同じくらいに、たとえば煙のもうもうとたちこめる朝鮮料理屋で、香ばしく炙《あぶ》られてゼラチンが適当に溶け、ニタニタ、ギトギトする豚の足や、あたたかく柔らかい焼肉や、胡麻《ごま》で味をつけ生卵をまぶした生肉刺身で、ビールを喉《のど》にほうり込むのも、好物なのである。要するに私は、美食と悪食《あくじき》をひっくるめた、貪食家《どんしょくか》なのであろう。

貪食家にふさわしく、私は冬には好んでモツ焼き屋に行く。モツ焼き屋といっても新鮮な、まだピクピク動いていそうな材料を使う店では値段も結構張るけれども、それだけのことは、たしかにある。モツには屠獣《とじゅう》の栄養状態、健康状態、性別年齢性経験までが、脂《あぶら》の乗り工合や柔らかさや歯ごたえや味の濃淡にまで、複雑、微妙に影響するから、仕入れも徒《あだ》やおろそかにはできぬのである。

食肉処理場には私も見学に行ったことがあるが、品川の裏手の広大で清潔な施設で、近くに寄るとふしぎな臭《にお》いが漂う。獣医に診察され、吟味された牛がコンクリートの広い部屋に連れ出されると、ハンマーを持った男が、いきなり眉間《みけん》を一撃する。牛は四肢をちぢめて飛びあがり、地響き立てて倒れ、ピクピクと痙攣《けいれん》している。頸動脈《けいどうみゃく》をすばやく切断し、あふれ出る血をバケツに受ける。それを両手でかき出すと、腹を一文字に裂くと、まだ生きている色とりどりの内臓が、湯気を立ててあふれ出る。それを両手でかき出して、床の穴に落しこみ、牛の腹腔《ふっこう》はたちまち空っぽになるのである。

内臓は一かたまりになったまま、コンクリートの滑り台をすべり落ちる。下にはゴム前掛にゴム手袋の小母《おば》さんたちが控えていて、すばやく腑《ふ》わけをし、あるいは湯で洗って、背負い籠《しょこ》に入れる。その前ではすでに何十台もの、仕入れのオートバイや小型トラックがエンジンを鳴らして待っているのである。牛が引き込まれてから、ものの五、六分とは経《た》たない素早さである。

いい店では、おそらく携帯冷蔵庫に入れて持ち帰るのであろう。そのまま店の大型冷蔵庫に入れておき、二、三時間後に客の顔を見てから、小切りして、串《くし》を打つ。だから宵の口の客は、まだ仮死状態の――細胞はピンピンして生きている――モツを食べることになる。美味《うま》いのは当然である。ステーキ用の牛肉は数日おいて適当に分解し、表面が黒ずんだころが食べごろなのだけれども、宵越しの内臓《もつ》だけは食べられない。あちこち飲みまわって、空腹を覚えて、午前二時、三時ごろに立ち寄ると、早くも味の落ちているものもある。ことに、刺身で食べる生の内臓《もつ》ほど、そうである。

その夜は、肝臓刺身《レバさし》や小袋刺身《こぶくろさし》が美味《おい》しく食べられたのだから、それほど遅い時間ではなかった、と思う。もっとも酔っ払っていて、味覚があいまいになっていた恐れはある。私は焼き鳥やモツ焼きには焼酎《しょうちゅう》が一番あう、と思っているのだけれども、さいきんは新宿駅裏の安いモツ焼き屋でさえ、こんなものは置いていない。日本酒とかビールとかウイスキイ、あるいはジュース、コーラはあるけれども、……そもそもジュースやコーラでモツ焼きを喰《くら》う男がいたら、そいつの顔を見てみたいものだ、と思う。およそモツ焼きはアルコールが脂を溶かし、舌を洗うからおいしいので、もし酒が飲めなければ熱い番茶を、それも厭《いや》だという男には、石鹸水《せっけんすい》でも飲ませてやればいいのである。ジュース、コーラなどの女子供の飲みものでモツを喰うのは、モツに対する重大なる侮辱であり、その朝、貴い生命《いのち》とともに内臓を提供してくれた牛や豚にも、申し訳が立たぬのではあるまいか。

脱線してしまったけれども、要するにさいきんのモツ焼き屋には、焼酎はない。しかし私のよく行く店には甲州葡萄酒《ぶどうしゅ》というのを置いていて、これが甘くなく、さっぱりして、なかなか味が良い。しかし、飲みすぎると、どういうものか悪酔いする。その夜もかなり酒がまわっていて、右や左のおしゃべりや口論、ジュウジュウと脂の焦《こ》げる音や炭のパチパチ弾《は》ぜる音、団扇《うちわ》のひびき、換気扇の低いうなり、

「ヘイッ、タン塩三丁」

「ヘイッ、お愛想」

と叫ぶ店員の声も、波の響きのように大きくなったり小さくなったりして聞えるのだった。煙が濛々《もうもう》と立ちこめるなかに、店員の白い上っ張りがチラチラとし、炭火の赤い色がほのめき、体はカッカと火照《ほて》り、オーヴァーの前をひろげネクタイをゆるめているのだが、それでもまだ暑く、汗がひっきりなしに流れ……それがときどき、

「おう寒ッ」

と叫んで、オーヴァーの襟を立てた客が飛びこんでくるたびに、師走《しわす》の風が吹き入って、さっと涼しくなる。煙も薄れ、前で焼きあがった肉を切っている店員が、はっきり見えてくる。この店は肉の大きいかたまりに串を打って焼いて、客の皿にのせてから切りわけるのである。こうすると中の肉汁が抜けたり乾いたりせず、口に入れると熱い豊饒《ほうじょう》な滋味が舌にも口腔《こうこう》にもひろがり、おもむろに奥歯で嚙《か》みしめると、液体

がじゅっと音立ててほとばしり出るようで……私の皿にももう十数本、そうした内臓の串が並んでいるのである。

しかし私がいま、ガラスコップに入れた冷たい甲州葡萄酒をチビチビやりながらついているのは、肝臓と、子袋の刺身である。フワフワした、濃厚な味の豆腐のような大脳もすてがたいし、心臓の刺身もさっぱりして美味しい。睾丸《こうがん》と大陰唇《だいいんしん》――土手と俗称するのであるが――の刺身は、赤黒くてくにゃくにゃして歯切れよく、ふしぎに似通った味がある。おそらく睾丸と大陰唇は発生学的には同じなのであろう、ということを味覚で実証する面白さはあるけれども、滋味の点ではそれほど推奨に価《あたい》するものではない。

何といってもまず新鮮な、切り口がピンと角張って立っている肝臓である。それが葱《ねぎ》と生姜《しょうが》とレモンの輪切りを浮かべたタレに浸って、小鉢のなかで電燈《でんとう》に赤く輝いているのを見ると、それだけで生唾《なまつば》が湧《わ》く。口に入れて舌で押しつぶすと、生きて活動しているその細胞がひとつひとつ、新鮮な汁液を放ちつつ潰《つぶ》れてゆくのがわかり、薬味でアクセントをつけられた味わいがねっとりと舌の表面をおおいつくし、いくら唾《だ》液《えき》で洗っても、甲州葡萄酒を一口、ごくり、とやるまでは消えさらない。そのあとの空白のなかで、味わいの記憶にふけっているのがまた楽しいのである。

「らっしゃいっ」

と声がかかる。

「相済みません、おつめ願います。相済みません」

と命令されて、カウンターの奥につまった客から、不承々々腰を動かしてゆく。順送りにつめてゆくとふしぎなことに、だんだん隙間《すきま》ができてきて……丁度私がつめたところで、一人分の腰掛けができてしまった。

ごつい体が、隣りに割りこんでくる。

「何にします」

「酒」

と、底力のある、錆《さ》びた声で言っている。私の肘《ひじ》が触れている、相手の脇腹《わきばら》が、声を出すたびに重々しく震えるのが判《わか》る。首をまげて、どんな男かを見るのも面倒である。それより男と私のあいだには、まだ半分以上残っている子袋の刺身が、置かれている。男が突き出しと間違えて喰《く》ったり、店員に下げられたりしたら困るので、なるべくさりげなく、私は自分の前にひっぱりこむ。

「焼き物は何にします」

「タン塩、シロも塩」

お隣りさんは何でも好きなものを喰うがいい。私はこのピンク色の、薄く輪切りにされた子宮を、また味わうことにしよう。輪切りの中心に小さな穴が開いていて歯ざわりも柔かいのは、処女の豚なのであろうか。日によってはやや硬く、中心の穴も大きく押しひらかれたものを、また押しちぢめたように襞《ひだ》が入っているのは、経産婦の豚に相違ない。だが、今日のは柔らかく、快よい歯ごたえで嚙み切れて、肝臓とはまったく違った、さっぱりした味わいを口中にひろげてゆく。細かく切った葱を五つ六つつまんで口に入れるが、これは生臭みを消すためではなく、タレに浸った生葱じたいがまた美味くて、これだけでも十分に甲州葡萄酒の肴《さかな》になるからである——。

隣りの男の前に、小さな琺瑯《ほうろう》の薬罐《やかん》に入った酒が置かれる。陽焼けした無骨な手がつるを取って、ガラスのコップにとく、とく、と、注ぐ。大腸と舌の塩焼きが運ばれる。男の手はそれを握り、横ぐわえにして、ぐい、と引き抜く。そのはずみに脇腹をこづかれて、私はとうとう、子宮を味わうのを止《や》めて、隣りに首をねじ曲げたのである。あたかも目前の炭火に脂がしたたり、煙が吹きよせてきて涙がにじみ、それとも酔っ払っているせいか、隣りの男ははじめは朦朧《もうろう》とした、白い塊りとして目に映ったのであった。

目鏡をあげ、ハンカチで曇りをおとして、またかけ直して、私はおどろいた。隣りに坐《すわ》っているのは、師走だというのに素足に高下駄《たかげた》、黒い着物に袈裟《けさ》をかけ、偈箱《げばこ》を膝《ひざ》に、天蓋《てんがい》をのけぞらせて顔の下半分を見せている、逞《たくま》しげな大男である。髭《ひげ》は剃《そ》ってはいるが、もともと濃すぎる体質らしく、頑丈な顎《あご》から頬にかけて翳《かげ》りができ、密生した切り株がはっきりと見えるのである。

しばらく私は、唖然《あぜん》として眺めていた。なにも私は、野暮は言わない。虚無僧《こむそう》が普化《ふけ》宗の僧だったのは昔のこと、いまは物乞《ものご》いか尺八修業の手段で、生活が俗人とかわらなくなってきたことは知っている。しかし、せめてこの店にぐらいは、洋服を着てきたらどうなのだろう。

いくら寒いからって、ちょっと着かえてくるぐらいの、気のくばりはあってもよかろうではないか。

それにこの、傍若無人の食べかたはどうだろう。ピチャピチャと音を立て、大腸の切れはしを噛みしめ、ぐい、とコップ酒をあおり、ふう、と、すさまじい息をつく。何とも恐れ入った、なまぐさ虚無僧である。

おまけに肱《ひじ》で私をぐいぐい突き、生ぐさい息を吐きかける。すっかり私は反感をもったので、相手が、

「ここの内臓《もつ》はうまいですな。いつも新らしくて」

と、話しかけてきたときも、

「そうですか」

と、冷たく答えるにとどめておいた。

そして、横目で観察するのだが、相手はいっこうに参った様子もない。これくらいの応対で、自尊心をくじかれるような、繊細な神経は持ちあわせていない、と見える。ますます勢い猛《もう》に、塩焼きを乱杭歯《らんぐいば》でしごき、くちゃくちゃと音立てて顎を動かし、新鮮な汁液を吸いとっているのである。

どうもこの男は、気に喰わない。私は攻勢に出ることにした。はじめは皮肉と気づかれぬよう、じんわりと、遠まわしに言ってやろう。

「たしかに新しいですよここの店のは。いま召しあがっているタンにしても、そいつはまさに、舌ですな。ベロですな」

私はあかんべえをするように、長々と舌を出してみせたが、これは私もかなり酔っ払っていたからだろう。虚無僧はじろりと私の舌を見たが、別に感心した風もなく、またコップ酒をあおるのであった。

私は話をつづけることにした。

「どうですか、そのタンは、なめてみても嚙んでみても、女の舌と、まったく同じ舌ざわりじゃありませんか。タン刺《さし》身をベロベロなめていると、これはキッスの代りになる。いや、まさにキッスの味ですな。とすると、こんなものを喰うのは、殺生戒《せっしょうかい》を犯しているばかりではなく、女色のいましめをも犯していることになりますな」

荒虚無僧は、さらに動じなかった。——と記憶している。何しろ、すっかり私も酩《めい》酊《てい》していて、煙はたえず濃くなったり薄くなったりし、ジュウジュウ脂の焦げる音や小さな火のほのめきも、にぎやかな伴奏としてしか感じられなかった。まわりの客の話し声も津波のようにぼんやりと聞きとれるだけで、そのなかで虚無僧のこまかい反応など、たとえ注意していたとしても、覚えられるはずはないからである。

いや、虚無僧は何か言ったような気がする。そうだ。怒りもせずにまじめに、

「それじゃ、シロはどうなんです」

と聞きかえしたのだった。

(シロは……)と私はひごろ考えていることをしゃべったのか。それとも、ただ頭に浮かんだだけなのか、これも覚えがない。とにかく、こう考えたことはたしかである。

(そうだ、タンをなめて女の、舌の味がするのなら、大腸であるシロは女の……もっと生理的な、口にするのもはばかられる部分の、味がするのにちがいない。ドテと称

する赤黒い部分は……とりもなおさず、女陰とおなじ歯ざわり、舌ざわりであるはずではあるまいか……)

ふいに私は、喋《しゃべ》りたくなった。ひごろうすうす感じていて、モツ焼き屋でレバや、タンや、ドテや、シロの刺身を喰うたびに、いっそうはっきりと感じかけていたことを、この男に告白したくてたまらなくなったのである。

感じてはいたものの、頭の中でさえも言葉にはならなかったことが、いまふいに、口から流れ出した、といってもいい。要するに、この恥しらずな男の前では、何を喋ってもいいような気やすさがあったのはたしかである。

とはいえ、あとで考えてみると、私の告白もかなりに破廉恥《はれんち》なものだった。——つまりは、やはり私も、かなり悪酔いしていた、ということか。

2

シロの話はあとにしましょう、虚無僧さん。シロについてもドテについても、しゃべりたいことはいっぱいあるけれども、まずタンの話をさせて下さいよ。タンの、つまりベロの、つまり舌についての話を。

はじめ女と〝キッス〟という行為をしたとき、あなたはこんなことを考えませんでしたか。つまり、自分がいま熱心にチュウ、チュウ吸っているものは、実は女の唇や舌でなくて、唾液そのもの、つまり女の細胞の一部分である、ということを。

それに気がついて、次に私は、

（もし、この女が丼《どんぶり》のなかに吐きためた唾なら、自分はいまみたいに熱中して、飲みこむだろうか？）

そんなことを考えたものです。私がまだ大学に通っているときで、相手は三つ年下の洋裁学校生でしたが、スタイルとセンスのいい、気性のさっぱりした、そのくせよく恥しがるこの女を、私はほとんど熱愛していた。

にもかかわらず、その答えは、否《いな》、だった。

丼になみなみとたたえられた、透明な唾液、彼女の吐き出した、口の匂《にお》いがし、泡が浮かび、糸をひいていて、こまかい食物のかけらも混じっている、冷えたそれを、ぐい、と呑《の》みこむ想像は、意外に快適でなかった。にもかかわらず、キッス、という、実質上はそれとおなじ行為を、私はしばしば、うっとりして実行しているのだった。三十分も一時間もつづくキッスなら、呑みこむ唾液の量は、丼いっぱいぐらいあるかもしれないのに。

初めてのセックスのときも、同じような思いがあった。その洋裁学校生をうまくどいて、私はホテルに連れこんだのです。夜の、公園のそばの寂しいホテルで、入り組んだ塀の中の照明には、おびただしい羽虫が集って死んでいた。青白い光のなかでその死骸《しがい》が雪みたいに見えたから、夏か、秋のはじめのことでしょう。ちょっと怖そうに、しかし覚悟をきめたように、恋人は細いハイヒールのかかとを鳴らしながら、私の肱をつかんでいた。

——ベッドで、裸になった洋裁学校生の体はしなやかで、浅黒い艶《つや》にみちていて、そのくせ意外なだだっ広さに感じられたものです。乳房に注意をあつめると他のところが目に入らず、縮れた縁飾りに関心をもつと、上半身がお留守になりそうな気がした。初心《うぶ》な男らしく、私は、男は女の全身をつねに満べんなく愛撫《あいぶ》しなければならない、という先入観にとらえられていたのです。

うわごとのように「好きだ……」とか「いい匂いだ」とかつぶやきながら、私は女の顎の裏の柔かい肉から、首筋から、快よい弾力の乳房から、処女にしてはやや大きくてブツブツした感じの乳首から……臍《へそ》のあたりまで、唇でなぞっていった。

肌はこちらの体に吸いつくようになめらかで、臍のくぼみだけわずかにざらついていたけれども、すぐにまた、絹に似た舌ざわりがだだっ広くひろがり……やがて私の顎は、柔かい、あるかなきかのくさむらに、優しくくすぐられるのだった。

　昼間の暑さのせいで、女の肌がまだ火照り、わずかに塩からくて、湿っているのが感じられた。窓からは月がさし入り、うっとりと目をとじた女の顔は、水の中にあるように見えた。池を渡ってくる快よい風が、木の葉の匂いをふくんで私たちの背中をなで……こうした、およそロマンティックな瞬間に、私はふと、奇妙なことを考えてしまったのです。

(こうして自分は、夢中になって彼女の全身にキッスしているが、そして、かすかな汗の匂いや塩からさもかえって刺激的なのだが、……汗は、実はオシッコと、同じ成分なのだ、と何かで読んだことがある。

　とするとこれは、いま、彼女のオシッコをなめているのと同じことではあるまいか。だが、おそらく彼女の使った便器はなめられないのに、なぜ自分は彼女の汗をなめて、恍惚《こうこつ》としているのだろう。おかしなことではあるまいか)

　むろん、そんな疑問とは別に、若さの欲望は烈《はげ》しかった。何度かの性急なこころみのあとで、なめらかに包みこまれる感覚が来たけれども、これも快楽よりも昂奮《こうふん》と安心感の方が強かったのは、誰でも初体験のときは同じだ、と思います。

　はっきりとした、処女のしるしがあった。痛みをまったく、彼女は訴えなかったけれども、やがて浴衣《ゆかた》の腰にじんわりと開いた真紅の花が、そのことを私に告げたのだった。

あとは、急な坂をころがり落ちるようなものだった。そののちホテルで、下宿で会うたびに、私たちはこの新らしい発見に夢中になり、考えうるかぎりのことを、ためさずにはいられなかった。清潔な外見に似ず――いや、別に矛盾したことではないけれども――彼女も、性的好奇心はさかんな方だった。

＊

愛撫のかたちは、急速に烈しさを増した。恥じらいがちに、ともすれば閉じられようとする、なめらかな腿《もも》を押しひらいて、もっと隠微な、清潔な、しかしわずかに魅力的な匂いを放ってもいる部分に、鼻を埋《うず》め、口づけするまでは、ほとんど抵抗感はなかった。

というよりはこれも夢中で、気がついたときは狂人のようにむさぼっていて……やがて女も、ためらいがちに、同じ愛撫を、そっと私に返したのだった。

汗を吸ったときと同じことを、むろん私は考えた。しかしふしぎなことに、

（ああ、ここは不潔な部分だ。……ここから彼女は日に何度も、なまあたたかい液体

をほとばしらせるのだ。そこに自分はいま、接吻《せっぷん》しているのだ）と考えると、私の昂奮と欲情はいっそう強まるのです。もっともこのときは、私は少し誤解していた。いちばん敏感な小突起が、排出の開口部だと思っていたのだった。本当の場所はわずか下の、襞のあいだにつつましく口を閉じていたのだけれども、それを知ったのは恥しながら、ごく最近のことなんです。……ともかく、可憐《かれん》な小突起への愛撫が彼女にいちばん強烈な感覚を呼び起すらしいことを知ったあとでは、ためらわずにそこに、熱烈な舌先の愛撫を加えさえしたものだった。

ともあれ、そうした情熱的な振舞いの最中に、私は思いがけず近々と、あるものを見てしまったのです。フランスの或《あ》る詩人の言葉を借りれば、

二つの真珠の山の間に口をあく
より神秘な第九の戸口　おん身よ
他のどの戸口以上に神秘なおん身よ
語るさえはばかられる妖術《ようじゅつ》の戸口よ
至上の戸口よ
おん身もまた

僕のもの
九つの戸口の鍵《かぎ》をもつ
この僕のもの

と歌われたもう一つの、その穴のことなんですが。それも鼻が触れるほどの位置に、この上もなくはっきりと。

女性の、もっとも女性らしい部分が意外に美しくなく、むしろグロテスクな感情をひきおこしたのとまったく逆に、こちらの印象は——先入観に反して——いっそ美的なのだった。ぷりぷりした二つの尻《しり》の山が、みごとに喰いこんできた、その合流点の谷底にそれはあって、彼女の全身をこの一点で、まさに引絞っていた。女陰などよりはるかに、ここは彼女の存在の中心だった。はるかに根元的で、より神秘だった。

その、やや色の褪《あ》せたピンクは周囲の、濃くなった肌色と対照して美しく、快楽の緊張のせいできつく絞られた皺《しわ》は小娘のおちょぼ口のように愛嬌《あいきょう》があり、もし私は、忌《いま》わしい先入観に妨げられてさえいなければ、前方の小突起に対するよりはるかに熱心に、敬虔《けいけん》な感情をこめて、あまたたび舌をさし入れたにちがいなかった。敬虔な感情——そう、この肉の小さな釦《ボタン》にはたしかに、女性のもう一つの部分などよりはるかに、その感情を起させる要素があったのです。先にひいた詩はアポリネールのもので、実はうろ覚えの堀口大學さんの訳ですけれども、まさにここは〝語るさえはばかられる妖術の戸口〟であり〝至上の戸口〟なのでした。

だが、どんな妖術がそこで行われるというのか。至上の戸口、というからには何か入ることもあるのだろうか。それにしても何の入口だろう。出口ではなかったのか？

京都を地盤にしている保守政治家が親類にいて、私をよく可愛《かわい》がってくれましたが、彼はその道でも、いわば豪の者でした。祇園《ぎおん》で舞妓《まいこ》を相手にこんな話をするのを、私は耳をそばだて、目をかがやかせて、聞き入っていた。

「この指、この二本指を使うんや。親指は前、人差指はうしろ。女性の、それぞれの穴に入れさせてもろて、指を閉じてみる。するとどや。女子《おなご》の前と後ろの通路は、ほんの五ミリか、七ミリぐらいの厚みしかないことが、よう判るもんや。わずか七ミリで、不浄と極楽が背中あわせになっとるんや。そこでや、その七ミリの厚味をつまんだ指を、ブルブルブルブルッと震動させる。こんなふうに、電気アンマみたいに、細こう、早《はよ》う動かすんや。けったいな感じやで。女子のいわば全存在を、わが指のあいだにはさんでいる、という感じは。まず、大ていの女なら、失神悶絶《もんぜつ》うけあいやな。男は穴が一つしかないよって、この感覚をたしかめるわけにはゆかん」

また、こんなことも言った。

「女子のお尻の穴《いど》に、口をあててやな。チュウチュウ、チュウチュウ、三十分も吸うて御覧《ごろう》じろ。必ず黄いろい、苦い汁の出てくるわ。これがふしぎと、胃腸に利《き》くんやな。わしも腹具合の悪いときは、必ず飲ましてもろうとる。なに、嘘《うそ》やて？　熊の胆《くまい》かて何かて、胃腸に利く薬は、みんな苦いやないか」

女の肉の釦《ボタン》に接吻するのが、珍しくないことを、私はこのとき知った。政治家が酒席を賑《にぎ》わすために、口から出まかせを言ったかもしれない可能性には、まだ純情だった私は思い及ばなかった。

その次の逢《お》う瀬《せ》に、政治家から教えられた知識を実行するのに、もはやためらいはなかった。恥しさのためか、他の感覚のせいか、恋人は身をよじって、

「いや、いやよ、そんなところ」

と叫んだが、私はしっかり両腿を握り、顎や額でおさえつけ、元気のいい、好奇心さかんな熊《くま》ん蜂《ばち》のように、ひたすら頭からもぐりこんだものです。

ある味わいはあった。匂いもあった。粉っぽい舌ざわりもあった。けれどもそれは、体から離れたそのもので想像するような、忌わしい感覚では決してなかった。珍奇な麝香《じゃこう》が塊りのままだと鼻が腐りそうな悪臭を発するのに、ごく微量がアルコールに溶

かされると、一変して馥郁《ふくいく》たる、高貴な香りになるのと、おなじ魔法がここでも働いているのかもしれなかった。味わいについても、舌ざわりについても、それは同じ事情なのにちがいなかった。彼女の香水や体臭や肌の味わいや舌ざわりと、彼女の分泌《ぶんぴつ》した、彼女のその部分になお残っているに違いない、ごくごく微量のものの感覚は、言いがたい微妙な調和を見せ、魅力を増す役目をしているのにちがいなかった。獣の雄が性のときに、好んで雌の尻を嗅《か》ぐ原因を、私はこのとき知ったように思ったものです。

舌をさしこむには、苦心が要った。締めつける力は女性の本来の部分とは比較にならず、ともすると押し出された。(苦い、黄色い汁)が出てくることを恐れる気持もあり、わずかな好奇心もあって、しばらく悲愴《ひそう》な決心でそのことをつづけていたが、強いていえば酸味があるくらいで、そんな現象は起らなかった。政治家は嘘をついたのかもしれません。

事情があって、その恋人と別れたあと、手あたり次第の女の肉に溺《おぼ》れた一時期があった。先の女と別れたのが生木を裂かれたような傷をのこしていて、感覚の強烈な刺《し》戟《げき》にそれを忘れようとつとめていた傾向もあった。相手に濃厚な愛撫をして、自分にもそれを要求することになった。

そうした姿勢をとると、女の肉の釦《ボタン》はいやでも目に入る。自分のはどうか知らないが、男は腿を閉じていても可能なので、それほどあからさまではないに違いない。ブルーフィルムだって、女は花びらをよく見えるように露出すると、固い釦の部分まで必要以上にはっきりと見えてしまうけれども、男のは毛深さのせいか、ほとんど映ってはいない。

そうして見くらべてみると女の縮み上った釦は、まことに千差万別です。ただ一つ共通しているのは、男とちがって周囲には毛が生えていない、ということぐらいでしょう。けれども、私が幸福だったのか、その部分を見せる女は自信があるのか、醜悪な蕾《つぼみ》は一つも見なかった。花びらの方にはずいぶん枯れかけたのや、爛熟《らんじゅく》の極に達して崩壊寸前のものもあったが、この部分だけはいずれも初々《ういうい》しく、貞操堅固な感じで、固く収縮しているのです。細螺《きしゃご》そっくりに、飛び出しているのもある。その先端が、鋭角にひねりあげられているのもある。平たいのもある。体内にしぼりこまれたように、くぼんでいるものもある。しかしこれも力を入れると、わずかではあるが可愛らしく飛び出すのです。

そうして、私がまじまじと観察したり、指でついたりすると、女は例外なく、身を揉《も》んで恥じらう。花びらの方なら大胆に露出し、進んで男の探るに任せる勇敢な女性ですら、このときは処女に返ったような可憐さです。恥じらうと括約筋《かつやくきん》に力が入るのか、ただ飛び出すばかりでなく、ピンクが薄くなり、皺が深くなる。その匂いにも微妙な個体差があって、おそらく犬やライオンならば、

(ああ、これはお隣りのメリーちゃんだ)

(おや珍らしい。隣り町のシロおばさま)

(おや、こいつは雄だ。嚙みついてやれ)

などと、識別することができるのだろうが、何しろ私は一心不乱に嗅ぐわけではない。お互いに逆しまになっての濃厚な愛撫に、しぜん鼻先につきつけられるものを、呼吸せぬわけにもゆかぬので、止むを得ず鑑賞するのですから、多少は不正確でも仕方なかった。しかし、いずれにしろ、不快な匂いのことは一度もありませんでした。味わいに関しては——恋人と別れてから、そこに口づけしたことは一度もなかったので、これは較《くら》べるわけにはゆかなかった。女性週刊誌に、恋人を愛しているかどうかの判別法として、

「あなたは、彼の歯ブラシが使えますか」

というのがあったが、私は逆に、男の女に対する愛の診断法として、

「彼は、あなたのお尻に接吻しますか」

というテストを実施したらどうか、と思うのです。たしかに、プロポーズをうけた

とき、女が男の鼻先に、可愛いお尻を突き出して誠意のほどをテストする、というのはいいかもしれない。お座なりか、それとも熱烈かで、愛情のていども判るわけです。

自分の匂いと、くらべてみることもある。いや、私は案外清潔ずきで、トイレに入ったあとはしばしばシャワーをあびて、完全にきれいにしているのだが、それでも何時間かたつと、周囲に一種の、透明な粘りみたいなものが出る。それを指につけると、たちまち乾くが、直後にはやはり一種の匂いを発しているのです。いい匂いではないが、かといって決して悪臭、不快な、健康に害のある、排気ガスのような匂いではない、ほのぼのとして、おおらかで、なつかしい……いわばごくごく、人間的な匂いなのです。

いわゆる排泄物《はいせつぶつ》の匂いとも多少ちがうように思う。大量にまとまって体外に出ると、あの悪臭になるのかもしれないが、こうして清潔にした肉体がなお分泌している匂いにかぎり、これははっきりした、自分だけの匂いなのです。自分が生き、さかんに活動していることを証拠だてる、たのもしい匂いでもある。

気持が落ちつかないときとか、不安なとき、めったにないけれども心寂しいときに、指をブリーフの中に突っこんで、この自分の匂いをつけて、鼻先にもってきて、深く息をすいこむと、ふしぎに心が安らぎます。自信が湧き、落ちつきが出てくる。もっとも人前ではできませんけれども。

好きな女の、体の匂いをかぎ、なめまわして味わうときも、やはりなつかしさと、安らぎと、落ちつきが感じられます、自分に対するより、もっと優しい、しみじみした感情が湧く。といって、彼女が完全に体外に排出した、唾液、その他の老廃物ではいやなのです。あくまでも彼女の肌を、肉じたいを、直接に、なめ、かじり、しゃぶり、嗅ぎ、あじわいたい。

あるいはこれは、相手を食べてしまいたい、という原始的な欲求につながっているのでしょうか。それが実際にはできないから、外側だけを味わって、我慢しているのではないだろうか。とすると、自分で自分を嗅ぎ、味わうのは、自分を食べてしまいたい、という強烈な欲望の表現になるけれども。

政治家の、もう一つの教えを、実験するのにためらいは感じなかった。例の濃厚な愛撫のときに例の肉の釦《ボタン》は、自分だけとりのこされているのを怨《うら》み顔に、収縮したりゆるんだり、うごめいたり静まったりしていて、どうしてもそのままほうっておくのは、人類愛的に申しわけない感じなのです。そこで、十分に濡《ぬ》らした指で政治家の教えに従うと、窮屈なのはほんの外部だけであることも判りました。

「痛いわあ」

と大ていの女は言ったが、それも鼻声なので、ほんとうに痛いのか、全く迷惑なのか、それとも少々は歓迎するのか、判断に苦しむのです。

政治家の言った通り、この二つの管は、部厚い、脂肪に富んだ肉二枚で、わずかにへだてられているだけらしい。肉二枚、とは、指先をこすり合わせてみる感覚で判る。それにしても、これはまぎれもない女の内臓を、指でつまんでいることになる。内臓の壁はぬらぬら、すべすべしていてあたたかい。しかし膣壁《ちつへき》にくらべて腸壁の方が、より乾いていて、熱く密封された感じではあります。

政治家の言うように震動させてから、

と聞くと、

「どうだった」

「変よ何だか。……あまりいい感じじゃない。あたし、やっぱりふつうの方がいい」

というのが、大方の反応だった。

肉の釦が、清潔で、指が汚れないことも意外な発見でした。おそらく、指の届く深さまでは、つねに空の状態が保たれているものらしかった。もちろん、腸の工合が悪いときは別ですが、正常で健康なときは、誰でもそうらしい。

さて、こんなに長々とおしゃべりして、私は何が言いたかったのか。ああ、そうそう、要するに、この新しいモツ焼きの味、このシロのなめらかな歯ざわり、かすかな匂いは、女性の肉の釦に、まさにそっくりだ、ということを申しあげたかったのですよ。あなたは喜んで、舌を鳴らし、噛みしめ、熱い汁液をすすっていらっしゃるけれども、要するに虚無僧さんなどには、ふさわしくない、ワイセツな食べものなんですよ。

ヒ、ヒヒヒ、ヒヒ。

3

せいぜい薄気味の悪い笑い声を立てながら、私は天蓋にかくれた虚無僧の顔をのぞきこむようにして、こう言ってやったのである。しかし、首尾よくイヤがらせの効果があがって、肉を口から吐き出すかと思いのほか、虚無僧はますます盛大に、シロやタンや、ガツや、カシラの串や、あまつさえドテ、タマ、ブレンズなどの刺身を口中にほうりこみ、コップ酒をぐいぐいあおっていて、まったく反応がない。

あるいはこれは、私が酔っていて、相手の顔がチラチラしているせいかもしれない。ほんとは食欲減退し、イヤーな気持になっているのを、酒でごまかしているだけかもしれない。そういえばずらりと並んだモツ刺しの皿は、あるいは隣りのグループのものかもしれぬではないか。いや、目の前のコブクロ、レバ刺しだけは、少くとも私のものだ。

皿をかかえこむようにレバ刺しをまた一切れ、口に入れ、じんわりとくずれてゆく舌ざわりをたのしみ、それから虚無僧の顔に、人差指を立ててつきつけてやった。別に透明なネバネバしたものは附着していないが、イヤガラセを完璧《かんぺき》にする効果をねらったのであった。

ところが、それも効果がなかった。のみならず気をつけてみると、虚無僧はさっきから、こちらをむき、獣がしゃべるみたいに、グジュグジュ、グジュグジュと話しているのであったが、酔った私の耳には入らなかったのだった。何だかそれはいままで、私の知らなかった、遠い世界の言葉のようにも思えた。アクセントも発音もまったく違った言葉で、音楽のように耳を素通りしていたのだった。

ところがこのとき、とつぜんラジオのダイヤルが合ったように、虚無僧の言葉がはっきりと、聞えだしたのである。あるいはこれは、私が彼に注意をむけ、聞く気を起したので酔った鼓膜が急にぴんと張りつめた、というだけのことかもしれないけれども。

虚無僧が反論してくるのなら、さっそく論破してやろう、と私は身がまえた。さっきからさんざん、垢《あか》じみた黒衣の肩でつつかれ、こづかれ、圧《お》されてきただけでも、攻撃の理由にはことかかない。ところが、よく聞くと虚無僧は反論どころか、

「その通りです。いかにもその通りです。嘘ではない」

と、職業にふさわしい古めかしい言葉で何度も言い、頭をがくり、がくり、と前に落して、賛意を表しているのだった。私は拍子抜けして、ぐらり、とカウンターに肱をついた。

「たしかに、その通りですとも。愛《いと》しい女をしゃぶったり、舐《な》めたり、噛んだりするのは、愛《いと》しゅうて愛しゅうて食うてしまいたいからなのです。……よう判るとも」

そう言って、天蓋の隙間からじっと私をみつめていたが（私は顔をあげられぬほど酔っていたけれども、見られていることはよく判った）、いきなり、こう名乗ったのである。

「それでは、本当のことを申しましょうか。かく虚無僧姿に身をやつしてはおりますが、もとは私は、滝口の武者、平 致光《たいらのむねみつ》と申したものです」

ごく自然に、私はその、大時代な名乗りを聞いた。虚無僧がふざけているのだ、という安心感は、たえずあった。しかし、そう強いて考えるのも億劫《おっくう》だった。彼が、滝口の武者とやらの、平致光とやらであって、どこがいけないのだ。すなおにそうみと

めてやったって、私は別に、ソンはしないではないか。

（よし認めよう、あんたはタキグチノムシャ、タイラノムネミツさんだね。判ったよ）

と、私は口のなかでつぶやいた。

「私のお仕えしていたのは、さる高貴の女性……帝《みかど》の血をひく処女で、斎宮《いつきのみや》と申しあげたお方なのです」

と虚無僧は低い、しかし腹の底にひびくような声で、語りはじめたのである。

4

斎宮とは帝の血をひく処女で、一生処女のまま、伊勢の皇大神宮にお仕えすることになっていた。いわば、もっとも身分の高い巫女《みこ》であられる。

帝の即位のたびに、卜定《ぼくじょう》によって一人がえらばれ、まず宮中の、便宜の場所におもむく。次の年の、八月にあたらしく宮をつくり、潔斎《けっさい》ののちに、伊勢におもむく例《ならわし》であった。潔斎のところは嵯峨《さが》の有栖川《ありすがわ》、いまでもあとは残っていよう。さよう、竹林にかこまれたいとも寂びしい、つつましいたたずまいの宮であった。

その名を野の宮とは、ようも申しあげたものよ。長《なご》うても三年《みとせ》のすみかであるほどに、すべて雨露をしのぐほどの造りにすぎぬ。門の小さき鳥居も皮つきのままの樹《き》を用い、塀のかわりにはささやかに小柴垣《こしばがき》を結いめぐらせ……このゆえにまたの名を、白《しら》げぬ木の、黒木の宮とも、小柴垣の宮とも申しあげたものであった。

あれは、いつのとしのことであったろうか。三品兵部卿章明《さんぽんひょうぶきょうしょうめい》親王の御女《むすめ》の、斎宮に立たれて左兵衛府《さひょうえふ》に入られたのは。なにせふるい昔のことであった。いや、日はよう覚えている。九月の二日のことで、そして二十六日には、御所を出《い》で、野の宮にむかわれたのであった。私は滝口の武者の工役《くえき》として御毛車《おんけぐるま》に随身《ずいじん》したから、はっきりとしている。

実を申すと、その時に野の宮はまだ出来あがってはおらなんだが、月を過してはならぬゆえに、とまれかくまれ、出《い》だしたてまつったのであった。

ところが、牛車《ぎっしゃ》をつらねたこの行列がまた、不行き届きなことであった。あるいはこれも、ひきつづいて起った不吉の前兆であったのか、御毛車の轅《ながえ》につけた牛が、ひごろはおとなしい奴《やつ》であったのが、物に脅《おび》えて荒れ狂い、かわりの黄牛《あめうし》をみつけてきて動き出すまでに、かれこれ二刻《ふたとき》もかかったのであった。

ようやく行列が進んで、もう桂川《かつらがわ》も見えだすばかりになったときに、供の女房のひとりが、にわかに物狂いとなった。なんとかとりおさえて、宿へ下らせ、さて禊《みそぎ》のために桂川の河原に降りはじめたとき、こんどは牛車の輪が外れた。工匠《たくみ》を迎えに行って、とりあえず修理ができるまでに、また二刻もかかる。

かくも悪《あ》しき前兆がつづけば、当然御所へ引き返し、神祇官《じんぎかん》を召して祭文を奉《たてまつ》らせ、日をあらためて野の宮へ入るが例ではある。しかし日はもう二十六日、とうていその余裕はないによって、今日のところはとにもかくにも野の宮へ送り参らせ、不吉の祓《はら》いはまたのことにしようと、行列の宰領は考えたのであった。

さて、もう日は落ちて、薄暗い桂川の河原にて、姫宮にはおん禊を遊ばされることとなった。われら牛車を遠くとりまき、太刀《たち》をば鴫尻《かもめじり》にはき反らせ、胡籙《やなぐい》かたむけ、弓を横たえて警衛申し上げる。私は水際《みぎわ》ちかくについ居て、油断なく八方に眼をくばっていた。

河原には風が吹き通り、虫の音《ね》と水音のみがいと高く、雲脚も早う、何とはしらず物すごき夕ぐれである。牛飼童《わらわ》は黄牛をば離してひかえ、白丁《はくちょう》は御榻《おしじ》を車の前にさしあてて、背をむけてひざまずく。

やがて河面《かわも》の薄明かりのなかで、牛車の前簾《まえすだれ》が少しずつ高く、巻きあげられてゆく。白丁の振りかざす松明《たいまつ》が、パチパチと弾ぜて明るみ、煙は川風に、たちまち吹き散らされて消える。

前板から零《こぼ》れ落ちていた桔梗《ききょう》がさねや櫨紅葉《はじもみじ》のきらびやかな色目がだんだんと露《あら》わになり……いや、夕暮れのなかでただ濃い薄いの色としか見えぬのが、松明の燃えあがるたびに、急に色あざやかに、われらの目に映るのである。紫糸毛の房の下より、やがて重たげな黒髪と、ほの白い御顔が、しだいに浮きあがってきたのであった。そ供の女房は先導の牛車からおり、河原に敷いた緋毛氈《ひもうせん》の前にひざまずいている。それが急に立っていって、榻《しじ》の前で手をさしだすと、つぎに屋形の暗がりのなかから、白い……さよう、目に沁《し》みるように白い、小さなおん脚がのぞいて、漆塗りの榻の上に乗ったのであった。

緋の袴《はかま》も、桔梗がさねの衣も、おそらくそのとき、屋形の中に脱ぎ置かれたのであろう。ときどき燃えあがる松明のなかでそれと判るだけではあるが、ちょうど蟬《せみ》が殻をぬぎすてるように、華やかな衣は割れて、下に落ちかかってゆき、前板より砂に垂れて……やがて、白い下の御衣《おんぞ》だけの細やかなお姿が、榻の上に、次に女房に手をひかれて、砂に敷かれた緋毛氈の上に、お立ちになったのであった。

私は目を伏せているべきだったかもしれぬ。いや、油断なく河原を見まわし、弦《つる》を鳴らし、草むらに忍んでいるかもしれぬ怪しのものや、物の怪《け》を、おどしつけておく

べきであった。たしかに、他の随身たちは、絶えまなく、弦を鳴らし、
「おうっ」
「しいーっ」
と警蹕《けいひつ》の声をかけて、周囲をいましめていたのである。
しかし、私は、もう姫宮より、目が離せなかった。暗い河原で、お見つめ申してい
ることも判りはすまい、という気もあった。白き下の御衣だけの御姿は、若い柳のよ
うに初々しく、おん髪は砂を這《は》うほどに長くきよらかで……その御姿は、やがて女房
に手をひかれ、音立てて流れる夜の川のなかに、一歩、二歩と進んで行ったのであっ
た。
警蹕の声が止み、神祇官が朗々と祭文を読みあげる中で、姫宮は肩まで、水に沈ま
れた。九月も末の川水は、さぞ冷たかろう。おん肌に沁み、凍えんばかりであろう。
ああ、早く祭文が終ればいいが。あまりの冷たさに、気をうしなわなければいいが。
しかし老いた神祇官の、物寂びた声は、腹立たしくなるほどゆっくりと、しわぶき
まで混ぜて、長々とつづくのであった。
ようやく終りに近づいたころ、随身《ずいじん》の何人かがざわめいた。神祇官は祭文を読み止
めて、もはやとっぷりと昏《く》れた闇《やみ》の中に、目を凝らした。見ると、川向うの原の中に、

気味のわるい鬼火が、ぼうっと燃えあがっているではないか。おまけに青白い、人魂《ひとだま》めいたものが、火のまわりを低く、高く、舞い狂っているではないか。

「不吉のしるしぞ。誰か、あの火を見てまいれ」

声に応じて随身の二、三人が、松明をかざし、対岸にわたる浅瀬をさがして駆けだしてゆく。姫宮は女房に手をひかれて、よろめきつつ河原に上っておいでになったが……白衣はびっしょりと濡れそぼり、ほっそりとしてしなやかなおん体は、下まですっかり透いて拝見できるではないか。

必死に念じて、耐えてはいられるものの、おん肌の震え、川風の冷たさに歯の根も合わぬありさまは、水際にひざまずいた私からも、はっきりと見てとれるのであった。

ああ、私はどれほど、あの貴い姫宮にかけよって、抱きしめ、おん肌を擦《さす》って、あたためてさしあげたかったことであろう。

もとより身分ちがいの身とて、できはせぬ希《のぞ》みではある。けれども、女房がかねて用意の衣で姫宮を包み、濡れそぼった下の御衣を脱がせたてまつり、その上からまた新らしい衣を着せ、いま着せた下の衣をお脱がせしているのを見ながらも、私は心の中で、

(さぞお寒いことであろう。女房よ。もっと手早うやらぬか。もっと次々と着せかけ

て、姫君をあたためてさしあげぬか。寒さのあまり斎宮《いつきのみや》の、瘧《おこり》にでもとりつかれ給《たま》わば、何とするぞ)

と、いらいらして、叱咤《しった》していたのである。

夜空を、怪しげな声を立てて、夜の烏《からす》が飛んでいった。姫宮はようやくお着替えを済まされ、ふたたび牛車《ぎっしゃ》の中に戻って、御簾《みす》を下し給《たも》うた。ほっとして私は、川向うに渡った随身の、報告を待ちうけた。

土手の下でも通っているのか、様子を見に出した随身の松明は見えなかったが、やがてはるか河下の浅瀬を、おびただしく火の粉をちらしつつ、二つの火の、前後して渡ってくるのが見えた。裸かのその脛《すね》を、川波が白く渦巻いて流れてゆき、随身が流されぬよう、しっかと踏ん張っているのまで見えるのである。互いに声をかけ合うのも川面《かわも》に響いて、すぐ近くに聞えるが、ここから大声あげて問うのも、はしたないことにちがいない。

川向うの鬼火は消えかけて、炎は見えなくなり、ただ赤い火のかたまりとなっているが、ときどきその中で、青白い火が、ぱっ、ぱっと弾《はじ》けている。おまけに燐光《りんこう》は、ますます盛んに、高く、低く、舞い狂っているのである。その一つ二つは、川を越え、姫君の牛車をうかがわんばかりに飛んでくる。それがしあわてて弦を鳴らし、みな

声々に、

「おーしいっ」

と警蹕を発したので、人魂は消えたが、するとおどろおどろしい怪鳥《けちょう》の声の、またしても、

「ギャーッ」

と鳴いて、姫の御毛車の上を飛びさってゆくのであった。

「おおっ」

と、随身の一人がおどろいた声を出した。見ると、かなたの赤き火は、いまははっきりと、真赤に熱した、人の姿をしているのだ。積みあげられた燠《おき》の上で、半ば身を起した、まぎれもない人なのだ。灼熱《しゃくねつ》したその身より脂《あぶら》がしたたり落ち、青い火を発して燃え、その上には燐光がしきりに燃えしきっているのであった。

「葬《とむら》いぞ」

「人焼く火ぞ」

と、低いざわめきのように、口々に言いかわすうちに、ようやく川を渡り終えた随身が宰領の前にひざまずき、声を殺して報告する。風上のものには聞えないが、風下にいる私には、それがやはり葬いで、縁者たちは火をかけたまま帰ってしまい、死人

だけが置きざりにされて燃えていた、という報告が、はっきりと聞えてくるのである。

宰領は動揺し、牛飼いはあわてて、牛を轅につないだ。

「不吉ぞ」

「不吉の前兆《まえじらせ》ぞ」

と人々は低くののしりかわす。浮き足だち、宰領の命令もないのに、われがちに牛を追って、走らせようとする。

牛飼いの鞭《むち》がうなり、叱声がとびかい、牛はおびえて鳴き、荒くはずみながら牛車は次々と、軋《きし》んで動きだし……河原をのぼるときに、供の牛車の一つが、道をはずして轅を折り、暗い土手の下にころげ落ちていった。

引き倒されて牛は鳴き、草木は折れ、屋形や上葺《うわぶき》のめりめりと砕けつぶれる音がし、乗っていた女房たちの悲鳴が闇をつんざく。しかしもはや、どの牛飼い童も車を止めようとはしない。ひたすら牛を追い立て、わだちを鳴らし、地を踏みとどろかしつつ、あとをも見ずに、野の宮への道を急ぐのであった。

私は斎宮の警衛がつとめであるから、姫宮の御毛車を追って駆けだしながらふと振り返ると、ああ、川向うの野の中に、あの灼熱の死びとは、いまはあからさまに身を起しているではないか。あまつさえ細い腕を肩まであげて、力なく私を、姫宮の御毛車を、さしまねいているかに見えるではないか。人魂は低く高くあたりを飛びかい……たしかにこれは、姫宮と私にとっての、この上もない不吉の、前兆なのであった……。

＊

木の香も新しい野の宮に、姫宮が入られてから、御姿を見る折はなくなった。しかし簾越しに斎宮や女房たちが、警衛の私たちを見る機会はあり、どんなときに見られているか判《わか》らぬゆえに、みな絶えずひきつくろうて、簾のうちをうかがっていたものであった。

御簾《みす》の下よりときどき、紅梅や黄菊のかさねが押し出されていることもあり、そんなときはははげしく胸がときめいて死なんばかりに感じられたが、実はそれがどの女房なのか、それとも斎宮の姫宮なのかは、少しも見当がつかぬのである。

もっとも私は眉目《みめ》ありさま立居ふるまいも好き好きしげで、晴れやかな姿は世の人に勝《すぐ》れて見えると、よく女たちからも言われていたから、多少自信のないこともなかった。工事のごたごたで、工匠どもが奥まで入りこむこともあり、その警衛に名を借りて、私はしばしば、行く必要のないところまで、自分をみせびらかすように立ちあらわれたものである。

しかし警衛の工役はまもなく終り、私は自分の姿が、姫宮に何かの印象を与えたのかどうかはまったく心もとないままに、いったん野の宮を退《さが》らねばならなかった。

そうして、父の家に戻ってから、私ははじめて、自分がいかに、斎宮に深く恋着してしまったかを知ったのだ。白い御衣ごと水にぬれそぼち、ぶるぶる震えていた、いたいたしい御姿が、目に残って消えなかった。あのふくらかなしかしどこか寂しげな御眉目《おんみめ》、長い重たげな髪、すらりとした色白のおん体つき……、あの寂しげなおん顔は、伊勢の斎宮として、たぶん一生、処女のままで過さねばならぬ運命に思いを馳《は》せていられたせいだろうか。

私はすっかり思いに沈んでしまい、いままで馴染《なじ》んでいた女と会う気もせず、父の邸《やしき》にひきこもってばかりいた。女たちから憎まれ、手紙を貰《もら》ったりはしたが、出てゆく気も起らなかった。すべて斎宮にくらべると、品おとり、魅力のない女に思えてしかたないのだった。

いっそ思いきって、斎宮に附け文をしたら……。とんでもないことだった。わが国はじまって以来、貴い伊勢神宮に仕える巫女が、汚《けが》されたためしはなかった。斎宮はあくまでも清浄な処女でなければならなかった。

事があらわれたら、姫宮にも、私の上にも、私の一族にも、どんな重い処分が待っているか判らなかった。あらわれなくとも……いや、どんな神罰が下るかははかりしれなかった。日本中が天からの火に焼かれるやもしれぬ。あるいは国中が、海に沈むやもしれぬ。

いっそこのまま、私ひとりの胸に秘めて、焦《こが》れ死ぬのがいいのではあるまいか。だんだん私は痩《や》せくろみ、おとろえてきた。父母や友人たちは心配し、

「好きな女がいれば言え。何とでもしてやるから」

といってくれたが、斎宮の名だけは、口が裂けても洩《もら》すわけにはゆかなかった。ああ、せめて姫宮も、私を見ていて下すったなら、見憶《みおぼ》えて、少しでもなつかしんで下すっていたなら、このまま安心して死ねるのだけれども。

そうした私のところに、翌年の六月、ふたたび野の宮警衛の、工役が命ぜられてきたのだった。

私の喜びは、くだくだしく申すまでもあるまい。狩衣《かりぎぬ》も直衣《のうし》も、冠も太刀も、特に念入りにあつらえて、私は天にものぼる心持で、野の宮に参ったのである。

野の宮はここ一年足らずのあいだに、黒木の門には風情《ふぜい》がつき、小柴垣も古びて、いっそう由緒《ゆいしょ》ありげになっていた。それにしても斎宮は、いままで賑やかな親王宮に育ってこられたのに、かく人遠く過されて、さぞお寂しいことであろう。手入れを

する人手も不足がちと見えて、宮のまわりには雑木がしげり、夏草もいと高く、虫の声のみいたずらにかしましくて、見るも哀れなことであった。

私がふたたび警衛に参じて二日めのことであったが、夕まぐれ、あまりの暑さに耐えかねて、ついふらふらと宮の奥へ入っていったことがあった。

どこが姫宮の、常の御座《おまし》とも判らなかったが、大体の見当はついていて、日が落ちてから賑やかさを増した虫の音にさそわれるようにその方へまぎれこんでいったのは、やはりひと目なりとも姫を見たい、という気持を抑えかねたのであろうか。もとより回廊に上ることはなく、さもまめまめしく警衛しているかのように、太刀はき反らせ、庭先から庭先をまわって、奥へ入りこんでいったのである。

とある御殿の前の、可愛らしい坪庭に来たとき、ふと御簾のうちより、得もいわれぬ薫《た》き物の、ほのかに薫《くん》じてくるのが感じられたのである。わけ知らず私は胸がときめいた。すると、はげしい恐《おそ》れをも感じた。いままではあれほど、一目姫君を見たいと思っていたのに、いまは怖ろしくて怖ろしくて、ただもう、身を隠したくてたまらなくなったのであった。

まろび転げるように、私は勾欄《こうらん》のはずれの、高い縁の下にかがみこんだ。と、頭の上で御簾の上る音がし、軽やかな足音が、床をひびかせて、聞えてきたではないか。

誰ぞか出て来たのだ。坪を、腑抜《ふぬ》けのような顔で歩いているところを御簾のうちより見られたのだろうか。坪庭には青白く月が輝いていて、御簾の内より明るいのだから。

足音は、頭のちょうど上で止まった。死にそうな思いで、私はひたすら、息を殺していた。と、頭の上から何かがしずかに下ってくるではないか。

それは脚であった。ふっくらとして色白で、湯上りらしい、何ともいわれぬ若い女の匂《にお》いを発している、脚であった。

脚の持ち主は、どうやら縁に腰をかけたらしい。私の、ちょうど顔の真上に、脚はますます低く降りてくる。顔に当った。逃れようもなく、私はひたすら震えて、当るままにしていた。――と、その美しい脚は、そのまま私の顔をむずむずと、上から踏みつけるではないか。

そのうちに、坪庭に煌々《こうこう》と満ちていた月の光りが、急に暗くなった。何かしら重い、しっとりした、香りのいいものがゆらり、とこぼれかかってきて、私をおおいかくしたのだった。まぎれもなくそれは、豊かな、漆黒の髪であった。

さらさらとその髪が私の顔を撫《な》でるなかで、小さな汗を浮かべた、美しい珠《たま》のような脚は、なおも容赦なく、私を踏みにじりつづけるのであった。顔といわず、肩といわず……脚を避《よ》けるために私はいつか、縁の下の白砂に仰向《あおむ》けになっていたが、その胸といわず、腹といわず、腿といわず……美しい脚は私を踏むのである。

その黒髪を、さらに押しわけるように、やがてなめらかな絹の端が、降りてきた。これが肌衣《はだぎ》の、小袖《こそで》の裾《すそ》であることは、すぐに判った。それと同時にこの脚が、私が慕って止《や》まなかった姫君のものであることも、はっきりと知れた。他のどの女房が、こうも大胆に縁の下にかくれた男の顔を、踏みつけることができよう。

恋しさと、ふしぎな悲しみで私は胸がいっぱいになった。黒髪のすだれで月光が漉《こ》され、私の顔がよく見えないだろうことも、勇気を起させていた。私の上で活潑《かっぱつ》に躍る、その御くるぶしを、私はそっとつかみ参らせた。貴い珠をあつかうように、口にふくむと、心をこめて舌先と歯に、しゃぶり、嚙《か》み、吸いはじめ申し上げたのである。

ああ、それにしても、かくも美味《おい》しいものが、この世の中にあったのであろうか。貴い若い女の足の裏とは、かくも柔らかく、快よい歯ごたえのものなのであろうか。おん踵《かかと》の、なぜにこうも丸《まろ》やかに、弾力に富んだ肉づきなのであろうか。深くくぼんだ土ふまずの、なぜこうも匂いがよく、薄い肌におおわれているのであろうか。

そして、可愛らしく並んだ足指の、一つ一つを舌先でころがし、味わいわける触感のこころよさ。……指の股《また》の、肌の柔らかさから、指先の肌のわずかな硬さ、歯を立てると幽《かす》かに感じられる小さな骨、口中でころころと自由に動きながら、しかもふしぎな弾力で脚につながっている関節の舌ざわり、匂い……これほどに、得もいわれぬ快楽が、この世にあろうとは、私は考えもしなかったのであった。

しかし気をつけてみると、縁の上の女性《にょしょう》は、私の口中の御足で、しきりに私を突くように遊ばされている。頬の内側と歯を突き、押して、私を縁の外に、ころがし出そうと遊ばされているのである。ちょうど、縁の下で、足にたわむれる犬を、押し出そうとするように。

恐る恐る、私は身をころがして、月光の下にまろび出でた。しかし顔の上にはまだ、ひんやりと冷たい洗いたてのおん黒髪が重く垂れかかっていたので、すぐには顔を見られないで済んだ、と思う。おん髪と、ねっとりした絹に顔を包まれ、そのあいだから仰ぐと……斎宮は、貴い姫宮は、月をあびて縁に御尻をつき、謎《なぞ》めいた微笑をうかべて、私を見下していられるではないか。おん片脚は私の顔の上にのせたまま、おん片膝《かたひざ》は縁の上に立てていられるではないか。

はたして湯上りらしく、御小袖は引合せがしどけなげにみだれ、しろく美しい御腹や、ああ、その下の黒々として、わずかに憎さげなる御ところまで、坪に満ちた月光の下からの明りで、ほのかに、しかし微妙にくっきりと見えるではないか。

もう、どうしようもなかった。御脚をひし、と抱きしめ、私はしだいに唇をずり上げていった。虫の声も、むし暑さも、草の葉ずれも、花の香も、薫じこめた焚物《たきもの》の香りも、もう感じられなかった。このあとのことは……そう、すべてが露われてのち、私どものこの事件を題材にし給うた後白河の帝《みかど》の宸筆《しんぴつ》、小柴垣草紙灌頂巻《かんじょうかん》の一節を引かせていただく方がよいかもしれぬ。

——御足にとりつくままに、押しはだけたてまつりて、舌をさし入れて、ねぶりまわすに、玉門はものの心なかりければ、頭《かしら》も嫌わず、水弾《みずはじ》きなどのようにはせ出ださせ給いける……。

ああ、まさしくこの通りであった。顔中を汗と自分の唾《つば》と、もっともっと高貴な花の露でしとどに濡らし、光らせながら、私はふしぎな法悦にあえぎ、身もだえしていた。涙さえ、あるいは面を濡らしていたかもしれぬ。まぎれもない処女の御身ではあるものの、ねぶりそそのかした御ししむらは、もはや御肌よりも高く、はげしく湧《わ》きつづけていた。けれども、これ以上のことはどうしても、できなかった。斎宮を男の肉もてつらぬき参らすのは、およそ前例のないことだった。恐ろしくもあるし勿体《もったい》なくもあるし……いや、私はこれだけでも、十分に満足していたのである。その上は、考えるだに怖れ多かった。あまりにもはばかりがありすぎた。

子《ね》ひとつより丑《うし》みつまで、およそ三時間ちかくのあいだ、私はひたすら、涙を流しながら舌を動かしつづけたのである。おん所は言うまでもなく、その下の可愛らしい、小さく引き締まった部分も、残るくまなく味わい参らせたのであった。外側のみならず、その内側さえも、である。斎宮のおん体は隅々にいたるまで清浄で、無垢《むく》で……

私はひたすらうっとりとし、もう何も考えてはいなかった。

斎宮も身をよじりつつ、ついにあえかな声を、紅唇《こうしん》のあいだより洩らさせられ……やがて立って、裾をひきつくろいつつ、御簾の中に入り給うたときは、御脚どりもよろめきがちであった。白砂に手をつき、頭を下げてその御後ろ姿を拝しつつ、私はなおも、有難さ、勿体なさの涙にかきくれているのであった。

＊

野の宮の工役《くえき》は、またしばらく絶えた。斎宮《いつきのみや》は定めのあいだはここで潔斎し、斎戒沐浴《もくよく》に日を送られるはずであったから、まだ何度か、機会はあるにちがいなかった。その先、伊勢に群行し給うてののちは……遠すぎて、考えられなかった。あのときの幸福、舌と歯と口の中で、存分に姫君を味わい申し上げた酩酊《めいてい》は、まだありありと残っていた。

これは浄福、といってもよい。ひたすらな奉仕をした、という喜びでもあった。それはあるいは、世のつねの男と女のように、わが賤《いや》しい肉で、姫君をつらぬき参らせた、という悦《よろこ》びよりも、大きく烈《はげ》しかったかもしれない。

冬あたりから、御所のなかに、ふしぎな風評が立ったのである。

神祇官で、毎月立てる占いに、理解しがたい結果があらわれている、というのである。その卦《け》の乱れは、この六月ごろ、斎宮が男を知り給うか、あるいはそれに等しい悦びを得給うたはずなのに、相手の男の名が、どうしても浮かんで来ない、というのである。

あるいは姫君に魅入りたてまつったのは、魑魅《ちみ》妖魔《ようま》のたぐいではあるまいか。名が浮かんでこない、というのもおかしいし、そもそも人間の男に、伊勢斎宮の姫宮を犯したてまつるほどの、向うみずがいるはずはない。

桂川の御みそぎで、死びとを焼く火の見えたのが、悪《あ》しき前兆であった、といいだすものもいる。野の宮に引き移り給うてから二日の後、盗賊が入って侍女の衣裳《いしょう》を盗んだのも、前例のない不吉であった、と、もっともらしく説くものもいる。

とうとう神祇官に帝がみずからおもむかれ、祭文を捧《ささ》げられることになる。ところが帝が祭文をとり給うたとき、とつぜん机の脚が折れ、同時に神前の燈火《ともしび》が、ふっ、とゆらいで消えた、というのである。

朝廷は憂慮に沈んだ。帝は重いつつしみを仰《おお》せ出され、数日のうちにも、糾問の追《つい》捕使《ぶし》を、野の宮にさしむけられることとなった。

　私は、凍りついたような日々を過していた。神祇官のふしぎな卦は、私と斎宮の、あの蒸しあつい一夜のことを指しているのは、言うまでもなかった。名があらわれぬのは、ひたすら私の奉仕が、舌先と歯にとどまっていたせいであろう。

あるいはあの一夜、小柴垣の外からでも、うかがっていたものがいたのであろうか。縁下の我身は御黒髪と御肌衣にぬめぬめと包まれて見えず、姫君がひとり勾欄のはずれに身もだえ給うように見えたのを、ふしぎに思って噂《うわさ》した、下衆《げす》がいたのかもしれぬ。それがいつか神祇官の耳に入って……。

　いや、我身はどうなってもよかった。しかし追捕され給う姫君の身の上は、さぞ、むごいことになるにちがいない。氷の川につけられ、煙にいぶされ……国中に満ちるにちがいない伊勢神宮の御怒りをさけるために、神祇官はあらゆる手だてをつくすであろう。慈悲ぶかい帝も、全国民のためになら、一人の姫宮の御生命《おいのち》を犠牲にするのも、いとわれぬにちがいない。

　その夜、私はひそかに家を抜けだした。雪の降り出した夜道をただ一人、供もつれず、ひたすら嵯峨野をめざして、馬をせめたのである。

黒木の鳥居にも、小柴垣にも、うっすらと雪がつもっていた。馬を物かげにつなぎ、私は身をおどらせて、小柴垣をのりこえた。この夏、忘我の何ときかを過した、なつかしい坪庭にのりこんだ。縁の下でしばらくためらったが、思いきって勾欄のはずれから、縁に上った。

蔀《しとみ》の隙間《すきま》から、小さな灯のゆらめくのが見える。音のせぬよう引戸を、そっと引いた。ひろびろとした暗さのはるか向うに、小さく几帳《きちょう》をひきまわし、その裾より枯色らしい白と薄紫の襲《かさね》がこぼれている。焚物の香りは、まぎれもなく姫宮のものである。匂やかな髪がしどけなく、衣の上に散っている。

ひざまずいて、低く、私は申し上げた。

「致光《むねみつ》でございます。この夏、御勾欄の下にひそみ、お情けを給わった者でございます。ぜひぜひ、お耳に入れねばならぬことのあって参上いたしました。なにとぞ、私とともにお越し下されませ」

必死の気魄《きはく》が伝わったのであろう。ややあって、几帳がゆらゆらとゆらぎはじめ、こぼれた衣の裾が、しだいに嵩《かさ》を増しはじめた。思いきって私は几帳ににじりより、その中に手を入れた。ぐったりとして重い、匂いのいいものを、抱きよせ参らせた。

姫君は扇に御顔を隠したまま、おどろいていられるのか、それとも追捕を予期して助けを待ちのぞんでいられたのか、声も立てず、私に御身をあずけ、もたれて来られるのであった。

なつかしい、ねっとりした絹と冷たく重い黒髪を、狩衣の肩にふりわけるようにして、私は姫宮を負いたてまつった。隣りの屋にいるにちがいない女房に気づかれぬよう、足音を殺して、庭に出た。縁と庭にうっすらと積った、夜目にも白い雪に足あとを残しながら、小柴垣をこえ、馬の鞍《くら》の、前輪にお乗せ申しあげた。

おん体をあたためるように、ひしと抱き参らせて、私は馬に鞭をあてた。行く先は鞍馬《くらま》の山中の、人住まぬ炭焼小屋に、あらかじめ心づもりをしていた。

雪で、馬の蹄《ひづめ》はしばしば滑った。山の入口に馬をつなぎ、私はまた姫を負い参らせて、杣道《そまみち》を登りはじめた。雪に道は消え、岩角に足は滑り、藤《ふじ》を手がかりによじのぼり、笹《ささ》をわけ……息ははずみ、苦しかったが、背に負った姫宮のあたたかさ、柔らかさを感じると、ふたたび勇気が湧くのだった。このまま姫宮をおぶって、死んでも悔はなかった。もし転んでも、必らず私が下になり、姫宮にだけは御怪我《おけが》のないようにと、たえず気をつけていた。

夜も深くなって、目あての炭焼小屋についた。いぶせきその小屋に、姫宮を入れ奉って、私は言上した。

「ここで数刻のあいだ、お待ち下されませ。私はこれより里に下り、御料の品をとりそろえて、急いで運んで参ります。幸い雪も降りつもり、足あともたどられますまい。なにとぞ安らかに、お休みのほどを」

姫君の上にふりつもった雪を払ってさしあげ、わが上の衣を一枚、姫君に御着せ申して、私は急いで、山を降りたのであった。

家に帰り、袋に米、干飯《ほしいい》、干魚、棉《わた》、火打などを手当りしだいにつめこんで、また馬に乗って、鞍馬の山にひきかえす。夜はしらしらと明けそめてくるので、人眼に立たぬうちに、と馬を責めているうちに、私は検非違使庁《けびいしちょう》の役人にとがめられたのである。

袋の中をあらためられて、糾問はいちだんと厳しくなった。たしかに夜明けに、こうしたものを持って急いでいれば、夜盗とまちがえられてもしかたあるまい。

「急に思い立ちて、近江《おうみ》まで下向したいのじゃ」

と申し立てはしたが、信用はしてもらえず……結局、疑いが晴れて放たれたのは、日も暮れがたのことであった。

急ぎに急いで、私は鞍馬にかけつけた。馬をつなぎ、荷を背に負い、山をのぼりはじめた。しかしこの一日のあいだに雪は深く降りつもり、道はいっこうにはかどらなかった。大雪のなかで、私はその夜と、翌日いっぱいもがきつづけ……息も絶え絶えに、炭焼小屋についたのは、次の日の暮れがたになっていたのである。

「姫宮さま」と、雪明りになれた眼に、真っ暗に見える小屋のなかに踏みこみながら、私は声をかけた。「お待たせ申し上げました。もう安心でござります。食べるものも棉も、たっぷりと持参いたしました。致光、もうお傍をはなれはいたしませぬ……」

しかし小屋の中は、衣《きぬ》ずれの音も聞えず、しんと静まっている。思いきり大きく戸を開け放つと、小屋の奥に、だんだん見覚えのある、白と薄紫の衣が見えてきた。すりよって私は、

「もし」

と声をかけた。扇で顔をかくした、小さな御手に触れた。

その御手は、氷になっていた……。

私は狂った。御衣《おんぞ》を押しはだけたてまつり、自分も狩衣を脱いで、息の絶えた細き御身を、わが肌で、あたため申し上げようとした。しかし、一日一夜、裸か身を抱き参らせていても、姫君は冷たいままであった。泣き、叫び、御身を揉《も》み、ゆすっても甲斐《かい》がなかった。

数日、呆然《ぼうぜん》と過してから、ある夜、私はそっと、姫宮の御足を口にふくんだ。この

夏と同じようにこりこりとして歯ざわりのいい、よく冷えた白玉のようなものを、飽かずしゃぶり、噛んだ。しっとりとした御髪《おぐし》を、御肌衣を、わが裸かの上にまきつけた。夏とおなじように、その御脚をわが顔にさしあて、抱き締め、唇で少しずつなぞっていった。おしはだけ奉り、舌をさし入れて、味わい参らせた。しかし、いまは姫宮は、冷たく硬く、行儀よく横たわっていられるだけで、もはや〝水弾きのようには せ出ださせ給う〟ことも絶えてないのだった。

＊

鞍馬の山に鬼が出た、という噂が、翌年の春、京にひろまった。雪が消えて久しぶりに炭焼小屋に戻ってきた木こりが、小屋の中に恐ろしいものを見たのである。髪も髯《ひげ》もぼうぼうとのばしたすさまじい男が、人間らしいものをしっかとかかえこみ、股からむさぼり喰っていた、というのである。喰いちらされていたのは、都からさらってこられた高貴の姫君らしく、小屋には白や薄紫の襲《かさね》が、幾重にも乱れ、ひろがっていた、という……。

5

「この鬼が誰のなれのはてか、もうお判りになったでしょうな」

そう言いながら、モツ焼き屋の煙のなかで、虚無僧《こむそう》は私を、じっとのぞきこむのであった。私の酔いはすさまじく、頭はくらくらして、煙にむせ、とうてい返事はできなかった。辛うじて、こう言っていた。

「それでは、あなたは、姫君を愛するあまり、とうとう食べてしまった、というのですね。なめたり、しゃぶったり、軽く嚙んだりするだけでは我慢できずに」

重々しく虚無僧は、うなずいて言った。

「さよう……。愛する人をしゃぶったり、嚙んだりしたくなるのはあたりまえのことです。だが、愛するものが死んだら、空《むな》しく埋めたり焼いたりするよりは、食べてしまいたくなるのが、そうして我が身の一部に変えたくなるのが、むしろ自然ではありますまいか。それがまことの愛情であり、私はただ、それを実行しただけ。とはいうものの……かくも妄執を残したむくいは忽《たちま》ちにあらわれ、あさましき鬼の姿となり、あるいは辛うじて虚無僧に身をかえて天蓋《てんがい》に顔をかくし、かく人に立ちまじっているのです」

「なるほど、その天蓋の下には、鬼の顔が隠されているというわけですか」

そう、気楽にうけ答えして、ふいに私は判った、と思った。

「それでは、千年以上たったいままでも、こうしてあなたがモツ焼き屋に姿を見せるのは、やはり姫宮の足を、舌を、もっと隠微な御身を、なめ、しゃぶり、噛んだ感触が忘れられないからですね。愛するあまり、とうとう姫宮を食べてしまった思い出に、今もふけっているわけですね」

かなり呂律《ろれつ》のまわらぬ舌で、しかし陽気に私はそう叫んだのだが、返事はなかった。店の親爺《おやじ》が団扇《うちわ》で、いちだんと濃い煙の塊りをはたきつけてよこし、私はしばらくむせ返って、目もあけられなかったのである。肩に触れる感触はあいかわらずであったが、煙が去ると、もう隣りに虚無僧の姿はなく……かわりに勤め帰りらしい、何の変哲もない三人づれが、大声で上役の噂をしながら、コップ酒をかたむけているのであった。

注・作中の食肉処理方法は、現在、より近代化され衛生的なものとなっています。
生食用レバーの販売提供は、現在は食品衛生法で禁じられています。

鯨《くじら》神《がみ》

ここに一巻の古い鯨絵巻《くじらえまき》がある。中央には背美鯨《せみ》だと思われる巨鯨が血を噴いて荒れまわり、何隻《せき》かの赤・白・黒にぬりわけた鯨小舟《くじらこぶね》がそれをとりまいて銛《もり》を投げつけている。

鯨の頭には素っ裸の漁師が一人、またがって刀をふるい、鯨にからみついた三重の網の下にはもう一人の裸の男が、これは死んだように力なく横たわっている。海はいちめんに暴風のときのように荒れ、鯨のうえには無数の白色の鳥が舞い狂い、何隻かの小舟はすでにくつがえって黒い舟底をみせている。

絵巻の筆法は、たとえば渡瀬凌雲《わたせりょううん》の熊野太地浦《くまのたいじうら》捕鯨図屏風《びょうぶ》、生島《いくじま》仁左衛門の小川島捕鯨絵巻、勇魚取絵詞《いさなとりえことば》、鯨鰌正図《げいしゅうせいず》、小川島鯨鯢合戦《げいげいがっせん》、などにくらべるとはるかに稚拙であり、彩色も簡単で、文章もたどたどしいものである。構図だけは一応洋画の図法をとり入れた遠近法にしたがっているが、それも司馬江漢の西遊旅譚《さいゆうりょたん》の生月島《いきつきしま》捕鯨図説にくらべると、きわめて稚拙なものだといわないわけにはゆかない。ただ、ここで他の同種の絵巻とくらべてわたしの注意をひいたのは、鯨体に比してのセコ舟（勢子《せこ》舟）や人物のいちじるしい小ささ、逆にいえば、鯨体が類を絶して巨大に描かれていることである。簡単な説明文を読んで、わたしはそれが絵師の不注意ではなく、まさにその鯨の巨大さこそが絵師の表現しようとしたそのことであるのを知った。

「祖父の代ですか」と、この旧家の当主である絵の所有者は、質問に答えて言った。

「長崎に絵の勉強に来とられた絵師が、うちにひと月ばかり泊まって行かっしゃったことがあったとですが、その方が和田浦《わだうら》につたわっとった鯨神《くじらがみ》についての話ば聞いて、巻物に描いて、宿料のかわりにちゅうて置いて行かっしゃったとです。鯨神ですか。その話は子供のときからきかされましたけんそらで覚えとります。簡単な話ですけんどなあ」

　そう前おきしてから主人は、わたしのこの物語のもととなった、この地方の古い一つの言い伝えについて、思い出し思い出ししながら語りはじめた。

　まだ明治という年号も田舎には知られていないころ、この肥前平戸島和田浦の集落にはすでに何百人かの人が住みついていて、夏は磯《いそ》釣り、冬は鯨とりでくらしを立てていた。永い不漁のつづいたある年の冬、村の鯨網にひさしぶりに雌のセミ鯨がかかり、村の祖父の祖父たちは気負いたって早銛を打つばかりに獲物を追いつめた。このとき、しぼられた網のちかくにもう一頭の、誰もまだ見たことのない島のように巨大なセミ鯨がちかよって来て、この鯨が水柱を立てて海面におどりあがり、三重の網を頭にひっかけ、二隻のソウカイ舟（網舟）、辛うじて鯨に銛を立てた三隻のセコ舟を曳《ひ》いたまま逃げ出した。

雌鯨は網からはずれて逃げおおせ、大鯨は潜水したり浮きあがったりしながら三日三晩走りつづけたが、そのおそろしい速力はすこしも変らない。網を切りかねて大洋のなかをひきまわされているうちに三隻の舟が破損して沈み、一隻は転覆して乗組のゆくえはわからなくなった。さいごのセコ舟もとうとう三日めに網を切って、半死半生になって和田浦へ帰りついたのはひと月ものちのことである。

さいごのセコ舟にのりこんでいた刃ザシ（銛師）は、このときからなかば狂気となってこの鯨に憑《つ》かれた。（日本ば離れていけんちゅう御定法さえなけりゃ）とその男は身をふるわせながらよく言っていたという。

（畜生、天竺《てんじく》のはてまでもしゃつの尾にくらいついてやったとじゃが。じゃけんど、こんどこそみとれ。こんどしゃつに会《お》うたが百年め、しゃつの尾ばひっつかんで、地

獄まで、もろにひきずりこんでくるるわ）

男はそのとき五十をこしたイチバンオヤジ（刃ザシの長《おさ》）だったが、神も仏罰もおそれない豪の者だった。もっとも和田浦の漁夫は歴史的にも、島原の大乱のはるかまえからすべてカトリックに入信していて、江戸時代の圧政期間を通じて隠れキリシタンの伝統をつたえていたのだが、男はこの先祖伝来のヤソの神、デウスの怒りさえも信じてはいなかった。三年ののち、巨鯨はふたたび村の沖あいに姿を見せ、男たちはおどりあがってそのあとを追ったが、鯨はこんどもたけだけしい逆襲に転じ、強大な尾をたかだかとあげて、男のセコ舟を天のたかみから叩《たた》きつぶした。くだけたセコ舟の木材のあいだで男は圧死し、無惨《むざん》な死体は魚たちについばまれながら流れて、はるか下の集落の漁船にひろわれた。

血縁の復讐《ふくしゅう》に固着することと、鯨網を切ることを恥辱とみなす考えとが、この地方に伝統的な観念となっている。息子は父親と一緒に死んだので、その妻は孫の少年を海辺に立たせ、涙さえみせずに、海底の父親と祖父にむかって復讐の歌を歌い、孫にそれをちかわせた。

しかしそのときには、すでにこの巨鯨の威力にたいする伝説的な恐れができあがっていた。セミ鯨すべてに共通するものではあるが、なかでも一きわ大きい白い鼻瘤《はなこぶ》をもった鯨の、狡智《こうち》と、凶暴さと、なみ外れた大きさ――それはふつうの同種の鯨の、ほぼ倍の長さがあった、ということは、八倍の油があったということになる――のために、紀州や、土佐や、丹波や、おなじ肥前でも松浦あたりの組や、益富組《ますとみぐみ》などではこれを鯨神と呼んでその特徴のある二またの噴水が遠くからすこしでも望見できたら、まるで嵐《あらし》の前ぶれのように、漁を中止して大いそぎで帰港することになっていた。（しゃつ、畢竟《ひっきょう》するに堕《お》ちた天使ときわまったわ）とそのころはすでに明治新政府によって禁をとかれ、大っぴらに布教できるようになった、バテレン殿と呼ばれつけた紅毛碧眼《こうもうへきがん》の宣教師は言ったものである。（信仰あつい鯨とりは、決してしゃつだけは追ってはならん。しゃつを追うことは、人と物とをむなしく溝《どぶ》にすてることにほかならんし、もともと悪魔と力くらべばすることは、人の子だけではようでけなんだ業じゃけに）

和田浦のセコ舟だけが、それでもなお鯨神を追ったのである。ことはもはや鯨神からしぼられる油ではなく、もっぱら集落の存在理由にほかならぬ復讐と名誉とにかかわっていた。稚《おさな》い腕に余る重みの折れ銛をささえて復讐をちかったその孫は三年のちにはすでに一人まえの刃ザシに成長していて、寡黙《かもく》でめったに感情をおもてにあらわさぬ性質ながら、なだかい鯨神と対面する日を待ちこがれていた。

とうとうあの冬の日がきて、孫と鯨神はあれくるう冬の海で、ひたと眼をみあわせることになった。このときはすべてが意外なほどうまくゆき、鯨神はセコ槌《づち》の音に追われて二重の網のなかに頭を入れ、セミ鯨によくあることだが失神状態になって、気おいたつ早銛に突かれるにまかせていた――いるようにみえた。というのは、実はこれも鯨神の奸計《かんけい》だったかもしれず、慎重な孫がテガタ庖丁《ほうちょう》を腰に鯨神の巨大な胴なかにおよぎつき、背に這《は》いのぼってまさに鼻を切ろうとしたそのときに、鯨神はふたたび荒れはじめ、朦々《もうもう》とした霧としぶきのなかで大音響をあげて潜水して、またも網と舟とを曳いたまま湾外に逸走したのである。

小半ときほどして鯨神は全身から血をふきだしながらおどりあがり、それから二ときほども荒れに荒れたあげく、セコ舟、モッソウ舟、網をひくソウカイ舟のほとんどを全滅させて海底に沈み去った。三重の網はむろん破られ、孫をふくめて十二人が冬の海に死に、六人のゆくえがわからなくなり、若い刃ザシ見習の一人は恐ろしさのあまり発狂した。

これは、鯨神とシャキと呼ばれた若者の物語のはじまる三年前のことである。孫に復讐をちかわせた祖母はもう死んでいたが、従順でおとなしい嫁だったその母は、涙ひとつこぼさず息子の死をうけとめた。あたりにはみおぼえのある舟の破片ややぶれた網、折れた銛の柄がうちあげられ、頬をきりさくような風のふきすさぶ浜で十二の薦《こも》づつみの遺体を前にし、母親は死者の弟である次男に折れた銛をとって復讐のちかいをさせ、即興の復讐の歌をはげしく歌った。

ことばこそはひなび、激情にときに声はつまったが、彼女は伝統的な挽歌《ばんか》の節にのせ、しっかりした口調でつぎのように歌ったのである。

黒雲ばまとうて馳《は》せさる大いなるものは何か——嵐ばはらみ、血にあいた嘴《くちばし》ばぬぐいつつとびさるもののすがたは何か——息子よ飛びたってしゃつば追いやい——しゃつが喉《のど》い牙《きば》ば立て、しゃつが腸《はらわた》ばひきさくまでは巣に帰りやんな——その日まで巣は汝《なれ》ば迎えんぞ——母《かあ》が涙の仇《あだ》の血で拭《ぬぐ》わるるそのときまでは。

歌がおわったとき男たちは目を血ばしらせながら躍りあがり、銛の折れをとって口々にわめきながら砂浜といわず松といわず海面といわず打ちすえて走りまわり、女たちは泡をふいて歯ぎしりしながら、襤褸《ぼろ》の喪服をひきさき、おたがいに抱きあっては拳《こぶし》で打ちあった。卒倒する女があり、身をまるめて海のなかにころげこむ男があり、やがて男たちはつぎつぎに銛の折れをひったくっては鯨神への復讐のちかいをたて、老人や女たちはそれぞれ自分のもっとも貴重なものを、復讐のために提供すると申し出たという。身よりをすべて鯨神のためにうしない、財産といっても何ひとつない老《ろう》婆《ば》が狂乱して、「鯨神ば殺した衆とは一緒に寝てやるばい」と叫んだときも、そのときはだれひとりとして笑うものはいなかった。みずから刃ザシとして鯨神に銛を立てるには老いすぎていた、鯨組という、当時の捕鯨組織の単位の責任者である鯨名主が、こうした儀式には廃刀令を頑固に無視して大小をたばさんで来ていたが、大刀をぬいて砂浜につきたて、夕陽のために朱をそそいだような顔面をぶるぶる震わせながら咆《ほ》えたてたのも、そのときのことだった。

「村じゅうの刃ザシども、水夫《かこ》ども、よっく聞いちゃれやい。わぬしらは鯨神ば殺すために命ば投げ出すと、たったいま誓《ちこ》うた。この老いぼれもいま五年若けりゃわぬしらより先に命ば投げだしたはずじゃ。手足の思うようにうごかんこの年ではしかたなかばって、ばってその代わり、いいかよっく聞けやい。この老いぼれも命のかわりに投げ出すものば持っとう。誰なとかまわん。あの鯨神めの鼻ば切り、鼻綱ばつけたものにはおれの一人娘を、トヨをくれてやるわ。もちろんのこと家屋敷田地名主名跡そっくりつけて、聟《むこ》に迎えちくるるわ。田や、山も、家屋敷も、名主名跡も、そっくり鯨神に鼻綱つけた奴《やつ》にくれちくるるわ」

悲しみと怒りの混乱のさなかながら、このあまりに思いきった申し出にはみなおどろいて静まりかえり、それから言いあわせたように、たったいま復讐の即興詩を歌った若い母親と、まだ十八の刃ザシ見習にすぎなかったその次男の方をみた。祖父と、父と、兄とをすべて鯨神に殺されたただ一人の刃ザシ家筋の男として、鯨神に鼻綱をつけるのはまず第一にその次男の権利であり義務であると考えられていたし、だからこそその母親は女たちを代表して復讐の歌を歌ったのである。

(鯨名主はおれに死ねち言うておる)とこの痩《や》せた、色のくろい、硬くしまった体つきの次男はそのとき体中の血がひくのを感じて考えた。(まっさきに鯨神に鼻綱ばつけに行ったおれが死ぬ。そのつぎに泳ぎついたものも死ぬ。そのつぎも、そのつぎの刃ザシも。何人めかの運のいい刃ザシが半死半生で鼻綱ばつけおえ、そやつが鯨名主の聟いなるとじゃ。鯨名主がおればさしおいて、みなのまえでそのことば言うたとは、おれが死ぬと、名主が考えとるとしかとりようはなか。よし、それなら)と次男はふいにうめいて震えた。

(よし、それならお前の考えどおりおれは死んでくるるぞ。ばって鯨神はおまえのかんがえとるごと、ほかの刃ザシに殺しはさせん。おれは死ぬが、鯨神もおれと刺しちがえて殺しちくるる。トヨや名主名跡などはじめから問題ではなか。祖父の、親父《おやじ》の、兄者の仇は、きっとおれがとって、それから死んでくるるぞ。和田浦の刃ザシの体面にかけて)

風はますます強まり、耳をひきちぎりそうな寒さのなかで夕陽だけはなかば海に姿をかくして、赤々と燃え、異常な緊張におしひしがれて集落の全員は強《こわ》ばって立ちつくしていた。そのときなげやりな口調で口をきったのが、ほんの十日ほどまえ納屋《なや》別当の手びきで紀州から流れこんで来た男だった。

「お聞きしたかとですが」とこの小柄だが鉄のような筋肉の盛りあがった男はそれがくせの、唇をまくりあげて笑っているような表情になり、「いまの話は、この村はえぬきの刃ザシでのうてもかまわんとですかい。たとえば、どこの流れものが鯨神に鼻綱ばつけても、名主には文句なしに約束のものばくれなさるとでしょうな？」

「二言はなか」と名主は青筋を浮かべて、白髪頭をふりたてた。「早か話が、われは即刻この村からたたきだしてしまいたかほど虫の好かん奴ばって、そのわれでも鯨神に鼻綱つけおったら、娘と家屋敷そっくりくれてやろうわい」

「それで」と紀州男はあいかわらずの皮肉な口調で、

「いったんいただいたからには、名主の娘ごと家屋敷ぜんぶ、こっちが煮て喰《く》おうと焼いて喰おうと文句はなかとでござっしょうな？」

「言うにはおよばん。武士に二言はなか。先祖伝来の家屋敷ばわれがバクチで売りとばそうと、娘ば女郎にたたき売ろうと、蒸して喰おうと、油で揚げようと、鯨神に鼻綱つけたものが勝手じゃ。そやけど、われはこれ以上わしの前で口をきくな。これ以上うぬが声ば聞きよると、わしはうぬが胴なかに、銛ば叩っこみとうなるのを抑えきれんわ」

……このときから紀州男と、正当な復讐の第一の権利をもっている次男との、あからさまな敵対がはじまった。暇さえあれば酒場に入りびたり、配下の水夫の女房を強姦《ごうかん》したという噂《うわさ》までたった紀州男に村の風あたりは冷たかったが、それでも銛うちとしての腕のよさにかけては、熊野太地浦で人を殺して逃げてきたという紀州男の銛のするどさにかなうものはなかった。そして和田浦では、銛師はただ銛師としての腕の良さだけで評価され、そのほかの欠点はある程度帳消しにされる習慣があるのである。

いっぽう、祖父と父と兄とを鯨神に殺された次男の方はやがて一人まえの銛師に成長して、シャキという名で呼ばれるようになり、そののちの三年間で急速に腕をあげて、その母親も卒中で死んだのちは、銛打ちの正確さではまだ紀州男に劣るものの、息のながさと、腕力のつよさと、おそれを知らぬ大胆不敵さとでは和田浦でくらべれるもののない銛打ちとなっていた。

——主人の話がおわり、夕食のまえのひととき、わたしは主人にともなわれて、ゲタをつっかけて海岸に行ってみた。むかし鯨納屋という解体工場、油納屋という搾油《さくゆ》場のあったあとは小さな託児所になり、家族が海に出たあと残された子供たちが小ざっぱりしたなりで遊んでいた。海岸の砂は貧しく、まばらな松がそここに生え、かつて鯨を横づけにし帆柱の林立した岸壁は、補強されて舟つき場にかわっていた。湾をくぎって白い岬がながとのび、その端の燈台《とうだい》のガラスが入り陽をはねて痛いほど光っていた。うつくしい緑色の海をながめながら、わたしはさっきの単純な物語、一頭の巨大な鯨と一人の若い勇敢な刃ザシとの戦いの物語を、その青年のさいごのすさまじい苦痛の話、そののちに青年が自分を鯨だと思いはじめた話を反芻《はんすう》していた。なぞりかえしているうちに物語はわたしのうちでだんだんふくれあがり、どういう字を当てるのかも知らない、シャキというその青年のすがたが、実際に自分の目でみたのにもおとらない濃いイメージをもってうかびあがって来た。シャキとからみあう中年男はたくましい赤ら顔の唇をいつもまくりあげた顔つきで、しぜんに紀州男という名前になってつづいて浮かんで来た。ついで鯨名主が、その他の人々が、夕陽のみなぎる五十年のちの海岸に霧の柱のようにうかびだし、小ざっぱりしたなりの子供たちが遊んでいる託児所は活気あふれる鯨納屋となり、伝説にはなかった物語の細部がわたしのなかで完成し、やがて海のかなたから金いろの泡をたかだかともりあげて、鯨神の巨大なすがたがわたしにむかって泳ぎすすんできた——。

海には白い朝の霧が立ちこめ、霧は褐色の長い渚《なぎさ》のうえにも這い、うしろに伸びたまばらな松林をうすい緑にぼかしている。砂浜には数隻の彩色された舟が底をくつがえしてひきあげられ、柴垣《しばがき》でかこった長い小屋が数軒ならび、小屋の端からは煙が勢いよく上っている。小屋のまえでは人々が大きなロクロにとりついていて、ロクロにまかれていく綱のはしには、半ばは赤く半ばは黒い巨大な紡錘《つむ》のようなものが海にひたって横たわっており、その上でも男たちが目まぐるしく立ちはたらいているのである。

松林のうしろと、切り立った崖《がけ》のあいだのわずかな平地に、この村の六十数軒の小家が立っている。静まりかえって人のけはいもしないのは、みな早暁《そうぎょう》から浜の納屋の方へあつまって、鯨の解体作業にかかっているからである。ただ昨日の漁で、海上ではげしい働きをした刃ザシ（銛師）や水夫など、「沖組」のものだけは例外で、この厚い霧の下の貧しい家々のなかで、まだぐっすりと眠りこんだまま、昨日の疲れをいやしているのだろう。

崖よりの方にある、裏に小さな畑を持った古い一軒が、若い刃ザシのシャキの家である。小さいながら納屋もあり、狭い縁側もついたその家は、わずか二部屋だけの頭のつかえそうな藁《わら》ぶきではあるが、この集落ではまず中流に属している。

雨戸の無数の節穴からさしこむ薄明りのなかで、逞《たくま》しく痩せた若者が薄い蒲団《ふとん》の下で身をまげたりのばしたりしながらさまざまな声で唸《うな》りつづけ、筋肉のすみずみにたまった疲労をおしだしてしまおうとつとめていた。きのうのすさまじい労働でシャキは力のさいごの一滴まで消耗しつくしたらしく、もう昼近くなっているのにその背筋にはなかなか活力がもどってこないのだ。

シャキが祖父と父と兄のあとをついで一人まえの刃ザシになってからは、鯨組から毎年六十円の給金と九石の米を支給されていて、生活は決して苦しくないのだが、母親は去年死ぬまでは「足腰のたつあいだは働かにゃ天なる父《や》にも申しわけなか」と言って、鯨がとれた翌日には鯨納屋の作業に出ていくことを止めなかった。今日も妹は朝早くから鯨納屋の作業に出て行ったらしく、家のなかはしんと静まりかえっている。妹は今年の秋、カスケという村の小学教員のところに嫁にゆくことになっていて、それまでに衣裳《いしょう》を一枚でもふやしておきたいのである。

鶏が土間から座敷に飛びあがり、首を傾けて畳の上を歩きはじめた。それを追いはらうついでに若者はとびおき、雨戸をくりあけて憂鬱《ゆううつ》な冬の空がひくくたれこめているのを眺め、その向こうの鉛いろの粘液的な海を眺め、とおくの鯨納屋から間遠にひびいてくる太鼓の音や、女たちのかんだかい声が風にのってながれてくるのをきいた。若者のあさぐろい、かたくしまった頰がかすかに赤らんだのは、その華やかな女たちの笑いのなかに、幼なじみの貧しい娘の声がたしかに混っているとかんがえたからである。若者は懐《ふところ》をさぐり、昨日の賞与から別にとりのけておいた五円銀貨をたしかめ、それからはじめて落ちついて、隣の間の茶袱台《ちゃぶだい》に用意された朝食をとった。

鯨納屋は大きな長屋のような建物でいくむねも立ちならび、周囲の竹矢来のまわりには近郷の男や女がぎっしりあつまり、意味もなく昂奮《こうふん》して笑ったり、騒いだり、不平をならべたり、怒ったりしてひしめいており、なかには余り肉の分配を期待して大ザルを頭にかぶったり、フロシキを首にまいたものもいる。番士に挨拶《あいさつ》されてシャキは矢来のなかに入り、鯨納屋のまえに立ったとたん、中からうってくるはげしい熱気におされて立ちすくんだ。

納屋のなかはすべて鯨油をおしげなく使った燈火であかあかとてらしだされている。手前の左側は竈《かまど》をきずいて飯焚場《めしたきば》になっていて、若い女が四、五人、たすきがけで汁をもりわけている。奥は皮肉の荒切り場で、土間で庖丁をふるって巨大な肉塊にとりくんでいる男たちの汗まみれのすがたがみえ、右側では、世話役たちが仲買人のまえで切りわけた肉塊を大秤《おおばかり》にかけてはザルにうつし、テンビン棒につるして外に運びだしている。その奥にながく一列にならび、小太鼓にあわせて庖丁で台をたたいているのは皮と肉との小切り場で、集落の女や老人たちはほとんどここで働いているのである。左すみのいちばん奥が大竈のならんだ油釜場《あぶらがまば》で、ここで五、六人の屈強な男たちが汗まみれの裸体を焔《ほのお》にひからせ、薪《まき》をついだり、煮えたぎって浮いた脂《あぶら》を大ヒシャクですくっては樽《たる》にうつしたりする作業に熱中している。

太鼓の単調なひびきがあたりを支配し、おびただしい庖丁がそれにつれていっせいに肉と皮と木の台を叩き、その響きは混沌《こんとん》としたおもおもしい音になって納屋をゆるがせる。騒々しいおしゃべり、笑い声、女の悲鳴、燃えしきる竈の音、脂のはじけるひびきがあたりに充満し、納屋のなかには焦《こ》げた油と汗の匂《にお》いが立ちこめて、そのなかからある特定の人間をさがしだすことじたいを、はじめから絶望的にさせる。この鯨納屋の猥雑《わいざつ》で、陽気で、精力的な人間どもの雰囲気にシャキはいつまでたってもなじむことができず、一歩ここにふみこむたびにかれははじめからはじきだされているような気がするのである。そのたびに若者は、決してかなえられない望みと知りながら、祈りのように熱心にかんがえる。

(せめて彼奴《しゃっ》のときだけは、あの鯨神の葬儀だけは、こげんふうにはやりとうなか。

復讐ばすませたのちは、鯨神は北の海へ静かに流してやりたか。おれの祖父にも、親父にも、兄者にも、鯨神はすくなくともこげんな辱《はずか》しめだけは加えんかったっちゃけん。みごとおれの銛で刺し殺したあとでは、鯨神だけは陸の者の手で切りきざんだり、油ば煎《い》りとったり、細工物にさせたりはしとうなか。せめてしゃつだけは）

矢来の入口から、番士に頭をさげられて美しい娘が入ってくる。矢来の外の男や女たちの目がいっせいに、この丈のたかい、ほっそりした娘の背にあつまってあとを追う。鯨名主の娘のトヨだと気がつくのと同時に、若者は鉢巻をとって深く頭を下げた。トヨはシャキの前に立ち、美しい大きい目で若者をみつめるのだが、この集落でただ一人の士族の家柄である鯨名主の娘にみつめられると、若者はとたんにまごついて逃げだしたくなるのである。この娘には、相手が目をそらすまで挑むようにじっと人をみつめるくせがあった。

「父上に用のあって来たとばって」とトヨは冷たい雅《みや》びやかな口調で言った。「納屋におらっしゃろうか？」

何と答えたか若者は覚えていず、娘は人の目を十分に意識した優美な足どりで、大納屋の中へ入ってゆき、シャキは竹矢来の外へ逃げ出してようやく息をついた。この美しい高慢な女は、同じ年配の娘たちのあつまりである娘組にも出たことはなく、娘組の肝煎《きもい》りたちが費用あつめに尋ねて行っても、決して玄関から上にあげたことはない。村のものは身分のちがうもののあいだでは当然のことだと思うのか、トヨのこの態度が公然と非難されたこともない。

竹矢来のまわりの人ごみをはなれ、シャキは貧しい、ごみごみした集落のなかを歩きぬける。地にへばりついたような低い家々はみな軒が深くつきでているので、いつか雲間から出て屋根と道とに照りつける南国の太陽のはげしさにかかわらず、家のなかはどっぷりとした暗さに沈んでいる。いつもならこの家々のなかから女たちが目を光らせながら外をうかがっているのだが、今日はみな鯨納屋の作業にではらっていて、あたりには人のけはいひとつしない。

集落をみおろす崖の中腹にきざまれた石段をシャキはのぼってゆき、やがて陽に照らされている一かたまりの集落や、その前の砂浜や、白い線をひいている渚などが手のなかにとれるほど小さくなる。その向うには光りにみちた紫紺の海がひろがり、褐色の長い岬がのび、岬と海のはてはかがやかしい白い雲につつまれている。崖のいただきにはむせかえるような緑の杜《もり》があり、杜のなかには古びた、暗い社があり、やがて若者の頑丈な掌《て》のうつ音が杜に鳴りひびいた。表むきはソコツツノオ、ナカツツノオ、ウワツツノオ三柱の海神がまつられ、なかには稚《おさな》いイエスを抱いたマリアの稚拙な像がまつってある、小さな社のまえで、若者は敬虔《けいけん》に頭《こうべ》をたれながらこう祈った。

（昨日は海中でおれば加護して給《たま》わり、首尾よう大セミばしとめさせて下されて、何ともありがとうございました。兄貴の鯨神に殺されて今年で三年になりますばって、今年こそは鯨神ばおれの銛でしとめさせてつかあさい。そのためにおれは生命《いのち》ばとられても文句は言いませんばって、でけるなら他の水夫や銛師たちはなるべく死なんですむごとしてつかあさい。おれとちがって、みな女房や餓鬼のある身の上ですけん。それから妹のやつがことし小学教員のカスケのところへ嫁に行きます。夫婦ともどうか丈夫で、よか子供のうんと生まるるごとお恵みば下さっせえ。村のとしよりたちもお召しが来るまで楽しい余生ば送らるるごと、なにとぞお恵みば下さっせえ。それから……）

あたりには苔《こけ》の匂いと、落葉の腐ってゆく静かなけはいが感じられ、頭のうえでは樹々《きぎ》の葉ごしに太陽が小さくかがやいて静まっており、かすかな潮騒《しおさい》と小鳥の声のほかは物音ひとつしない。たぶん今年こそは願いがかなえられ、鯨神を追ってこの世界と訣別《けつべつ》しなければならなくなるのだと若者はかんがえたが、訣別はすこしも実感としては感じとられず、若者の胸は恐れにはすこしも騒がないのである。若者は満足して杜をぬけ、輝かしい風を肺いっぱいに吸いこみながら、ふたたび崖をおりはじめた。

鯨をとった翌日は、まずこの崖の上の社に参拝し、それから崖の裏側にある先祖たちの墓に詣《もう》でるのが和田浦の銛師たちの習慣である。貧しい家に住んでいても墓だけは費用をかけるのもこの島のならわしで、崖の裏側のひろびろとした花崗岩《かこうがん》地のうえには純白な石づくりの墓が立ちならび、その磨かれた肌は太陽の直射をはねてひっそりと輝いている。墓地のはるか向うはそのまま防波堤になっていて、はるかな沖合いからふくらんで滑ってきた波はまともにここに打ちよせ、風のつよい日には墓石のむこうに華麗なしぶきの幕をふきあげる。

隅のほうに三つ並んでいる墓石がシャキの祖父の、父の、そして兄の墓で、それがひときわ大きく、きらびやかに白くみがかれた石でできているのは、葬《ほうむ》られたものが鯨とりの最中に死んだことをあらわしているのである。墓の背には稚拙ながら斜め前方に潮をふく鯨の図がえがかれ、遠慮がちに十字架がほりこまれている。墓のまえにシャキはひざまずき、太い指で十字をきり、さきに山の社で祈ったのとほぼ同じようなことを、祖先の墓にも祈った。

家柄によってさまざまの形と大きさとをもっている墓石の林のなかを若者はしばらくさまよい歩き、油のような陽ざしが肩と首筋とに浸《し》みこみ、筋肉のすみずみにおりのようにのこっている疲労をもみほぐすのを楽しんだ。

墓石にはまだ作りかけで四角な龕《がん》だけが花崗岩の台地のなかにほりこまれているものもあるが、その未完成な龕のひとつのまえにきたときシャキはなにかに圧《お》され、思わず立ちどまった。その小さな、四角い溝のように台地にほりこまれている龕のなかには、たしかにある圧力的なけはいがある。何かしら重いものが硬い石のうえで身を転がすけはいがし、シャキは息をつめて龕のなかをのぞきこみ、おどろいてその中にとびおりた。

「エイ」とシャキは呼びかけ、底のなめらかな石のうえに横たわって苦しそうに身をまげている娘を抱きおこした。「腹が痛《いと》うなったとか？　家までおぶって行っちゃろう。さ、こい」

しかしこの貧しい身なりの、浅ぐろく精悍《せいかん》な娘は首を振っておきようともしない。痛みは周期的に襲ってくるとみえ、娘の蒼白《あおじろ》い顔にはあぶら汗がうかび、喰いしばった歯のあいだからはわずかなうめきがもれて、そのうめきは静まりかえった石のあいだの空気に水のようにしみ込んで行った。

「なら、呪師《いのりし》ば呼んで来ちゃろう。おれはまたお前が鯨納屋で鯨解きばしとると思うて行ってみたとじゃけん、こげなところで病《わずろ》うておるとは思ってもみんじゃった。もうちいと待っときやい。いま、呪師ば呼んで来ちゃるけんな」

あぶら汗のういた蒼ざめた額を振り、娘はかすかに笑って、

「呪師もいらん。誰にもいわんといて」

と言った。

シャキは途方にくれて立ちつくした。足もとに横たわっている娘は油こい陽ざしを浴び、みがかれた石の床のはざまにわずかに生えた枯草をにぎりしめて苦痛に耐えているが、その瞳《ひとみ》にはふしぎに平静な、自足した影がある。シャキは溜息《ためいき》をついて輝かしい白さの墓石の列とそのはての岩だけの褐色の岬と、午後の陽に熱されてさっきからしだいにふくらみをましている海面とを眺めた。

「うち」とエイは若者をみあげてしずかに口ごもった。「うち、いま赤ん坊ば生みよるとよ」

「そうか」と若者はある感動にうたれてだまりこみ、しばらくしてどもりながら言いだしたが、その声にはいままでなかった娘への敬意があった。

「何かおれに手つだえることのなかか。何でも手つだっちゃる」

「悪いばって」とエイはうっとりした声でいうが、シャキはこの気性のはげしい娘がこれほど優しい声をしていようとは思いもかけなかったので、おどろいて娘の蒼白《そうはく》な顔をみつめる。「あんたの家に帰って、湯ば持って来ちゃり。そいから、このことは

うちの婆にも、誰にも言わんといて」
「わかった」というなりシャキはゾウリをぬいで、墓場のなかをかけ出していた。だれもいない家で若者は大いそぎで手桶《ておけ》に湯をわかし、簞笥《たんす》から、鯨とりのときに腹に締めるためのあたらしいサラシをとって、湯をこぼさぬよう苦心しながら墓地にとってかえす。

エイはさっきとまったくおなじ姿勢で石床のうえに横たわり、澄んだ眼で空を眺めていて、シャキは湯気をふきあげる手桶をその裾《すそ》におろし、遠くの鯨納屋からきれぎれに吹きちぎられてくる笑い声や罵《ののし》りを放心して聞いた。

娘の裾からやがて一筋の血が流れだし、白い石の肌目《きめ》のうえに糸のようになめらかにのび、つよい陽ざしにそのすさまじい赤さはたちまち艶《つや》を失って乾きはじめる。若者は羽織をぬいで娘のうえにかけ、震えている細い手を自分の頑丈な掌で握りしめてやり、娘はしばらくして、
「済まんね」
と言った。

みすぼらしい小屋が海をみおろす崖の中腹にこびりついていて、外側はみるかげも

なく荒れているが、それでも古い板をうちつけた戸の隙間《すきま》から鯨油ランプの灯が洩《も》れているので、人が住んでいることはわかる。海からまともにふきつける風の痛みにシャキは頸《くび》すじを硬くして耐え、すこしためらってから戸を叩いた。

ボロにうずもれた老婆がうたがわしい目でシャキをむかえ、土間のすみに腰かけたエイはちらと目をあげて若者をみとめたものの、すぐ目をふせて釣針に貝のむき身をつける作業にふけっていて、二度とこちらの方をみようともしない。家具といえば手桶と古い木箱が二つ三つあるきりで、その一つの箱のなかにボロにくるまった赤ん坊が顔をしかめて寝息をたてているのをシャキはみた。黙ったまま若者は娘のとなりに腰をおろして貝をみたした桶をひきよせ、冷たい水のなかから貝をひろいあげては小刀の器用な一すべりで殻と身をはなし、そのときは左手は膝《ひざ》の油紙のうえに釣糸をたぐりよせていて、若者はぴくぴく動く貝の身で針を一瞬に隠しおおせている。

老婆は若者に背をむけて壁にむいたまま内職の藁綱よりをしているが、これは本来の鯨綱をつくる材料として鯨組が各戸に藁を与え、できあがった小よりの綱を買いあげるのである。

一間きりの家には風が戸を平手うちすると、鯨油ランプの燈心の燃えおちる音だけが満ちる。すばやい筬《おさ》のように若者の頑丈な手が走って作業をつづけ、手桶のなかにはみるみる七、八本の餌《えさ》をつけた糸がわがねられた。ふと顔をあげてみると娘は手をとどめ、さっきから若者をみつめているのである。

「どうして」とエイはせっぱつまった口調で言いだしたが、その視線はとうに外されて部屋の隅にそそがれている。「どうしてみんなのまえであんたの子供やなんて嘘《うそ》ば言うたと？　うちと一度も寝たこともなかとに。あんたが随分、損ばしようもん」

「損などせん。おなじこっちゃ」とシャキは器用な手つきで作業をつづけながら答えた。

「うちに子供ば生ませたと言うたら、もうトヨのところに聟に行きにくかろうもん」

「トヨなどどげんでもよか」と若者は餌をつけおわった糸をもつれさせないように巻きこむことのほうに注意を集めながら素気なく答えた。エイはしばらく黙って目だけ光らせていたが、

「なら、あんた鯨神に仇ばとらん気な？」

「鯨神はおれが殺す。あたりまえのこったい」と若者は腹をたてて言い、そのはずみに針で指をさして舌うちした。

「鯨神はおれが殺す。ばって、トヨや名主名跡などおれには面倒じゃというだけたい」

エイは下をむき、あたらしい釣糸をたぐりよせ、のろのろと針をつけるしごとをはじめたが、なお気にかかることがあるようすである。ついに頭をあげていどむようにシャキをみすえ、

「あんた、この子がほんとうは誰の子か聞きとうはなかとね？」

「そげんこつはどうでもよか」とシャキはすでに餌を針につけおわり、土間のカメからヒシャクに水をくんで手を清めながら、ぶあいそうに言った。「聞きとうもない」

背中をむけていた老婆が立ちあがり、悪口雑言や不平を並べたてながら藁のつんである部屋のすみにゆき、斜めにはりわたしてある綱にゴザをかけ、頭からその中にもぐりこんでいって、やがて完全にみえなくなった。エイは手と顔を洗い、口をすすぎ、かんたんに髪をなでつけ、ただ一組の、客用にしか使われない蒲団をのべはじめる。赤子の父親であることをみとめる露顕《ところあらわし》の習慣のために若者はこの夜ふけわざわざエイの小屋まで来たのだが、この貧しい小屋には餅《もち》も酒もなにひとつ用意されているけはいはなく、こうした惨《みじ》めさのなかで一生をはじめなければならない赤ん坊のことを思って、シャキはふいに憤《いきどお》ろしい気持になった。

エイは蒲団に枕《まくら》を二つおき、帯をといて下着だけになり、鯨油ランプをほそくして横になった。仕事着をぬいでシャキはエイの傍に入り、口を吸ってから股《また》のあいだに

手を入れて動かしはじめるが、その体はいつまでも乾いたままで氷のように冷たいのである。はじめての行いを若者と娘は無感動におえ、重なったまま黙りこくって別々のことを考えている。

「うちは恩ばうけるとは好かん」とエイは言いだした。「うちは赤子《やや》のちっとも愛らしゅうはなかっちゃもん。赤子のことで恩ばうけるとは好かんっちゃ」

「われに恩などは売らん」とシャキはそっけなく言った。

「赤子は、ほんとはちっとも生みとうなかったたっちゃ」エイはそう言って震えた。

「だって、うちは無理やりに妊《はら》まされたっちゃもん。嫌いやったのに力ずくでされたっちゃもん。堕《おろ》そう思うていろんなことしたとよ。寒中の海に入ったり、腹ば石で打ったり、崖から飛びおりたり……赤子のどげんして愛らしかもんか」

「赤子には罪はなか。こうして露顕ばしたからには誰の種じゃろとおなじことじゃ」

そう突きはなすように言ってしばらく黙ってから、若者はふいに思いついて言った。

「おれにそのうち万一のことがあったら、実の息子がすること、この赤子に仇討ちばさせちゃれやい」

「あんた」と娘の声は暗さのなかですこし変った。

「うちば好きで赤子の父御《ててご》になったとな」

「餓鬼のときは好きじゃった。いつも一緒に遊びよったけん。ばっていまは、そげんことはどうでもよかことじゃ。別にわれが好きじゃからこうしたわけじゃなか」

「あんた」と娘は下からふいに、若者の重い体をゆすりあげて言った。「うちは判《わか》った。うちは判った。あんた、ことし死ぬ覚悟ばしたとね。どうせ死ぬ身やからと思うて、うちの面目ばつぶさんごと、自分の子じゃというてくれたとね」

若者は答えない。

「あんた」と娘は若者の逞しくよじれた背肉にはげしく爪《つめ》を喰いこませながら言った。「たった一人で死んで、あんた寂しゅうはなかと？　自分の本当の子も残さんと死んで寂しゅうはなかとね」

「ほかにしかたのあるか」と若者は娘の思いがけない力にゆさぶられながら、泣きたいような辛《つら》い気持で答えた。「これがおれに決められた道なら、力いっぱいやるよりしかたなかろうもん」

「死ぬとはいや」とエイはうってかわったはげしさでしがみついてきた。「うちばおいて死ぬとはいや。うちと一緒になごう生きて。ことし死ぬなんて嫌いじゃ。あんたの死ぬとは厭《いや》じゃ。厭じゃ」

娘のはげしさに若者はまきこまれてふたたび体をうごかしはじめ、娘は狂気したようにこたえてきて二人はたちまち汗まみれになり、汗は若いひきしまった肉のくぼみに池のようにたまり、いくすじもの条《すじ》になって床にながれおちる。ふいに足音をたてて意識が遠のいてゆき、若者は自分の頰が娘の涙で濡《ぬ》れていることを知り、それから獣のように敏感な本能で、外が吹雪になっていることを感じとった。

――月はないが、舟着場はおびただしい星あかりに降りこめられ、おなじ光りは舷《ふなばた》を洗う波にも映って、つなぎとめられてひっそりと身をゆすっている何隻もの漁船をくろぐろときわだたせている。もっと赤みをおびた光りは夜空に植えたてられた帆柱のいただきにも、甲板にも、高く反った船尾にも、舷側の角窓にもちりばめられているが、これは豊富な鯨油をつかった人工の光りである。和田浦から山を越えて半日ほどの距離にあるこの港町は、和田浦とはくらべものにならぬほどの舟と人口を集めているが、夜は男たちはみな町の方へ遊びに行ってしまい、港にはほとんど人気もなくなる。

シャキは暗さのなかに目をこらし、さっきから自分とむかいあってうずくまっているものが襤褸《ぼろ》をまとった年老いた男であることを認めた。

「シャキじゃ。おっつぁん。和田浦のシャキたい。思いだしちゃんない。赤子のときおっつぁんに抱いてもろうた、シャキたい」

襤褸のかたまりはたえず身をゆすりながら、顔をあちこちにふりむけるが、星あかりに照らされたその顔面の瞳は膿汁《うみ》のように白濁していて、若者をみとめたようすはまったくみられない。

「思いだしなれんか。……おっつぁんが和田浦ば出て行ってからもう十年たっとうから、おれば思いだしなれんとももっともばって。この町におらっしゃるとは聞いたばって、こげんなところで会うとは思いもかけんじゃった。体の方はどうな。何か困ったことはなかかな」

乞食《こじき》の口がかすかに動き、「シャキ」と言い、それからしばらく黙りこんだ。「シャキか……。いや、誰が何と言ったたっちゃおれは和田浦へは帰らん。誰が何とおだてたっちゃ、あげな恐ろしかところへはおれは戻らんぞ。ここで乞食ばしよった方がよっぽど気楽じゃ。腐った魚でも喰い、漁師の暖《ぬく》め酒の残りでも貰《もら》っとった方が。誰が何といったっちゃ、おれは和田浦へは帰らん」

若者は沈痛な気分になって立ちあがり、目のまえでかすかにゆれている、怪奇な彫刻をほどこした舟の頭に、さらに夜空に殷賑《いんしん》をきわめてそそり立つ帆柱に目をやった。

「怖がらんだっちゃいい。なにもおっつぁんば和田浦へ連れてゆくために来たっちゃなか。実はおれも女房ば貰うことになり、赤子《やや こ》の親父になってしもうたとで、この町に柔かか布やら、産着《うぶぎ》ばつくる赤い布やら、糸やら、綿やら、買いに来らされたっちゃ。おっつぁんとここで会うなどと思いもかけとらんやった。むりにつれて帰ろうとは言わんけん、心配せんだっちゃよか」

「しゃつは怖か。もう和田浦へは帰らん。畜生、おればひきずりくさって、おれとシャキの祖父ばひきずりくさって、しゃつ三日三晩走りつづけよったとじゃ。何十人も殺されながら、和田浦のやつらはまだしゃつばあきらめんげな。みなおれを気ちがいというばって、おれからみりゃ、和田浦の刃ザシの方がみな気ちがいじゃ。あいつらこそ気ちがいじゃ」

「もう二十年もまえのことじゃろ。おっつぁんはもう舟にのらんだっちゃよかっちゃけん、何も怖がることはなか。しゃつはおれが引きうけとう」

かつては祖父と同じセコ舟にのりこんで鯨神を追い、三日三晩の追跡のおそろしさに発狂した老人はかっと目をみひらき、この一瞬だけ正気にかえったように若者には思えた。

「しゃつば追うことは止《よ》すのじゃ。むなしい体面にのみかられて、しゃつば追うても何にもなりゃせん。得るのはいくらかの油、うしなうのはかけがえのなか生命じゃ。生命あってこそ女房も可愛《かわい》いし、赤子も慈《うつくし》める。生命じゃ。生命じゃ。自分の幸福《しあわせ》だけが大事なんじゃい。おれはほんのこつ、乞食ばしつつも和田浦におったときの何倍も幸福じゃ。お前らが和田浦にひきもどそうと思うて来さえせんけりゃ、おれはいまのくらしに何も文句はなか。うるさかとはお前らだけじゃ。お前らさえ来んけりゃ、そしておれにあのおそろしかこつば思い出させせんけりゃ、何もいうことはなかばって」

「おれも女房はかわいか。赤子も」と若者は思わずこの狂人の話にまきこまれて答え、それから恐ろしくなって黙りこんだ。錯綜《さくそう》した感情がかれのうちにまきおこり、まえから彼のうちに宿っている或《あ》る鬱屈した考えが、盲目の老人をまえにしてふいに爆発した。

「ほんとはおれも恐ろしかとじゃ。おれも死にとうなかとじゃ。和田浦の外じゃけん、そしておっつぁんば前にしとるけん言えるとばって、おれも生命の惜しかとじゃ。おっつぁん、笑《わろ》うちゃれ、おれは死にとうなかとじゃ。どげんしたらよかとか。おれは女房ば可愛がりたか。赤子ば慈み、自分の赤子も生ませて育ててやりたか。妹の嫁入りにも生きとって、カスケに、(妹ば頼んます)とおれの口から言いたか。ばって婚礼は今年の秋じゃし、鯨神は春のうちにかならずくるとじゃ。こりゃひどかこつばい。ほんのこつ、おれは死にとうはなか」

老人はしかし若者のことばなぞやはり聞いていず、腰にしばりつけた袋から腐りかけた乾魚《ほしうお》を大事そうにとりだして、歯のない口でしきりにしゃぶっている。その無遠慮な舌打ちの音を聞きながら若者はふいにとりのこされた気持になり、自分がたったいま喋《しゃべ》ったことを後悔した。

「おれのおふくろがいつもいいよった」若者は独りごとのように言いだした。「人間死ぬまで生きりゃ十分じゃ、とな。人間、死ぬまで生きりゃ十分じゃ。おっつぁん、覚えとるか」

老人は乾魚を咀嚼《そしゃく》することに熱中していて、やはり若者のいうことを聞こうともしない。自分を力づけるように、若者は勇気をふるって言った。「人間、死ぬまで生きりゃ十分じゃ……おっつぁん、これは何ちゅう意味と思うか。おれはこのごろ考えに考えつめて、ようやく判った。人間、よか死にかたすれば、それはよか生きかたばしたことじゃと。よか生きかたばするためには、よか死にかたをすることが必要なんじゃ。おれはそう思う。そう思うておれは覚悟のできとった。それでもやっぱり、おっつぁんに言われるとおれは怖《こお》うなるんじゃ。おれは判らん。どげんしたらよかとか」

風にのって、はるかな町の料亭から、絃《げん》の音と船乗りたちの歌声が聞こえる。微風が海から吹き、おびただしい船は光りながら夜のなかにひっそりと息づいている。老人は身をだんだん小さくまるめこみ、膝のあいだに頭を入れ、木の鋪道《ほどう》のうえでかすかな寝息をたてはじめた。

若者は溜息をつき、買物のつつみを肩にかけて背負いなおし、余った金をぜんぶ老人の袋のなかに押しこんで、町の方へと歩いた。


風が凪《な》ぎ、夕陽の狂おしい輝きが海面をそめ、荒い岩肌にくぎられた花崗岩の墓地に十何人かの男や女が集まって、襟巻きをとり、深く頭をたれている。晴れがましさに頬を赤くしたエイが晴れ着の胸に赤ん坊を抱き、紅毛の宣教師が毛の生えた指さきで赤ん坊の額に水をふりかけてつぶやいた。

「父と、御子《みこ》と、きよか御霊《みたま》の名によっておぬしに洗礼ばさずける——おぬし、はよう大きくなって信心ぶかかキリシタンとなり、父御《ててご》におとらぬくらい豪儀な、胆っ玉《きもたま》のすわった鯨とりとなれ」

「アアメン」と集落の衆はつぶやき、ざわめいて十字をきった。紋服を着た鯨名主は重くるしい無表情のまま骨太な指でおざなりに十字をきり、その娘のトヨは片手で他のどの娘ももっていない高価なロザリオをまさぐり、蒼白な面はひたと海だけにむけたまま同じことをする。

エイはといえば、この貧しい娘は赤子を抱きしめたまま熱病のように眼をぎらぎら輝かし、勝ちほこっていどみかかるかのようにあたりをみまわしているのである。

司祭はひびのわれた指さきで聖書をくり、鯨とりとして一生を送るだろう赤子によみきかすのに適当な一章をさがしだす。せきばらいをし、片手をおもむろに赤子のうえにかざして、さて読みはじめようとしたとき、集落の方角から奇態な、ふりしぼるような絶叫が聞こえ、みなは頭をあげて白く輝く砂丘のうねりを、そこをころがりおちてくる黒い小さな影をながめた。

「おおい電信じゃ」とその声はやがて聞きとれるほどにちかづき、透明な空気をうって哀切なほど澄んだひびきとなって聞こえてきた。

「長州は瀬戸崎浦の鯨組から、鯨名主どのに、たったいま電信じゃ」

赤黒い皮膚のその中年の水夫は村人たちの輪の裂けめに倒れこみ、激動する内臓を身をまげたりのばしたりして押さえつけながら一枚の紙片をほうりだし、一年に何度もない電信をうけとった男や女たちは昂《たか》ぶってざわめきながら鯨名主をとりまいた。

封をきって目を走らせるや名主は痩せた足を震わせ、喉を裂くような声で叫んだ。

「みなよっく聞けやい。鯨神めの、今朝はよう長州瀬戸崎浦の沖ば通ったげな。恐れてだれも船はださなんだが、しゃつの、あの前に傾いた二また汐《しお》吹きは山見《やまみ》のもののはっきりとたしかめたげな……二頭とおらんしゃつだけの汐吹きじゃ。明日の朝から夕刻までのあいだに、鯨神は三年まえのごとここの沖ば通りぬけるときわまった。おい、皆なにをぐずぐずしよるか。正月にセミばとってから、新しか網の用意もまだできあがっとらんじゃろ。刃ザシのほかのもんはすぐと村へ走って帰れ。半鐘ば鳴らせ。明日の夜明けまでにソウカイ舟ば出せるごと、今夜は村じゅうが徹夜で網のしたくじゃ。いそげ、かかれ」

「しゃつはお止しなされと申すに」と司祭が不平げに説教をはじめようとするが、もはや誰も彼のつぶやきなどには耳をとめようとせず、男たちも女たちも尻《しり》をからげ、またたきするほどのあいだに砂丘をかけあがって姿を消してしまう。司祭も聖書を懐中に入れ、不平げにつぶやきながら太った体をゆすってそのあとを追い、シャキはゆっくりとあたりを見まわして、墓地のはずれに自分と、いつの間に来ていたのか紀州男だけがのこされているのをみた。

「トヨば」といって紀州男はかすかに笑うように肩をゆすった。「あきらめる決心ばしたとは利口じゃな」

「鯨神は」若者は生理的な反撥《はんぱつ》におされて言った。

「鯨神はあきらめはせんぞ」

紀州男は不可解だという表情になり、眼尻をいやらしくほそめてシャキを観察した。

「なしてや? エイば女房にし、トヨも名主名跡もあきらめるからには、なにも生命ばかけて鯨神ば殺す必要はなかろうに。むだな生命のつかいかたはせんがよか」

「われには判らん」

「よか若者が」紀州男はにがにがしそうにいうが、このときの紀州男はふいに四十男の厭味な落ちつきように変身しているのである。

「いのちばむだにすてたがる。ことに赤子の親父になったからにゃ、赤子のことも考えにゃいけんめえ――悪いことはいわん。はっきり言や、あすの一番鼻綱はおれにゆずっちゃれやい」

「よけいなこつば言わん」とシャキは頭のなかが震えながら白熱してゆくのを感じて言った。鼻綱をつける権利には一定の順序があり、鯨神にたいしては祖父と、父と、兄とを殺されたシャキがさいしょの権利があることは、村じゅうから暗黙のうちにみとめられているのである。「鼻綱はおれがつける」と若者は自分でいままで思いもかけなかったほどつよい口調でいいきった。

「どうしてもわれがつけたくば、おれが死んでからにしやい。もっともそのときは鯨神も死んどろうけん、死に鯨に鼻綱とおすことになるばってな」

紀州男は墓石にかけてあった提灯《ちょうちん》の竿《さお》をとって、小柄な体じゅうの筋肉をふくらませながら銛《もり》うちのかまえをしているが、その面《つら》からは意外に冷笑が消えている。夕やけの空にむけて銛さきをひたときめたまま、

「われが腕では、正直のところ無理じゃ。鯨神はそこらの棒鯨とはわけのちがうしぶとか奴じゃ。しゃつと互角に戦えるとは、人を殺した銛をもっとるこのおれしかなか。柔かい銛ば持ってむだに殺されにゆくにはおよぶめえ。他人が生きようが死のうがおれはかまいはせんが、トヨに気がなかとなら、悪かことはいわん、鼻綱づけはおれにゆずれ」

「くどか」と若者は侮辱されたという考えに目のまえがまっくらになり、たけりたって叫んだ。

「その話はきかん。鼻綱つけるとは和田浦にはおれのほかおらん。おれが死のうと生きようと、われが指図はうけん」

「仕方なか」と思いがけない真摯《しんし》な表情になった紀州男は口ごもってつぶやいていた。

「鯨神の通りすぎるあいだ寝こんでもらうか。気い悪うするな」

風が起こって、若者は四十男の竹竿が脚を払いにくるのを感じ、あやうく身をかわした。どすぐろい怒りが圧力をたかめてきて、若者は身をちぢめて相手の首におどり

かかる。顎《あご》をつきあげられて紀州男はのけぞり、その眼にはふしぎな黄色い光りが走り、シャキは胃のあたりから手足のすみずみまで激痛がにじむのを感じて、紀州男の鉄のような拳《こぶし》にみぞおちをつかれたことをしる。倒れながら若者の長い脚は紀州男の腹を蹴《け》りあげ、ふと気がつくと相手はさっきから花崗岩の床のうえに倒れていて、若者はその頭のうえに茫然《ぼうぜん》と立っているのである。なにかが沸騰《ふっとう》してシャキは紀州男の頭におどりかかり、相手の硬い脚で腹を蹴られてこんどはかれが倒れ、紀州男がシャキの首にのしかかってきて、あとは上になり下になり心ゆくまでの殴りあいになる。

シャキをおさえつけた紀州男はシャキの髪をつかんで石だたみにこすりつけ、シャキは息をつめて十分に耐えてから相手を頭ごしにはねとばし、二人ともよろよろと墓石のあいだに立ちあがって、これで形勢は互角になった。脚をふらつかせながら二人は偶然のようにぶつかりあい、つかれきって相手にもたれたまま思い出したように相手の後頭部や、背中を殴りつづける。

拳がうまく相手の胸をついて二人ともあおむけに墓石に倒れ、ころがりながらおたがいによりそって、相手の顔面といわず墓石といわず拳に血を滲《にじ》ませながら殴りつづけ、とうとう相手の打撃をよけもせず機械的に腕をうごかしつづけているだけになり、それも間遠になって、ときどき思いだしたようにそこらを殴るが、やがてそれも愚かしくなって、荒い息をついて死人のように転がっているだけになる。あたりには闇《やみ》が濃くなり、墓石の列が最後の薄明りをはねてほの白く輝き、星がいくつか薄い光りをはなっているのをシャキはみた。

「われは強情なやつじゃ」と紀州男はふいにうるんだ声で言った。「おれは、お前の知ってのとおり、紀州で人ば殺して逃げて来た悪人じゃ。つまらん喧嘩《けんか》の行きがかりで、向こうが鯨銛ば持ちだしよったんじゃ。それからは行くさきざきで爪弾《つまはじ》きさるるばって、親も兄弟もなし、おれはどげんなったってよか身の上じゃ。トヨと名主名跡が手に入るからには、鯨神と命のやりとりばするともおもしろかこったい。手に入れてからあの高慢しとるトヨばさんざん慰み、女郎に売りとばし、家屋敷ばバクチですってやるとも、悪うはなかこっちゃけんな。正直のところ、和田浦では鯨神はおれにしか殺せん。この浦の銛うちの銛で鯨神に立つとはなか。おまえが一人で、まともに鯨神とたたかったところで、千にひとつも勝目はなか。むざむざ殺されに行くようなもんたい。ばって、おまえがどうあっても鯨神に殺されたかちゅうなら勝手に殺さるるがよか。とにかく、この決着は、明日海のうえでつけるよりしかたのなかごとあるな」

シャキは大そう疲れた気分になって空をみ、墓石の列のむこうの蒼空《そうくう》が東の薄黒いろから西のすばらしい赤へ、やがてかすかな一条《ひとすじ》の金へとうつりかわるのをみ、海からの風が汗ばんだ肌をこころよくなでてゆくのを感じた。

村のものが明日の捕鯨のための綱をないあげる共同作業の歌声がかすかにきこえ、空気は乾《ほ》された草と乳の匂いをふくんで肺臓と血液のなかに甘く沁《し》みわたった。この匂いは鯨神の前ぶれの匂いだ、と若者は理由もなく涙が出そうな感動にひたりながら考えた。三年待った対面がまもなくくる。やっぱりおれはお前と戦おう。母親が言っていたように、「人間、死ぬまで生きりゃ十分」なのだ。最高の死に方をすることこそ、最高の生き方をすることに他ならないのだ……とにかく明日はおれかおまえか、たぶんおれの方が死ぬのだ、と若者は考えたのである。

轟音《ごうおん》とすさまじい光りを曳《ひ》いて山のいただきからのろしが打ちあげられ、山見小屋の半鐘が狂ったように鳴りだしたのは、まだ空のそこここに星の残っているその夜の明け方である。あたらしい下帯と紫の鯨刺子をつけたまま眠っていた若者はころがってはねおき、一睡もしなかったらしく瞼《まぶた》の腫《は》れた妹がはこんできた三方《さんぼう》の盃《さかずき》をとって、慣例の水盃をさした。

「カスケつぁんと仲良うしてな。よか子供ば生めよ」

と若者はおとなしく無口な妹に言い、（幸せになれよ）と言おうかと思ったが、多少気はずかしさを感じたので止めにした。（もう何も考えることはなか）と、位牌《いはい》のなかの母親は蒼ざめてはいるものの、いつものように欠けた歯をみせて大きく笑っている。（人間すべて死ぬまで生きりゃ十分じゃ。大体、われはもう長生きしすぎとうとばい）

「お母《かあ》もみとってくれよ」と若者は仏壇にむかって目をとじたまま言い、エイとその腕の赤子にはちらと目を走らせただけで、テガタ庖丁《ぼうちょう》を帯にはさんで砂浜にとびだした。若者の世話をする役目の刃ザシ見習はすでに銛を二本かついでまえを走っており、息をきらせながら二人は、すでに水におしだされているセコ舟にのりこんで、へさきのいつもの位置をしめる。

ほとんど同時に暁闇《ぎょうあん》のなかに太鼓のすり打ちがとどろき、九隻《せき》のセコ舟は船首に注がれた酒を波間に震いこぼしながら、頭を低くさげて沖へと突進した。セコ舟は後部に八人の漕ぎ手《こて》が二列にわかれて櫓《ろ》をおし、へさきに刃ザシ見習が一人ずつ、舟によってはさらに一人の役刃ザシがのりこみ、舟底に銛の台尻をついて立っているのだが、シャキのセコ舟にのりこんでいる役刃ザシはいつものイチバン親父ではなく、めずらしく鯨刺子に身をかためた鯨名主なのである。

「今日ちゅう今日は」と鯨名主は赤灼《あかや》けした顔面の筋肉を、ふいにゆるめて言った。「おれがじきじきわれの後見ばしてやるぞ」

九隻のセコ舟は扇形にちらばってひたすら沖へと漕ぎに漕ぐが、海面にはところどころ重たい霧が這《は》いずりまわっているので、おたがいの位置は船首のランプの黄いろい朧《おぼろ》な光りと、急速な櫓のひびきと、するどく圧し殺した掛声でそれと知れるだけである。

ふいに霧がうすれてゆき、水平線には一条のするどい光りが鍍金《ときん》され、薔薇《ばら》いろ、紫、紺碧《こんぺき》からまだ星を浮かべた夜のいろへと溶けあいながら層をつくってながれている。九隻のセコ舟はすでに目のとどくかぎりの距離にちらばり、海岸線に対して斜め一列の位置に散開をおえ、目をさえぎるもののない海面には透明な殺気が漂いだしている。

陽はようやく海面から身をぬきだし、あたりがすべてあきらかな小さな光りの跳《ちょう》梁《りょう》にゆだねられはじめたころ、澄みきった空気をうって第二ののろしがひびき、ほとんど同時に男たちは予定していたよりはるか沖合いの位置に、ごく小さな、輝かしく光るものをみとめた。

その輝きはたちまち消えたが、鯨名主は歯を鳴らし、両手の采配《さいはい》を振って合図をし、九隻のセコ舟はしぶきを砕きながらいっせいに、さらに沖へと突きすすんだ。ながい時間がたち、やがて男たちは二度目の、まえよりはずっと大きい前方に倒れる噴水がくずれおちる輝きをみ……、その霧がはれていったあとに男たちはおそろしいものの姿をみた。

それは大洋のなかに突如としてあらわれた長い黒い浮洲《うきす》としかいいようがない。まわりには乳いろの泡がたかだかと盛りあがっては山なみのようにながく曳かれ、たえずくずれおちる小山のいただきは陽にあたって金いろに輝き、黒い背は泡のなかにみえかくれしながらおどろくほどの長さでつづいている。

溜息が洩れ、かすかなおののきが舟じゅうを走るのをシャキは背なかで感じた。孤独な言おうようない威圧が海面にみちみち、鯨神に会ったら猛《たけ》りくるって吼《ほ》えるにちがいないと思われた猛者《もさ》たちまでもが気をのまれて、棒のようにつっ立ったままである。

やがて男たちは蒼穹《そうきゅう》につかみかかるようなするどい尾が泡の山のなかにきらめいて消えるのをみ、その尾とともに泡がしだいにくずれさるのをみた。

「潜りおった」と鯨名主は蒼ざめ、拳をふるわせながら、うわずった声でつぶやいた。

小半ときほどの時間が異常な静けさのうちにすぎ、ふいに男たちはどこから飛んで来たのかわからない鳥どもが海面をくらくし、不吉な鳴声を降らしているのに気がついた。かすかな漣《さざなみ》がその下の海面にひろがり、霧のような刺激性の蒸気があたりにたちこめ、男たちは目のまえの海面がおそろしい長さにわたって黒ずむのをみる。

黒さは急速に濃さを増し、すさまじいとどろきとともに舟は揉《も》みに揉まれ、崩壊する水柱のかけらとしぶきのなかで一切がみえなくなる。朦々《もうもう》とした霧をとおして男たちはつい目の前に長大な黒い城壁がうかびあがり、幽霊のように濃くなったりうすくなったりしているのをみ、血相を変えた鯨名主は駆り棒をにぎりしめて舟の側板を叩《たた》きはじめた。

蒸気がふきはらわれ、鯨神は悠々と泳いで男たちから遠ざかり、鯨神を九隻のセコ舟が扇形にとりまいているようすがはっきりとみえてきた。その黒い存在は暗礁《あんしょう》のように水面下わずかのところにながながとのび、背の上面が緑いろの水ごしにみえるだけなのだが、その長さはいったいどれほどあるのか、どちらが頭でどちらが尾なのかさえも見当がつかないのである。

やがて気をとりなおした鯨名主が音頭《おんど》をとり、九隻のセコ舟はようやく生きかえって、鯨にとって愉快なものでないことがわかっている音を出すために、黒と赤と白とに塗りわけた側板を駆り棒で叩きはじめる。緑いろの水の下の長大な影は一端をすこしずつ音のしない方に、陸地の方へとむけ、ときおりたかだかと虹《にじ》を映す霧をふきあげながら泳ぎはじめ、それにつれておびただしい鳥たちも不吉な叫び声をあげながら陸地へとむかう。

すさまじい形相《ぎょうそう》の鯨名主はその尾にくっつきながら采配を右、左へとふりわけ、鯨神をすこしでも陸地ちかくへ、ソウカイ舟が出動して三重にはりめぐらした網の方へ、追いこもうとする。

すでに時はまひるをすぎ、鯨神とセコ舟はわずかに陸地へちかづいたようにみえるが、海面にはむしろのどかな感じさえあたえかねない駆り棒のひびき、櫓のひびき、それに崩壊する波のひびきだけが際限もなくつづき、シャキはこの壮大な生き物に讃《さん》嘆《たん》を感じこそすれ、ほんの数刻のちにこいつと生命のやりとりをするのだなどということはどうしても実感できない。

午《うま》の刻をまわったころ、鯨名主は口もとをぎりぎりとひきしめて采配を頭のうえでくみあわせ、九隻のセコ舟にはげしい緊張がはりつめ、たちまちセコ舟は側板を急調子に叩きながら包囲をちぢめた。鯨の速度がまし、追いつめた舟からいっせいに喚声があがったのは、とうとう鯨がその巨大な顎を二隻のソウカイ舟のあいだにはられた第一の網のなかにつっこんだのである。このときはじめて鯨は追いつめられたことを知ったらしく、網をかぶったまま水面下わずかのところで大きくうねりながら円をえがき、沖にむかって水中に隠れた頭をむけなおしはじめた。

「漕げ、漕げ、畜生、櫓ぶち折れやい。死ね、死ね」と刃ザシたちは配下の漕ぎ手を叱咤《しった》し、すこしでも鯨神に接近してその退路を絶とうとするが、その背はいままでの物うげな動作からは想像もつかないほどのすさまじい勢いで白泡をふきながら、セコ舟のあいだを泳ぎぬけようとする。行く手にはだかった一隻は、その背にまともにつきあてられて、粉砕されて空に飛び、逃げられたかと思ったときセコ舟の一隻から銛がゆっくりときらめいて、その背に垂直に立った。

「ちいっ」とシャキは舌うちをし、二十間の距離があやぶまれたものの、空にむかって力のかぎり銛を投げあげ、銛は大きな弧をえがきながら晴れわたった空と霧のあいだを悠々ととんで、まさに目のまえを泳ぎぬけようとした背の向こう側に立った。

それを合図のようにもっとちかいセコ舟から銛が入りみだれてきらめき、その背から尾にちかい海面にかけてたちまち十数本の銛の林が立つが、そのどれもが致命の銛とはいえない。

鯨はおそろしい響きをたてて咆哮《ほうこう》し、鉤型《かぎがた》の尾をたかく水上にかかげてから沈んだので、男たちははじめてその下半身だけをまぢかにみることができたが、すさまじいその巨大さはまさに海上にそそりたつ黒い天守閣といった感じでしかとらえることはできず、離れたシャキのセコ舟のうえの太陽まで一瞬さえぎられて黒ずんだような気さえする。

銛綱はそのあいだにも矢のように走りだしてたちまちおしまいになり、こうして三重の網と、かろうじて銛綱をつけることのできた六隻のセコ舟を牽引《けんいん》した鯨神の猛烈な逃走がはじまった。一隻のソウカイ舟にくくりつけた網のはしはたちまち切れ、数刻かかって追いつめた網場から鯨神はたちまちもとの地点まで泳ぎ、ふいに丘のような背を海面にみせてたかだかと汐をふきあげたと思うと、また尾をあげて潜水にうつる。

和田浦のさいごの山のかげもやがてみえなくなり、太陽だけがぎらぎら輝いている海上で六十いく人かの人間と一頭の鯨との根くらべ、命のやりとりがはじまり、男たちの面は紀州男がたったひとり唇をまくりあげて不敵な笑いをみせつづけているほかはみなひきつった土気いろである。いまはじめて、シャキは鯨神に対して白熱した敵意を感じ、ぎらぎらと煮えかえる感情にせかれて目のまえになにもみえなくなる。

ふいに若者はあることを発見し、揉みしだかれるせまいセコ舟のうえで思わず足ぶみした。鯨の背のなかのいくつかの傷あとからはげしく血がふきだしていて、その血は緑いろの泡に吸われては小さな爆発のようにたちまち散り、うすれてゆくのである。

いくつかの銛があきらかに筋肉の深層のなかにねじれこみ、潜水したときの水圧で血は血管をおしひらいて海中に稀釈《きしゃく》されはじめたのである。

「血ば鮫《さめ》どもの嗅《か》ぎつけんけりゃええが」と鯨名主はかすれ声でつぶやき、こうして鯨神のはかりしれない力にひかれたまま帰って来ない何十人もの男のことを知っている鯨とりたちの顔は、みな死人のようにおしひしがれ、土気いろをとおりこしてどす黒くなっている。

はやくも一隻のセコ舟が綱をふりきられて追跡から脱落したが、この連中だけはこれで少なくとも、生きて帰ることを保証されたのである。

無限に続くかと思われた鯨神の遁走《とんそう》の速度も申《さる》の刻をすぎるころさすがに弱まり、咆哮を海面にひびかせ、水の塊をふりおとしながら、そそり立つ城のような姿をあらわした。

名主の采配がはためいて振られ、喉《のど》が破れんばかりの絶叫も鯨の目のまえに浮上する轟音にほとんどかきけされる。

「いまじゃ。セコ舟はちいとでもやつにちかづけ。櫓ば立てい。舳先《へさき》ばしゃつの胴のなかにつっこめい。万銛《よろずもり》ば打て」

その声が鯨とりたちの本能をよびさまし、男たちはわななく面をひたと鯨神にすえてセコ舟ごとその壁に激突し、舳先と万銛とを壁面に力のかぎりつきたてる。この不埒《ふらち》な板ぎれをたたきつぶそうともがきまわる怪物のために周囲の海面は暴風雨のように荒れ、五隻のセコ舟は転覆せんばかりに揉まれながら、そそり立つ黒い壁にかわるがわる銛をつきたてるのだが、降りそそぐ雨のなかにはいつか濃い血糊《ちのり》がまじっているのである。

永久に忘れられそうにない絶叫とともに木材の破壊される音がし、また一隻のセコ舟が肉塊に叩きつぶされたらしいようすだが、男たちはほかの舟のことなどかまってもいられない。鯨名主はすでに銛をすてて槍《やり》で力のかぎり目のまえの壁をえぐっており、シャキも波にあおられてともすれば後退しそうになる舟の漕ぎ手どもを叱咤しながらぎりぎりと槍をねじこむ。

それにしても、と若者はふいに怒りがさめるのを感じて思った。これほどの痛手を負いながら、鯨神はなんとながいあいだ、不屈に暴れまわりつづけることだろう。

霧がうすれ、シャキはすこしはなれたセコ舟から、テガタ庖丁を腰にぶちこんだ下帯だけの黒い体が水のなかにとびこんだのをみる。（おのれ、紀州男に先をこされてたまるか）とシャキは舳先に走りよりざま鯨刺子をぬぎすて、目のまえにそそりたつ壁にとびつこうとするが、その背は後見役の鯨名主にしっかと抱きとめられて身うごきもできない。

「まだ早か」と名主は軋《きし》り声でさけびながら、年ににあわぬ力で若者をうごかさない。

「ばかなまねをするな。いま行くと命ばむだにすてることになる。鯨神の息はまだ短こうなっとらん。止せ」

「はなしちゃれやい」と若者は老人をふりほどこうともがきながら叫んだ。「まだ早かことはわかっとる。ばって、おれが、ほかのものに鼻綱つけられて生きとられるか。おれが渡り者の紀州男などよりあとに死ねるか。頼む。男の頼みじゃ。離しちゃれやい」

「いま行ったかて」と老人は若者の耳にねじこんだ。

「鼻綱つけられんことはわかりきっとう。紀州男はどげんかして間合いばまちがえたにちがいなか。命は大事にするもんじゃ」

はげしい感情に盲目になって若者はテガタ庖丁をさぐり、これ以上邪魔するものは親だろうが名主だろうが刺し殺してでも鯨神にとりつこうとするが、刃ザシ見習の少年はすでに若者の海刀を持ち去っている。もみあったまま二人は海中にころげおち、すぐに髪をつかんでひきずりあげられ、そのときはすでに紀州男が銛綱にすがって霧のかなたにそそりたつ壁に這いあがろうとしているのが見え、若者は苦痛に爪の喰《く》いこむほど舷をにぎりしめる。

しかし紀州男はふしぎなことに、鼻中隔をくりぬくテガタ切りの作業にはとりかからずに、脇腹《わきばら》の網目に足がかりをつけてふんばり、そこに立った槍を力のかぎり鯨神の内臓の奥へ、熱く血みどろな急所へと刺しこんでいるのである。

「見やい」と名主がどなって若者をゆすぶり、シャキは頭のうえに鯨神の尾が三たびたかだかとそびえ、それがしだいに水中に吸いこまれるのをみた。

霧はたちまちふきはらわれ、紀州男をとりつかせたまま鯨神が沈んだ海面は、何十羽かの鳥がけたたましく鳴きかわしてとびまわっているほかに荒涼として静かである。いまの激闘でセコ舟は数隻がすでに打ちくだかれて、極彩色の木片や、それにすがってなかば意識をうしないかけて漂っている男たちの頭がふしぎなのんきさで波のあいだに浮いているのがみえ、のこった二隻がいそがしく漕ぎまわりながら仲間を収容するが、なかには紀州男をふくめてすでに十いく人かの男たちが消えている。一月の海のなかで半ときも投げ出されていると心臓を痛めて、たとえ拾われても、まもなく死んでゆくのである。

鳥どもはあいかわらず踊りくるいつづけ、銛綱もほとんど停止してときおり引かれるだけなので、鯨神がこの海面下に静止したままあまり動いてはいないことは判るが、小半とき経《た》ち、半とき経っても紀州男の姿だけは浮かび出ない。戦慄《せんりつ》が男たちのなかにみなぎり、男たちは恐ろしい予感に打ちひしがれながら眼をみあわせる。

これだけ人を満載して身うごきのとれない舟で、もし鯨神があらわれたらどうしようというのか。ふいにシャキは今すぐ銛綱を切って逃げかえりたい弱気の発作に襲われ、男たちは脅《おび》えた顔を眺めあうが、さすがに誰もそれをいいだすものはいない。

「何ちゅう恐ろしか、しぶとか奴《やつ》か」と一人がつぶやき、鯨神にたいする畏怖《いふ》と讃嘆への無言の共感が舟にみち、みな黙りこくって寒風から逃れるように濡れた体をよせあっている。

ひとしきり鳥が鳴き、凪いだ波のおもてにかすかな漣がたち、緑いろの透明な水のしたに黒い長いものの影が急速に濃くなってくるが、目のしたの海面にはすでに夕焼けの空の雲のように真紅の血がひろがっている。血しぶきと霧と轟音があたりにみちわたり、夕映えのかがやきに充満していた空はふいに暗くなり、恐ろしい噴気音が天と海とにとどろきわたる。

緊張にうちひしがれながらシャキはテガタ庖丁を腰にぶちこんで立ち、鯨名主の硬い震える手が若者の肩をつかむが、これほど血の凍るような瞬間をいまだシャキは経験したことがない。霧がふきはらわれ、鯨神は手傷をおうて衰弱しきった胴体を波間に横たえて休息しているが、紀州男はすでに心臓を破られて海底ふかく沈んだらしく、その横腹に姿はみえないのだ。

鯨名主が狂って咆《ほ》え、二隻のセコ舟は黒くそそり立つ壁めがけてよろめきながらさいごの突進をこころみ、すでに一隻は満載した人間の重みに苦しみながら長槍をつき立てているが、鯨は喉の奥でひくく笑うような声をたてながら血を流していて、さきほどの激しい暴れかたはみせない。

老人の腕がふるえ、ふいに力がこもって若者を刃物のような海のなかにつきおとす。若者の全身からは急に恐れが退《ひ》き、力づよい腕が痺《しび》れるような冷たい水をかいて目のまえの壁に泳ぎつき、すべりやすい胴のうえを、怪物の頭にひっかかった網を足がかりにしゃにむに登りつめる。たちまち水が頭のうえまできて若者は鯨神がまたも水に潜ったことを知り、手さぐりで怪物の、二つ並んであいた鼻孔のうえにしがみついた。

血塊が、眼のまえのかたくしまった肉孔から、蛇のようにうねりながらゆっくりとおしだされはじめた。その蛇は海中で急速にふくれあがって、あたりを火災のような真紅のなかにとじこめ潮のおそろしいはやさにたちまち散って消えはてた。いちめんのどすぐろい緑のなかで若者のまわりだけが純白にたぎりたちつづけ、潮はすさまじい重みに若者の裸体をおしひしぎながら、右左に切りさかれる。もう小半ときもシャキはこの怪物の背に刃を立てたまま海中をつっぱしっているような気がするのだが、この醜悪で巨大でまっくろな生きものは致命の傷をうけて半日ちかくもたちながら、すこしも勢いがよわまったようにはみえない。

怪物の頭にかかった手がかりの網をシャキはしっかりとつかみなおし、テガタ庖丁を顔のまえにたててわずかに息をつき、自分の息のつづく時間と、怪物が潜水をあきらめて海面におどりあがり、自分がこの生きものの鼻梁をくりぬいて〝鼻綱とおし〟ができるようになるまでの間合いをはかってみる。その余裕はもうほとんどない。

ふじゆうな姿勢のままシャキはテガタ庖丁に力をこめて怪物の鼻梁をえぐりつづけ、鯨の鼻孔からは心臓の力づよい搏動《はくどう》にあわせて血塊が噴出しては、シャキのまわりを豪奢《ごうしゃ》な緋《ひ》いろの緞帳《どんちょう》でつつんでたちまちきえ、シャキの耳は錐《きり》をもみこまれるような痛みを感じはじめ、とうとうシャキは、自分の息が限りにきはじめていることを知った。

若者の頑丈な肺は万力にはさまれたように痛みはじめ、若者は身をまげたり首を振って舌を出したりし、しかも絶えずおそろしい速度で運ばれつづけながら、さいごの空気の一滴を喉から出すまいと苦闘しつづける。若者の体内ではさっきから時間が停止し、怪物は巨大な尾で水を打ちながら突進をつづけ、若者の意識は足音をたてて遠のいてゆき、まさにこのとき、若者は頭のうえが急速に明るさをましはじめているのに気がついた。

轟音、頭のうえを流れおちる恐ろしい水の重み、苦痛な刺激性の霧、真紅《まっか》な夕焼けの色を若者は感じ、ふいになつかしい空気のなかに放たれているのを感じてふかぶかと呼吸をする。驚きのあまり網から手をはなしそうになったのは、水中を走っているあいだに自分が背からずり落ちていて、つい目のまえに鯨神の小さな眼があいているのを見たからである。

蒼《あお》みがかったそれは訴えるようにじっと若者をみつめているが、その目は意外に静かに澄んでいて、なんの憤りや悪意も浮かんではいない。

そのままシャキは茫然として、ながいこと鯨神と目をあわせていたような気がする。気がつくと鯨神は頭をすこし水に浸して若者は首のあたりまで海水に洗われており、気をとりなおして若者はその頭のうえに這いのぼり、ゆるんだ汐吹き孔《あな》のあいだの壁を片手でつかむとあっけないほど簡単に、テガタ庖丁を壁にさしとおしてえぐりぬいた。あつい血がゆっくりともりあがって若者の手をひたし、腕をひたし、肩をひたして流れおちる。気をうしなったように動かぬ鯨神のうえにつっ立つと、いっさいが終ったしるしに無我夢中のまましたかだかとテガタ庖丁をさしあげる。

しかし若者の耳は、波のうえにひびくいつもの喝采を聞かなかった。鯨神のさいごの逃走に、人を満載した二隻のセコ舟はとうとうひきはなされ、光りのみなぎりわたった海面には若者と鯨神だけが、一人と一頭だけで浮かんでいたのである。鯨目のとどくかぎりの海と夕陽のなかには、ほかに生きものの姿ひとつみえない。鯨神の頭のうえで若者はかすかにゆすられつづけながら茫然としていたが、ふいに鯨神は生きかえったように身を一ゆすりした。はげしい叫びが波間を走り、放心していた若者は頭から振りおとされ、するどい銛が林のように静まってきらめく横腹へとすべりおちた。

右の肩口と右腿《もも》がすさまじく灼熱《しゃくねつ》するのを若者は感じ、若者の目のなかには巨大な太陽が燃えしきり、たちまちそれは消えて重い闇がひろがった——

おれの周囲には荒涼とした石の多い砂浜があり、その砂浜は輝かしい赤さに染まり、言おうようない孤独な叫喚をあげてうちよせる波頭も同じ色に染まり、そのたびに砂にながながと曳かれる白い泡の尾も、いまはまたおなじ輝きに染めつくされている。

おなじ光りは砂浜にただひとつおかれたおれの寝籠《ねかご》の節の多い板目にも、その中で綿入れや布きれにくるまって老人のようによりかかっているおれの額にも刎《は》ね、おれの目を眩《まぶ》しくほそめさせ、右腕と右腿のつけねから絶えずせめのぼってくるものすごい痛みから、ほんのわずかなあいだだけおれの注意をそらさせる。

痛みは殆《ほとん》どめくるめくばかりの輝かしさで攻めのぼり、血管の蠢《うごめ》きにあわせて脈動的におれを刺しつらぬき、そのたびにおれは歯の間からかすかなうめきが洩《も》れるのをどうしようもない。

激痛は、おれが鯨神の背からころげ落ち、ようやくたどりついたセコ舟の上にひきずりあげられ、酒をふきかけられて気をとりもどしたときからおそいかかって来た。

断末魔の喉鳴りとともに鯨神の生命《いのち》が絶え、あたりの海面が血と、鯨神の腹中からながれだしたおびただしい白泡で埋まり、たった二隻に減ったセコ舟が舟をうしなった漁夫たちをぎっしり乗せたまま夕闇の海上に立ちすくんで、村のテンマ（伝馬）と鯨運搬のモッソウ（持双）舟がおれたちをさがしあてるのを待っているあいだ、おれの腕と腿の切り株はかたくしばられ、たえず氷のような海水がそそがれて血が流され、おれの血と鯨神の血は海のなかでひとつにまじりあい、そして寒風のふきすさぶなかに、やがて夜が来た。

勇敢で気のきく何人かの刃ザシ見習が鯨神の背に、遭難したセコ舟の破片をつみあげ、鯨油ランプの油をかけて火をつけ、ふうがわりな焚火《たきび》は烈風に吹きまくられてたちまち燃えあがり、鯨神を海上で火葬の儀式に付しているような錯覚をあたえた。凍死しそうな寒さのうちに男たちは体の知覚をうしない、力をつけるために男たちは鯨神の尾から切りとった脂《あぶら》の濃い、まだあたたかい切身を生のままほおばり、何とか意識をもちこたえようとする。

火をめあてに二隻のモッソウ舟と何隻ものテンマが到着したのは、その夜も子《ね》の刻をまわったころだ。鯨神は二隻のモッソウの間にはさまれ、おれやそのほかの負傷者はテンマにうつされて、こうしておれたちはながいことかかって集落の浜の方へとひきかえしはじめたが、うしなった犠牲のあまりの大きさのために男たちの面は沈痛にひきゆがみ、獲物をひいて帰るときのいつもの喜ばしい気分などはいささかもみられない。

つかれきった二隻のセコ舟と、これも疲れきって半死半生のモッソウ舟やテンマは、翌日の午《うま》の刻ちかくなって、ようやく浜にたどりついた。喚声があがったのが遠くからひびいて聞こえたが、近づくにつれてその声は静かになり、浜に舟がたどりついて無事にもどったセコ舟がたった二隻しかないことがわかったとき、浜は異様に緊張し、ふるえる沈黙にとってかわられ、ふいにそこここにすすり泣きが走りはじめる。

男たちはどすぐろく疲労しきって、白く輝いている砂浜に這いあがるやいなや射倒されたようにうずくまり、怪我人《けがにん》をはこびあげる力も鯨神を岸に曳きよせる力もない。鯨神は曳かれてくる途中ですこしずつ沈み、いまは血で真紅にそまった海面の下にその長大な姿を横たえ、わずかに白く牡蠣《かき》の付着した鼻瘤《はなこぶ》と、おれがえぐりとって鼻綱を通した一対の汐吹き孔だけを水面にだしているにすぎない。あたりには無辺際な正午の光りと微細な蒸気が立ちこめ、そのなかでおれの生命がすこしずつ蒸発し、稀薄になってゆくのを感じ、女たちと老人の皺《しわ》ばんだ手でおれの体が慎重に戸板のうえにうつされるのを意識しながら、おれはむせかえるほどの潮の香と遠い波のとどろきをふいにつよく感じて、そのまま気が遠くなった。

——意識をとりもどしたとき、おれは薄明りのなかに坐《すわ》っている妹や、エイや、やはり負傷したらしく腕を吊《つ》っている鯨名主や、呪師《いのりし》にかみついた。

「鯨神は、鯨神はどげんなったな」

「しゃつの頭だけは、残して浜に据えてある」

「おれば連れてゆけ。おれば浜につれて行って、鯨神と向きあって寝かせちゃれやい。鯨神と睨《にら》みあいながら、おれは死にたかとじゃ」

ひごろ仲の悪いバテレン殿と呪師がめずらしくそろって反対したが、鯨名主だけがおれの希望のとおりにしてやれと言った。鯨名主の手配でおれは流木をあつめてつくった寝棺に入れられ、寒風の吹きすさぶこの浜にすでに三日もすえられているのだ。白い巨大な鯨の頭骨は、目のまえの砂に先端を海の方にむけたまま据えられていて、はげしく照りつける入陽に、これもかつて生きてあたたかい血にまみれていたときのように真紅にかがやいている。女どもや仲間の銛打ちたちはおれのまわりにつきまといたがったたが、おれは残されたわずかな時を鯨神とだけですごしたかったのだ。男たちはおれの目のとどかない、しかし向うからはおれがよく見える位置に小さな小屋をつくり、夜のあいだも交代でおれをみはっているが、しかしきゃつらはおれと鯨神のあいだに夜っぴておこなわれる激しい戦いには気づいていない。

闇がおれたちのまわりに降りこめ、冷たい星が空を埋めて煌《きらめ》きはじめる時になると、目のまえの巨大な鯨骨はいつのまにか艶《つや》やかな肉と皮におおわれた生命あるものに変身し、力づよい尾に銀いろのしぶきを砕きながら、悠々と大洋のなかを泳ぎすすんでゆくのだ。それと同時に、流木の不自由な寝棺におさまったおれももと通りの若く力づよい刃ザシに変身し、きらめく銛をたかだかとかざしながらその後を、鯨神の噴きあげる霧をあびながら追いはじめる——

ほとんど一睡もしないうちにようやくしらじらとした朝がくる。薔薇《ばら》いろの指さきをした朝は海のむこうにかすかな痕《あと》をつけ、その線をなぞりかえしてはしだいに幅ひろく、濃くしてゆき、やがておなじ光りは鯨神の雄偉な額にも、やつれはて、眼だけを光らせたおれの額にもやどりはじめ、その光りはたちまち燦々《さんさん》とふりそそぐ銀《しろがね》いろのまひるの光りにとってかわられる。

その光りのおびただしさと静けさのうちにおれの生命は微細な粒子となってたえまない蒸発をつづけ、そしてまた荒磯《あらいそ》のむこうに血のかたまりのような、ぎらつく夕陽がころげおちて来て、おれの生命のさいごの何日めかがこうしておわる。またはげしい正午の光りのなかで、おれがありとあらゆる怒りと悪罵《あくば》と呪《のろ》いを鯨神にそそぎかけているとき、頭にかげを落してすりよって来たエイは、蒼ざめてやつれた表情で思いつめたようなかすれ声を出した。

「うちはもうあんたに何も隠しとうはなかと。何もかも言ってあんたにゆるしてもらわんと、うちは地獄いおつるごと気のするっちゃ。聞いちゃり。赤子《やや》の父御《ててご》は、紀州男じゃ。うちばむりやり妊《はら》ませた男は、紀州男じゃ」

鮮烈な苦痛が瞬時とおのき、おれはなにもかも納得がいった気がする。やはりしゃつだったのかとおれはにがにがしい笑いが口もとにこみあげ、苦痛のためにそれが唇のうえで奇妙にねじまげられるのを感じながら思う。鯨神に早銛を打つときの紀州男の無鉄砲な行いは、テガタ切りには早すぎるのに鯨神の背にとりつき、しかもテガタ切りをしようとはせず槍をとって鯨神をえぐり、弱らせようとしたのは、すべておれを死なすまいとしてのことだったかもしれないとも考えられる。一人が鯨の背にとりついているあいだは他の誰も鯨にとりつくことは許されないし、そのあいだはおれもセコ舟から眺めているより他にしかたがなかった。

鯨神が潜水し、紀州男はなおも鯨神の腹にしがみついて横腹をえぐりつづけ、もう大丈夫とみて離れようとしたときはすでに、冷たい水に心臓を痛めつけられてしまったことを知ったのだ。気づいたときにはどうしようもなく、紀州男は鯨神の頭からはなれ助かることを選ぶよりは、鯨神の脇腹をえぐりながら名誉とともにさしちがえることをえらんだ……いや、紀州男のことだ。さいごまで紀州男は自分が死ぬなどと考えず、鯨神が苦痛に耐えかねて浮上し、自分も助かると考えていたのだろう。ただ鯨神のよわりきるのには、紀州男が計算していたよりは、すこし時間がかかった——。

おれの傷口がふいに黒ずみ、我慢できないほどの悪臭を発しはじめたのは昨日からのことだ。腫れあがり、真黒に変色した腕と腿の切株をみた薬師《くすし》は眉《まゆ》をよせて首を振り、医術の心得のあるバテレン殿は沈痛な表情になって、金いろの毛の生えた指で十字を切った。おれはすべてを予知したが、これは覚悟のうえのことなので、むしろおれには人間の体が死にきるまでにこれだけ大量の苦痛を経験せねば死ねず、しかも人の体がこれだけ巨大な苦痛にたえながら、なおもどうにか存在をつづけていられるということの方が意外なのだ。

人々が消えたあと、おれの目のまえにはさっきから鯨名主が、赤銅《しゃくどう》いろの細い腕を首から吊り、地から生えた樹《き》のように立ち、その背中にかくれるようにトヨが襟巻に首を埋めて、きびしくひそめた眉のしたの眼を海のかなたに、そこに山のように盛りあがって真昼の降りそそぐ光りを刎ねている、冬には珍しい乱雲にそそいでいる。あの日から名主は十以上年をとったようにみえ、気魄《きはく》だけでもっているものの、外見はいつ死ぬか判《わか》らない老人のようなのだ。

「ぐずぐずいうことはいらん」と名主はぶったぎって言った。「わしの口から出た約束は、どげなことのあっても守らにゃならんとじゃ。いまさら何を遠慮することがあるか。では、式の日どりは明日でよかな。親戚《しんせき》へ出した使いのものが今夜でなきゃ着かんけん、どんなに急いでも明日になる。鯨名主の一人娘と、村でいちばんの刃ザシとの婚礼は、盛大にやらにゃならんけんな」

「ばって」とおれは気魄に圧倒されて口ごもりながら、「名主も知っとんなろうばって、おれはもうじき死ぬとばい。傷口が黒うなっとうとは名主も知っとんなろうもん。もうじき死ぬ男と形だけの婚礼ばあげさせて、花嫁ば一生やもめにするとな？」

「それも承知の上のことじゃ。十分の血筋のものは、この村じゃいちど亭主と死にわかれれば二度と嫁入りはでけんばって、それも承知の上のことじゃ。よかか。明日からお前や鯨名主の婿《むこ》で、おれの家屋敷はすべてお前がもんじゃ。おれは屋敷ば出て隣り村の姪《めい》がかたへ身をよせる。知っとれ」

言うだけのことを言うと名主は砂浜に深い足痕をえぐりながら歩み去ってゆき、おれは舞いもどって来た傷のいたみに抗議を言いたてる気力もなくうめきつづけ、ふと顔をあげるとそこにトヨの思いがけない優しい顔がちかぢかと、息が嗅《か》げそうなほど迫って来ているのをみる。

傷をうけてからまったく洗っていないおれの体が臭くはないかとおれは考え、その考えの日常的な、あまりにも日常的な感じに気づいて、ふいに涙の出そうな気持になった。まもなく二度とおれはもうこういうことを考える必要はなくなるのだ。

「止《よ》しない」とおれはふいに苦痛がうすらいだときの湿った感情で言った。「おれは明日にも、婚礼の最中にも死ぬかもしれんとばい。おれはいつ死んでもかまわんばって、そうなりゃお嬢さんの不しあわせになるだけじゃ。二本差しの家筋の娘は、一生再婚でけんとばい」

「それも知っとります」とトヨはおれから目をそらしたまま静かに答えた。「うちは、しあわせになりたかなどとちっとも思うとらん。うち一人のしあわせなど何でもなかことじゃ。父御の約束ば果たすことは、鯨神に鼻綱ばつけた刃ザシの女房になることは、この村でただ一人の士分の家に生まれたもののあたりまえのつとめやけん。しあわせのかわりに、うちには誇りのあるけん、ちっともしあわせなど欲しゅうなか」

「それで」とおれは声を昂《たか》ぶらせながら言った。「お嬢さんは、おれば好《す》いとうとか」

「ちっとも好いてはおらん」とトヨの声は深い海のように静かだ。「うちはあんたに少しも惚《ほ》れてはおらん。うちは好き、嫌いとか、しあわせ、不しあわせで嫁入りするとじゃのうて、ただうちの誇りのために、村でただ一人の士分の血筋の娘としての誇りのために嫁入りするとじゃけん」

「おれには、エイちゅう女房のあるとばい」

「それも承知しとう。ばってあげな女とうちとは生まれのちがう。エイはあんたの妾《めかけ》になと何になとすりゃよか。うちはあんたに惚れて嫁入りするとじゃなかけん、あんたが妾ば持とうが何とも思わん。それも承知の上で、父御の約束通り鯨神ん鼻綱つけた刃ザシに嫁入って、うちも鯨神ば殺すために役に立ったと思いたかっちゃ」

トヨが去ったあと、おれはまたただ一人砂浜にのこされ、鯨神とむきあって寝棺のなかに横たわり、あいかわらず周期的に痛みに揉みしだかれながら、錯綜《さくそう》した感情に悩まされている。おれといい、紀州男といい、トヨといい、また鯨名主といい、人はなんとみずからすすんで不幸になりたがることか。その不幸は、しかし決してそうなるまえに考えるほどにたやすいことではないのだ。不幸をたやすく考えてみずからそれをえらんだばかりに紀州男は生命をうしない、おれはこのようにさいなまれつづけ、しかもそのおれとおなじ道を鯨名主もトヨもえらぼうとしているのだ。ひとりの不幸はけっして他のものに理解されはしないし、早いはなしがおれのいまの不幸は、ほかの誰に肩がわりもしてもらえなければ、けっして理解してさえもらえないのだ。

——おれがここに据えられてから四度めの夕陽が、昨日よりさらに赤さをまして燃えくるいながら、いま波のたかい沖のむこう、きらびやかな色彩の雲のけわしい谷のはざまに沈む。ふしぎなことに、いまのいままであれほどはげしかった痛みは、体じゅうから嘘《うそ》のように消えさっていて、動かせる手で傷口やその他のどこを押してみても、痛みのあとかたさえない。

とうとうけりがついた、とおれはほっと息をつきながら考えた。ながい恐ろしい苦痛ののちに、とうとうけりがついてくれた。神経がそれを感じなくなるまで、よく耐えてよかった。いつかはけりがつくことはおれには判っていたのだ。

健康だったときとほとんど変らない、しかももっと微妙にとぎすまされ柔かくなった感情が自分にもどって来ている。暮れがたの砂浜はあらい石がそこここに長い影をえぐり、おどろな響きをひいてうちよせる波は純白な一条《ひとすじ》の泡を渚《なぎさ》にひろげ、たちまちそれをくるみこんでひきさってゆき、岬は砂の白と岩の黒と濃い松の緑の重なった線を海のなかにひき、そのむこうには生まれてからいく百回となくみた、しかし一度として同じかたちであったことはなかった雲が燃え——こうしたみなれた光景が、いまほど身にしたしく、おれの全存在をあげて打ちこめるほどの近さによりそって来たことも、かつてなかったのだ。

ふいに風がおこって、おれを吹いてすぎ、その風のそよぎにおれは死の訪れを、永遠の平安と休息の、影のように涼しくひそやかな近づきを感じた。明日はおれの婚礼がおこなわれ、しかしそのまえにたぶんおれは死ぬだろう。待っておれ紀州男、今日あすじゅうにはまたおまえにあうだろう。お前は生きているあいだじゅうおれの競争相手だったが、それにしてもお前はあっぱれなやつだった。

あらためておれは鯨神を正視し、その雄偉な額がいつものようにひたと海に据えられたまま血のいろに燃えしきっているのを見た。おまえもさぞ苦しかったろう。男たちの銛《もり》がおまえの肉をひきさき、槍がおまえの内臓をかきまわしていたときは。おそろしい勇気をふるっておまえもよく戦った。おれの集落だけでいままで数十人かがおまえのために死に、止《とど》めをさしたおれもまたまもなくおまえのために死んでゆくのだが。恐れ知らずの戦いにとびこみながら、しかもおまえの全身は、おれがいままでに経験しぬいたとまったくおなじ激痛に揉みさいなまれていたのだろう。それにしても、おまえは生涯を通じて、豪儀なやつだった。

おれのみる、たぶん最後の落日は、いま岬のはての極彩色の海になかば以上身を沈めて狂おしく燃えている。波はさまざまな色彩の破片をふくんでかなたから帆のようにふくらんで押しよせ、目のまえの渚で急に暗転してはその裳裾《もすそ》のうらをみせ、おれをいざなうような音をたててひきさってゆく。いざないは高く、低く、しだいに暮れまさる光りのなかでくりかえされ、その声はしだいにはっきりとおれに呼びかけてくる。

声にひかれ、いつかおれは自分が鯨神そのものに変身するのを感ずる。おれはそのまま目のまえの頭骨になり、おれの肉体は島のような大きさにふくれあがり、おれの皮膚はぶあつい脂肪と黒色の表皮にかわり、波しぶきはおれの鼻さきでたかだかと砕け、そのままおれは夕映えの海を落日へ、落日へとむかって力づよい尾で波をうちながら悠々と泳ぎすすんでゆく。そうだ、おれは鯨神だ。鯨神はおれだ。おれが鯨神だ。鯨神がおれだ。おれこそ鯨……

たちまちおれはふりしきる極光のなか、まったくの静寂の海の寒さのうちをつきすすんでいる。流氷はおれの鼻さきにおしわけられて硬い音をたて、牡蠣のこびりついたおれの鼻瘤にはすだれのように氷柱《つらら》が垂れ、それは刃もののようなしぶきに打たれて折れくだける。半年の夜のさなかにおれの汐《しお》ふきは白い霜の柱となってたかだかとふきあげられ、そのまま雪となって降ってきた。雌鯨をかけての戦いでおれに勝つ鯨はいず、おれのいのちを狙《ねら》う人間どもまでもおれを征服する奴はいなかった。

紺碧の海に純白の珊瑚礁《さんごしょう》をうかべた、銀《しろがね》のまひるの光りのしたの南の海におれはたゆたっていた。豊饒《ほうじょう》にあふれかえる光りをおれは力づよい尾で砕きながら悠々とすすみ、波はおれの頭のまわりにたかだかともりあがっては煌いてたえず崩れおちる。おれのふきあげるしぶきは、大空の虹とはりあうもうひとつの虹をおれの頭上にかかげ、鳥どもはやかましい讃嘆のさえずりをかわしながら虹をくぐって飛びかった。なんと豪奢な海であり、なんと豪奢なおれであり、なんと豪奢なおれの生だったことだろう。白波をくだいておれのすすむところ、おれのまわりは、明け方は薔薇いろの褥《しとね》となり、まひるには一めんにかがやく金ののべ板の大広間となり、夕暮れどきには蒼穹をおおって真紅の天蓋《てんがい》が垂れこめ、夜には、ながながと曳かれたおれの航跡はすべて、月の光りをあびて蒼白くかがやく練り銀の波うつ裳裾とかわった。

それにしても、あのさいごの戦いのなんというはげしさだったろう。鰭《ひれ》ではじけばくだけて消失するような人間どもにうるさくおれは追いたてられ、海に住む敵のないものの寛大な気分のままかれらのみちびくままに進んで行って、ついにとんでもない陰謀にかけられたのだ。はかられたと気づいたときおれは怒りにまかせて荒れくるい、何隻もの小舟と乗組のものをおれの鰭と尾のしたで砕いたが、しゃつらは、恐れるどころかますます慣れなれしくむらがって来て、おれの死角を狡猾《こうかつ》にねらって重い銛を脇腹に植えたて、槍でおれの内臓をかきまわすのだ。

激痛と怒りのなかでおれは荒れに荒れ、復讐《ふくしゅう》の打撃はむなしく海面を打ち、おれは眼もほとんどみえぬまましゃつらを一人でも多く殺そうとたけり狂う。やがて冷やかな槍さきがおれの胸郭にしのび入り、心臓をさぐりあてすべりこみ、おれの血と生命は広大な海に稀釈されてしだいに稀薄になり、その濃度はやがて海水とまったくおなじにまで低下し、意識もしだいに無機的となり、ついにおれは、おれを生んだ広大な海に還元されつくした——

鯨神と一体であるという幻想から、おれはこのとき、聞きおぼえのある歌声をきいて急速にめざめた。あきらかにそれはエイの声で、歌っている歌はふるくからつたわる節の、鯨に身うちを殺されたものが歌う復讐の歌である。

「そこに、黒雲ばまとうて馳《は》せちゆく大きかもんの姿のある——嵐《あらし》ばはらみ、血にあいた嘴《くちばし》ばぬぐいつつ飛びさるもんのすがたの——息子よ飛び立ってしゃつば追いやい——しゃつば喉い牙《きば》ば立て、しゃつが腸《はらわた》ばひきさくまでは巣に帰りやんな——その日まで巣は汝《われ》ば迎えんぞ——母《かあ》が涙の、仇《あだ》の血で拭《ぬぐ》わるるその時までは」

おれの葬儀のときに歌うべき歌を、いまエイが赤ん坊を抱いて練習しているのだ。そしてあの赤ん坊が、鯨神の壮大な同類にたいして、何十年かのちに、ふたたび闘いをいどむようになるのだ、とおれはかんがえ、ふいにさわやかな気分になる。鯨神はおれから離れてふたたび目のまえの、夕陽に彩《いろど》られた巨大な頭骨だけの姿にもどり、背後にながながと影をひきながら、鼻さきを海にむけて沖を凝視している。また風がおこって吹きすぎ、死がさらに一歩ちかく訪れてきているのをおれは感じ、はればれとした気分でおれは、鯨神の頭骨に話しかけた。

「お前らは、実にすばらしか奴らじゃ」

すると鯨神はたしかに、あたりを響かすほどの声ではっきりと答えた。

「お前らも、実にすばらしか奴らじゃ」

＊第四十六回芥川賞受賞作

花魁《おいらん》小桜《こざくら》の足

ここに一葉の黄ばんだ写真がある。写っている若い女は胴を極端にしぼり、スカートを膨らませたクリノリン風、百五十年前の風俗だ。花飾りの帽子に洋傘をもって可《か》愛《わい》く気取っている。顔は小さいが、変色していて欧米人かどうかはわからない……。

さて時は江戸末期。場所は長崎出島蘭《ラン》館《かん》、および引手茶屋引田屋。ヒロインは十七歳の花魁《おいらん》小桜《こざくら》。親切な老甲比丹《カピタン》に囲われて、彼を早く死んだ父のように信頼しきっていた。彼女は孤児だったのだ。

老甲比丹の任期が終り、別れのときがきた。老甲比丹は娘を抱くように小桜を抱き、

「お土産は何がいい?」

彼は老齢なのでもう引退なのだが、土産は次ぎの紅毛船にことづけるつもりだったらしい。自分を信頼しきっている少女に〝これでお別れだ〟とはどうしても言えなかった。

「小さいころ祖母の話に聞いた、天竺《てんじく》にいるという親指ほどの人を何人かほしいの。化粧箱の引き出しに入れて飼っておけたら、どんなに可愛らしいかしら」と小桜は無邪気に甘えた。

「よしよし、必ずもって来るよ」と言って老甲比丹は横を向き、大粒の涙を流した。老甲比丹は小桜の前借金を返してやり、嫁に行けるのに十分な金銀砂糖をのこしていったのだが、ほとんど楼主に取り上げられ、正月の絵踏み衣装を贅沢《ぜいたく》につくる程度の金が残っただけなのだ。

楼主は悪いと思ったらしく、格を上げて日本行きにしてあげよう、と言ったのだが、小桜は「私は蘭館行きで結構でございます」と断った。それで周囲から若いに似ず淫《いん》乱《らん》だの変わっているのと噂《うわさ》されたが、日本行きになると老甲比丹がまた来たとき、会えなくなると思ったのだ。

しかし若い稽古《けいこ》通詞《つうじ》の大村彦次郎《おおむらひこじろう》は、「彼はもう来ないよ。歳《とし》だし、和蘭陀《オランダ》に妻子がいるんだ」と冷笑した。

「ただひとつ、また会う方法がある。彼は切支丹《キリシタン》だ。だからお前も切支丹になれば天国で彼と会えるのだ。そのために正月の絵踏みで耶蘇《ヤソ》基督《キリスト》の絵姿を踏まず、ハリツケとなってマルチリ……殉教しなければならないのだ。入信しなさい。そうすればまた会えるよ」

この稽古通詞は隠れ切支丹のイルマン（地区責任者）で、殉教者を多く出せば、東洋教区内での地位が上がるのだ。また隠れ切支丹は旧教加特力《カトリック》だが、小桜に和蘭陀の新教との違いはわからない。

小桜は恐れ、迷い、苦しんだ。まだ若いし、人生と、その年ごろの可愛らしい楽しみに未練もあった。しかしあるとき、和蘭陀船の船の上に、上陸を許されない若い女……商館員の若妻を見たときから、小桜の心は殉教に傾いた。当時、異人の女、子供の来航は甲比丹の妻子といえども固く禁制となっており、紅毛人に慣れているはずの長崎の人々もまだ見たことはなかったのだ。

商館員のヒレニュウは二十七歳、妻のミイミイは十九歳で、日本の禁制はよう知っとりましたけれど、若い二人はどうしても別れられなかった。嘆願書を出したけれど、長崎奉行は国法をたてにとり、市内上陸はおろか出島立ち入りも許さぬと厳命を下したとです。

仕方なく夫のヒレニュウは毎日出島蘭館の仕事がすむと小舟で南蛮（紅毛）船に戻り、翌朝また出勤する、ということになりました。

紅毛女（実は金髪）のミイミイは手を振って夫を送り出すと、いちにち甲板に立って、夫の蘭館を眺めとる。これが物見高い長崎町衆の評判になったので、いやもうエライお祭り騒ぎが始まりました。

遊山舟《ゆさんぶね》が何十隻《せき》も仕立てられる。紅毛女見物にゆかぬものは流行おくれじゃ、ということになる。見物船には酒肴《しゅこう》をととのえ、幕を張り、笛太鼓、三味線、囃子《はやし》鳴り物入りで大きく黒い紅毛船を取りかこむ。ヒョットコの面をかぶり尻《しり》まくりして馬鹿《ばか》ばやしで卑猥《ひわい》な踊りを踊り、船室に引っ込んだ紅毛女を笑いで誘い出そうとする。天照《あまてらす》大神《おおみかみ》とまちがえているらしい。これは逆効果で、その日はもう甲板に出て来なかった。

日本の芸能には世界一卑猥なものが多い。どじょうすくい、阿波《あわ》踊りなど、みずから貶《おとし》めることで集団の安定をたもち、自発的であることでかろうじて自尊心を保つ。これで江戸二百五十年の平和が保たれたのだが、その規範である武士道を韓国人は自発的奴隷《どれい》制だと評している。まったくそのとおりで、この民族的自虐《じぎゃく》志向は日本謝罪党（消滅した）や指導的新聞にもみられるが、天皇の命令ということで自殺攻撃をやったり、天皇の命で降伏し一切反乱しなかったり、理不尽にソ聯《れん》に抑留されながら、スターリンをたたえる行進をしたりしたのも同じ自発的奴隷根性だ。ソ聯を侵略したのにドイツ兵はもっと堂々と行動していた。

しかし自発的奴隷行為も、場合によっては崇高となるときがある。堺《さかい》事件の土佐藩兵の集団切腹や、葉隠《はがくれ》のいさぎよさなどだ。

生存と社会秩序のために奴隷的服従が必要なときがある。その奴隷的服従と自尊心の折り合いをつける規範が武士道だった。徹底した自発性が自尊心の救いになる。武士道（特に切腹）が自己の生存ではなく、社会秩序維持の支えになったことは日本人の自尊心が外見礼法の卑屈さ（たとえば平伏礼）とは逆に、いかに強烈かを示している。それはハーン、ベルソールなどが指摘している。

日本の芸能の卑猥さ、汚らしさは文楽を例にひいて谷崎潤一郎も批判している。例外は能だけだが、これもあいだに狂言を挟んで、緊張をほぐしている。

さて和蘭陀船を取りかこむ無数の見物のなかには、紅毛女の絵姿を写して、賛をして、錦絵《にしきえ》として売りだすものもいる、いかめしい国学者、鶴港雪泥は万葉調の長歌を作っている。

御定《み》めの、かぎりし有れば、陸処《くぬが》には、許し給《たま》はで、樫《かし》の実の、一人残り居、明けたては、館《たて》にい行きて、夕べには、帰りくる夫《せ》を、大船の、思ひ頼みて、烏羽玉《うばたま》の、黒髪ならず、稲穂なす、黄金髪結ひ、泡雪の、若やる胸に、赤玉を、繁《しじ》に抜き垂れ、青柳《あおやぎ》の、撓《しな》ふ姿に、白妙《しろたえ》の、衣着すそひ、さ丹《に》づらふ、面《おも》わ隠さず、花のごと、笑みて立てれば、里人は、見の珍しみ、水鳥の、浮かべるごとく、日ごとに、船連《つら》なへて、つづみ打ち、小琴《おごと》かき弾き、歌ひ舞ひ、招き言問ひ、打ち群れて、遊ばひ来るを、手弱女《たおやめ》は、夫《つま》待つほどの、悒《いぶ》かせる、心慰《なぐさ》に、出《い》でて見るらん。

反歌

舵《かじ》とりて夕べはかへる和蘭陀の、夫《つま》待つ乙女舳《へ》に立つらしも

それはともかく終日船に閉じ込められ、

チャンチキチン、ドンドコドン
ぴーひゃらぴーひゃら、チントンシャン
とうとうたらりたらりとう
あらエッサッサァ
オドラニャソンソン
ちょいとでました
ベンセイシュクシュクゥ
いまごろは半七さん

トトサンの名は
めでためでたの
お手を拝借、よーっ
おそかりしゆらのすけ
やるまいぞやるまいぞ
しゅらしゅっしゅっしゅ

などと朝から晩まで騒ぎたてられ、夜は夜でまわりに小舟の提灯《ちょうちん》をズラリ並べて涼みがてらひっきりなしの大騒ぎ、鐘や太鼓、飲めや歌えの大うかれ。入れ代わり立ち代わり責めたてられては、世慣れぬ娘は生きた心地もしなかったろう。半年かけてははるばるたどりついたあげくがこの大〝歓迎〟だ。

たまにミイミイが顔を出すと「そら出たっ」と小舟の片舷《かたげん》に集まって、転覆するなどの珍騒動もありました。

明治十一年、日本を旅したイギリス婦人イザベラ・バードも日本人の物見高さに辟《へき》易《えき》している。折り畳み寝台からゴム製浴槽などを人力車に積んでの大旅行だ。いたるところで部屋の障子に無数の穴をあけて無数の好奇心に満ちた目がのぞいている。いちど障子が倒れて一かたまりの人間が室内に転げこんできたことがあった。どこでも地から湧《わ》いたような数千人にとりまかれる。歩けばついてくる下駄《げた》の音が地鳴りしてとどろく。それでも怒らず旅を続けたイギリス婦人の忍耐強さは感嘆ものだ。ゴム風《ぶ》呂《ろ》を持参してまで生活様式を変えないのもイギリス的頑固さだ。

小桜も遊女仲間と物見舟を仕立て、可愛い絵日傘をさして紅毛女見物に行ったのです。甲板に立ち、色の薄い哀《かな》しげな目で、まわりの日本人たちを見おろしている若い紅毛女は、ふしぎな同情を感じさせた。高貴とか清浄とかいう言葉を小桜は知らなかったけれど、それに近い清らかな気持ちを、この若い和蘭陀女は娼婦《しょうふ》小桜の心に起こさせたのです。

次ぎに隠れ切支丹の小役、大村彦次郎から入信を迫られたとき、小桜は聞いた。

「あの和蘭陀の女の方も、耶蘇基督の信者なのでしょうか」

「もちろんだ。本国に帰った甲比丹の奥方もな」

「私も切支丹になれば、紅毛船の女の方のように美しくなれるのでしょうか。そしてたぶん、甲比丹様の奥方様のように」

「どこまで心からの信者になれるかだな。まず小島での礼拝に参加しなさい。そしてマルチリ（殉教）すれば、希《のぞ》みはかなえてくれる」

しかしマルチリをしてハリツケになるほどの決心はつかなかった。まだ若く健康な娘なのだ。それに和蘭陀船の女の髪は陽を浴びて輝くような金色で、自分の黒い髪とは似ても似つかなかった。ハリツケにかけられ、マルチリしても同じようになれるだろうか。

ある暗い夜、小桜は彦次郎にともなわれて集会のある小島にわたった。洞窟《どうくつ》の奥の祭壇で蠟燭《ろうそく》に照らされている肖像を見て息を呑《の》んだ。その優しい表情の女はあの和蘭陀女にそっくりだったのだ。しかもその髪は金髪ではなく褐色だった。

「この方は？」

「耶蘇基督を生みまらせた聖母、マリヤ様だよ」と小役彦次郎。

その絵姿は母のような慈愛にみち、幼くして両親をなくした小桜をいつくしむかのようだった。

この方なら日本人の自分を、あの甲比丹様にとりもって下さるにちがいない。髪も金髪でないのが親しみやすかった。決心がついて小桜は彦次郎に言っていた。

「私、絵踏みはいたしません。マルチリいたします」

「よう決心した。来世は天国《ハライソ》で、必ずあの甲比丹に会えるぞ」

稽古通詞大村彦次郎は満足気にうなずいた。

……しかしまだ、ハリツケにされ、槍《やり》に貫かれることを、なまなましく実感していたわけではなかった。ハライソとやらであのミイミイ様のようにきよらかで美しく生まれ変わり、老甲比丹に会えることで、浮き浮きした気分さえあった（奥さまがいらっしゃってもいい。ときどき会ってくださるなら）。

ある体験がこの幼い浮ついた気持ちを助長して、殉教を待ち望むほどにさせた。

長崎に日本初の写真館が開業した。上野彦馬《ひこま》が和蘭陀人から写真術を習い、大人気となったのだ。海援隊の坂本龍馬《りょうま》などもここで撮影した写真が残っていて、桂浜《かつらはま》の銅像の資料となっている。

しかし一般には、和蘭陀の魔法で魂を抜き取られる、などの迷信がはびこって、特に女は撮影されたがらなかった。だが和蘭陀商館員は日本の女の写真を欲しがった。とくに遊女、それも盛装の花魁の写真を土産にしたかったのだ。

最高位の日本行き花魁は十数名しかいず、すべて日本人しか客をとらなかったので、絶対に不可能だった。次ぎの位は唐人行きで、清《しん》人を客にする女だが、清人は女を大事にせず、手当てもケチで、下手をすると唐婢《トンピー》として下女兼用にコキつかわれる。だから女も年のいったスレッカラシが多い。

和蘭陀行きは何も知らず、いきなり蘭館にゆかされたウブが多い。朋輩《ほうばい》からは差別されるし、相手は肌も髪も目の色も違う。体臭も強い。しかし清人もニンニク臭が強烈だ。牛や豚を食べるがそれは見なければすむ。親切でやさしいし、いろいろ贈り物をくれる。帰国のときはずっと暮らせるような金や砂糖をくれる。もっともそれはほとんど楼主にとりあげられる。

黒人は人間と思われていなかったので登楼はできない。一度、顔をかくして遊びにきたのがいて、大騒ぎになったことがある。

さて上野彦馬の依頼で引田屋楼主が数人の和蘭陀行き遊女に「だれか頼みを聞いてくれぬか」と問うた。皆「魂を抜かれるのはいやでござります」と尻ごみしたが、小桜だけは辞退しなかった。というのは彦馬は花魁衣装の他に和蘭陀女の衣装も用意していて、両方のコスチュームで撮影したい、と言ったのだ。

あの和蘭陀のミイミイ様と同じ衣装！　同じ姿になれるのだ！

そのクリノリンという胴をしぼりスカートをふくらませ、花のついた大きな帽子を被《かぶ》り、洋傘をついた丸山遊女の写真は現存している。頭は小さいが変色していて美醜はわからない。証拠はないがこれが小桜だったと思いたい。上野彦馬は大喜びで撮影して、

「ホントの和蘭陀女ごたる」

と言ってくれた。

これでマルチリしてハライソにゆけば、ずっとこの姿でいられる！　ハライソで待っていれば、やがて優しかったあの老甲比丹に会える。この和蘭陀服でマルチリはできないけど、ハライソにはきっと同じような服がある。この長崎の彦馬さまの処《ところ》にさえもあるのだもの。

ペーロン、おくんちなどの行事もおわり、今は絵踏み行事の行われる正月がひたすら待ち遠しかった。そしてそのあとのマルチリさえも。しかし、その健気《けなげ》な覚悟さえゆるがす恐ろしい事件がおこった。

丸山から離れた稲佐村に、オロシヤ艦の停泊地があった。そのオロシヤ艦長のピリレフが性病感染をふせぐため、遊女の陰門あらためを強硬に申し入れてきたのだ。

誇り高い丸山遊女はみな拒否した。舌を嚙《か》み切って死にます、というのも出たくらいだ。やむをえず貧家の娘や市中で客を引いている最下級の娼婦を駆りあつめ、籍だけを丸山に入れて、稲佐に送りこんだ。検診台は大工が腕によりをかけて磨きぬいたケヤキの一枚板。ここに女が寝てヒザを立てて開き、オロシヤ医師の検査を受けるのだ。

その女のなかに清花《きよか》という年増《としま》がいた。身よりもなく、乳飲み子を養うために客をひいていたのが、稲佐に送りこまれたのだ。

その子に乳を飲ませようとやせおとろえた胸を開いたとき、十字のロザリオがかかっているのを朋輩が見つけた。

これは訴えねば同罪となる。訴人すればご褒美《ほうび》に与《あずか》れる。その女も貧しい。迷ってつい人にもらした。役人が噂《うわさ》を聞きつけてやってきた。仕方なく「恐れながら」と訴人した。訴えがおくれたのは「急《きっ》と叱《しか》り」ですんだ。しかし踏み絵をさせられた。耶蘇基督の顔を乱暴に踏みにじった。

ロザリオをかけていた清花の方の取調べは厳しかった。泣き叫ぶ嬰児《えいじ》を抱いて引ったてられた。耶蘇基督の聖像を前に置かれ、「踏め。かりに邪宗の信者でも転べば許してやる。マルチリとやらをしたら子も育つまい。踏め、踏め、踏まぬか」と迫られて何度も痩《や》せた脚を進めるのだが、やはり聖像の顔に脚を下ろせなかった。恐ろしげにわななき、汗を流し、よろめいて倒れる。引き起こされる。抱いた嬰児は火がついたように泣く。その叫ぶ力がだんだん弱まってきた。乳を与えようとするのだが乳は出ない。吸いつく力も弱い。嬰児は力なく首を垂れた。息をしていない。

女は土気いろになった。泣き叫び、赤子を揺すりたてる。しかし反応はない。

「死んでおる」と役人は言った。「そちが早《はよ》う転ばぬからじゃ。早う踏め。そちだけでも助けたい」

清花はバッタリと土間に倒れた。片腕に嬰児の亡骸《なきがら》を抱きしめ、はいずって聖像に口づけしたのだ。

そこから、凄惨《せいさん》な拷問《ごうもん》が始まった。石抱き、逆さ吊《づ》り、指折り、煮え湯かけ……ふつう女は失禁すれば拷問は中止となるのだが、切支丹責めのときは例外だった。転ばせ、同宗のものの名を言わせれば係役人の手柄になるのだ。本人も殺さないですむ。

しかし清花はついに耐え抜き、決して信者の名を漏らさなかった。漏らされれば小桜も小役の彦次郎も危ないところだった。どうしても転ばぬので、いよいよ処刑と決まった。

処刑の前日には丸山の遊女町からハリツケの木と杖竹《つえだけ》を出し、合わせて手伝いの人夫十数人を、大店《おおだな》が分担して出しました。これは昔、大店伊勢屋の主人が、いつでも切支丹処刑の時は磔木首台《はりつけぎくびだい》などを製作して合力するために大工一両人を抱えおきたい、と奉行所に願い出て聞きとどけられたからの習慣じゃと申します。さて当日、ハリツケ台の前に清花は引きだされ、改めて聖像牌《はい》を前に置かれ、

「これが最後じゃ。踏め。ころべ」

と責められたのに、その聖牌をささげもって押しいただいたのです。

役人が下知して、地面に倒されたハリツケ木に手足を縛られた。押したてられて根

元は深い穴に埋められる。ハリツケ木の上の清花は度重なる拷問にやつれはてた顔つきながら、微笑《ほほえ》んで天を仰ぎ、至上の幸福にうっとりしているように見えました。定式通り身分卑《いや》しい男ふたりが槍を持ち、左右から、「アリャ」「アリャ」と清花の目の前でカチャリカチャリ打ち合わせる。左右の脇腹《わきばら》を肋骨《ろっこつ》をよけて穂先で押し、柔らかい部分をさぐりあてて(アバラが浮きだしているのでその必要もなかったのですが)、ななめ下から「ズブリ」と刺し貫いたのです。臓物が巻きつかぬよう十分ひねって抜くと血と内臓があふれ出てドドッと地に落ち、血しぶきと湯気を立てた。なまぐさい臭気があたりに満ち、清花は声を振り絞り、「主よ、このものたちにお許しを」と叫んで息絶えたのです。

人込みにまぎれて小桜も見にいった。あまりの凄惨さにふらふらと倒れかかり、朋輩に支えられた。処刑人が薬用の生き肝を素手でかき出しているのを見たら失神したろう。江戸でも代々の処刑人、首切り浅右衛門《あさえもん》が生き肝を薬用として販売していた。

とにかく小桜は魂を抜かれたように何も考えられなかった。

次ぎの島での隠れ切支丹衆の集まりで、稽古通詞の彦次郎は興奮してまくしたてた。

「みなさんの姉妹、カタリナ清花はすぐれて神に愛されて、見られた通りみごとなマルチリを遂げました。これは小役《イルマン》たる私にとって名誉のことであり、清花は必ず聖人に列されることと思います。なお次ぎの正月の絵踏みでは、みなさんの信仰上の姉妹である小桜太夫《だゆう》がやはりマルチリを遂げることになりますが、私の預かっておりますおなじ組から続けて二人も殉教者が出ることは、大変な悦《よろこ》びであります。これから正月の絵踏みまで小桜太夫がジャボ（悪魔）の誘いに負けることなく、信仰を堅持したままめでたくハリツケにかかられるよう、皆で励まし、見守ってあげようではありませんか」

どうあっても小桜を殉教させねばならない、そのために監視もおこたらない、という口ぶりですけれども、小桜の方は清花が召し捕られてからの心痛でゲッソリ瘦せて、美しい肌も青ざめ、彦次郎の熱弁もボンヤリ聞いているだけなのです。

もちろん、信者となったからには尊い耶蘇基督の像を踏むわけにはゆかない。そんなことをしたら自分はインヘルノ（地獄）とやらに落ち両親ともども、ハリツケより恐ろしい責め苦にさいなまれるのだ。せっかく罪を清め、あのミイミイ様のように清らかに美しくなれると思ったのに、それもあきらめなければならない。いや、それはまだいい……。

絵踏みをして自分が地獄に落ちるのもかまわない。でも、そうなったらもう、父親のように慕っている甲比丹様には会えなくなる。この世で会えないのならせめてあの世で会いたいと思っていたのに。やはりこの世でのように何かの用事で奥様とお別れになっている時にでも、お会いできるかと楽しみにしていたのに。

いくら考えても小桜は絶望するしかなかった。もう目の前に迫っている正月の絵踏みには、やはり清花のようにひざまずき、聖像銅牌を押しいただいて殉教するほかはないように思われるのです。そう健気に覚悟をきめてはいるものの清花の最期《さいご》を思いだすと恐ろしさに身の毛がよだち……可哀想《かわいそう》に小桜は半死半生になっていたのです。

しかし、その日が近づくと気持ちも落ちついた。絵踏み衣装もすべて純白のものでととのえた。楼主は「変わった趣向やな」と感心していたが、小桜はこの衣装のままハリツケにかけられ、純白の衣装を鮮血に染めて殉教する覚悟を決めていたのです。

年も押し詰まった或《あ》る日、出島蘭館から差し紙がきて、すぐ出頭せよとのことです。金持ちの荷主が今年最後の遊興をしようということなのでしょう。もちろん売り物の身で、どんな客でも否《いな》やはいえません。それに心労のためずっと勤めを休んでいたので、楼主としても、そろそろ稼がせたくなったのでしょう。小桜は和蘭陀人の喜ぶ華やかな赤地金襴《きんらん》の衣裳《いしょう》に前帯をむすび禿《かむろ》を連れて、思案橋から籠《かご》に乗り、蘭館に向かったのです。出島にかかる橋の手前で門通札をあらためられ、籠をおりて橋をわたり、出島に入ります。重ね挿した金銀玳瑁《たいまい》の櫛《くし》をゆらしながら乙名《おとな》部屋にゆき、火鉢に向かって煙管《キセル》をふかしている日本側役人の乙名に「よろしうお願いいたします」と縁先に白魚のような三つ指をついて、次ぎの通詞部屋に行くのです。稽古通詞の彦次郎に会うのは気が重かったけれど、今日は出かけていて、本通詞が「今日の和蘭陀荷主は船乗り病《やまい》で、ずっと伏せっていて、やっと床離れしたということだ。ようやく傾城《けいせい》買いをする気になったんじゃろ」と教えてくれた。船乗り病とは脚気《かっけ》（あしのけ、壊血病）などのことで、文字通り船乗りが多くかかる病気です。この小さな人工の島には他に御検使場、カピタン部屋、紅毛人部屋、黒人部屋、炊事場、便所、牛、豚、羊、鶏小屋、倉庫など四十あまりの建物がありました。

白の胴着に青光りする長い上着の和蘭陀荷主は、病み上がりらしくやつれて寝台に横になっていたが、小桜が部屋に入ってゆくと「オオ」とフラフラと立ちあがり、イスを勧めるのです。ギヤマンの杯に赤い酒を注ぎ、思い直してやはりギヤマンの金平糖入れから白い砂糖菓子をだしてすすめる。思いがけず美しい小桜をなんとか接待しようと心をくだいているさまが、言葉は通じないながら見てとれ、（この人、案外いい人かもしれない。一生の最後にいい人に会えて、まだ幸せだった）と小桜は思ったりした。和蘭陀人には純情なのも多く、好きな遊女が労咳《ろうがい》で死ぬと、自分も死ぬといって行方不明になった。三日めに出島につないだボートに隠れているのが発見されたことがあります。

病み上がりのせいか和蘭陀商人は床急ぎしなかった。小桜が重い裲襠《うちかけ》を肩からすべらせて落とすと、それを丁寧に寝台に置き、小桜の前にうずくまった。それから何ごとか熱心に哀願するのです。和蘭陀語はかなりわかるようになっていたが、この男は早口で、しかも病気だったせいか弱々しいかすれ声なので、よくわからなかった。

(寝台に誘っているのかしら。それなら行ってあげなくては)と立ちあがろうとすると、小桜の腰を抱いて押しとどめ、またイスに座らせるのです。小桜はドキリとした。和蘭陀商人は小桜の膝《ひざ》を覆《おお》っている衣裳を少しずつ少しずつ、貴重な宝物の包装を解くように、はがし……ずり落としはじめたのです。

恥ずかしかったが、どうせ売られた身だ。それも間もなく磔にかけられる体だ。好きにさせてあげよう。和蘭陀男は随分変わった遊びかたをすると聞いている。老甲比丹は年のせいか、ごく淡白で、それもほとんどなかったが、この和蘭陀商人は金持ちらしいからありきたりの遊びには飽きているのかも。

漁村の生まれで砂を踏んで育った小桜の脚は日本の女には珍しくすらりと長く、小麦色の艶《つや》を帯びていた。その形のいい膝頭があらわになると和蘭陀荷主は大仰な感嘆の叫びをあげてその窪《くぼ》みに接吻《せっぷん》し、首をまげ、膝の裏側の柔らかい部分を舐《な》めまわすのです。その舌は長く、小桜はくすぐったさに懸命に耐えた。これが自分の体でできる最後の奉仕なのだ、と自分に言いきかせながら。

緋《ひ》縮緬《ちりめん》に包まれたふくらはぎやまっすぐな脛《すね》を吸い、舐め、舌で皮膚の感触をたしかめながら下がっていって……ツルツルした肌をめずらしそうに舐めてみたり、口腔《こうこう》にスポッと吸い込んでみたり、舌にふくんでみたりした。

とうとう爪紅《つまべに》をさしたホッソリして土踏まずの深く刳《く》れた小さな素足にたどりついた。すると海獣のように床に仰向《あおむ》けになって、下から足指を一本一本、音たててしゃぶりはじめた。さも美味《おい》しそうに。

くすぐったさと恥ずかしさに小桜は身悶《みもだ》えした。しかし必死で耐えた。何日かあとに消えるこの身で人を楽しませることができるのなら、ハリツケ台の上でも悔いはしない……。

やがて和蘭陀商人は息をはずませ、喘《あえ》ぎながら言った。

「私の、私の体に乗ってくれ。そして顔も体も股《また》も思うぞんぶん踏みつけてくれ。そうされないと私は興奮しないのだ。それが私のなによりの快楽なのだ」

言われた通りにする他はなかった。もともと、とても素直な性格だったし、なんでもしようと覚悟をきめていた。力を抜いて足をかけると和蘭陀商人は「もっと強く。

遠慮しないでくれ。ああなんといいのだ。なんとウットリさせるのだ。この美しい人形のような日本の女は」

言われるままに和蘭陀商人を、あおむけにして団子を踏んづけるように股の上を踏んづけたり、わたって歩いたり、腰掛けたりした。緋縮緬に包まれた腿《もも》のあいだが、仰向けの和蘭陀荷主の目に映るかもしれないことを、小桜はもう忘れていた。

やがて和蘭陀商人は立ち上がり、小桜を抱いて寝台に運んだ。その顔からは最初の病み上がりの弱々しさは消え、十分に欲情した男の逞《たくま》しさをたたえているのです。

「ねえ教えて」とやがて並んで横たわりながら、小桜は聞いた。

「あちらの男の人は、女に顔を踏まれても怒らないものかしら」

「どうして怒るだろう。このような美しい脚に踏みつけられて」と小桜の脚を持ちあげて接吻しながら和蘭陀商人は言った。「このような美しい脚を頭上にいただくのは、すべての男の悦びなのだよ」

正月。遊女絵踏みの当日はうららかな春の陽ざしが長崎の町にも海にも、それを取りかこむ山々にも照り映えていましたが、ここ丸山寄り合い町の一郭には長崎中の人が詰めかけて大変な騒ぎでした。この日のために長崎の遊女は一年の稼ぎをはたいて絵踏み衣裳をあつらえ、それを町衆は次ぎの絵踏みまでの噂の種にするのです。でも今年はつい一月前の下司《げす》女郎清花のお仕置きがあり、ある怖いことへの期待が浮かれた気分をさらに興奮させていました。

たしかに少し前から、

「またマルチリがあるそうじゃ」

「丸山町の太夫げな」

などと町には無責任な噂が流れており、それは実はイルマン（切支丹小役）の稽古通詞大村彦次郎がひそかに流したものらしい。マルチリのドラマを期待する雰囲気を長崎中に盛り上げることで、小桜の逃げ道をふさぐ効果まで計算していたというより、ただ情報通と思われたいだけの軽率さからだったのでしょう。その噂を人々は、

「なんと恐ろしか」

「こんどは稲佐の下司女郎じゃのうて、和蘭陀行きの太夫げなばい」

などと肩をすくめ、身震いして、でも目を輝かせてヒソヒソと語りあうのです。

出島の和蘭陀人たちはこの絵踏みもマルチリも知らんぷりをきめこんでいました。おなじ耶蘇基督の信者でも隠れ切支丹とは宗旨が違い、それに和蘭陀人の神は金もうけで、毎年一回甲比丹《カピタン》（商館長）は江戸にお礼言上にゆき、将軍を拝礼し、滑稽な踊

りを披露し、しかし宿舎に帰れば教えを求める日本の知識人達がつめかけているのに尊大な態度で応対する。シーボルトのように禁制の地図のたぐいを求めることもあったでしょう。朝鮮通信使の場合にも、将軍代替わりのときだけですが、同じ光景がみられたようです。

さてうららかに晴れた絵踏みの当日。南国のさわやかな海の風が引田屋の大広間にも吹き通ります。庭につめかけた屠蘇《とそ》きげんの町衆のなかには稽古通詞大村彦次郎の青白い顔もありました。自分が獲得した第二の犠牲者が出る瞬間を待ちのぞんで、血の出るほどこぶしをにぎりしめているのです。

引田屋座敷正面床の間前には検使の奉行所与力、乙名衆が居流れます。今年の絵踏みは並女郎、店女郎、太夫の順で行われます。けれど、衣裳の豪華さの勝負は、太夫のあいだで決まるようなものです。「京の女郎に長崎衣裳、江戸のハリで遊びたい、なんと通ではないかいな」という小唄《こうた》も残っています。並女郎には色気で注目を引くつもりか、安衣裳の裾《すそ》を腹までまくり、太い白い太腿を見せて聖像銅牌を踏みにじり、町衆の喝采《かっさい》を浴びて得意になるのもいます。そんな女は今年の人気もので、客がひきもきらず、楼主も喜ぶのです。

賑《にぎ》やかで陽気な雰囲気もいよいよ太夫たちの登場となると引き締まりました。隙間《すきま》風《かぜ》のようにたえず流れていたマルチリの噂のせいかも。

　呼び役が、

「太夫、玉鬘《たまかづら》」

　と源氏名を読み上げると、盛装を凝らして居流れた花魁のなかから一人が立ち上がり、重い裾をさばいて座敷を進み、出張の検使与力に一礼し、右脚を膝まで出し、検使役の前におかれた聖影金属牌を軽く踏むのです、踏むのは右脚に決まっています。十字架にかけられた基督の顔は何百人もの女の素足に踏まれてピカピカに光っています。

「太夫、小桜」

　呼ばれてスラリと立ちあがったとき、見物からはいっせいに吐息がもれた。紫、金、猩猩緋《しょうじょうひ》、と色とりどりの衣裳のあとで、小桜の白地箔《はく》押しの裲襠《うちかけ》、白地総鹿子《かのこ》の振り袖《そで》、白天鵞絨《びろうど》縫い紋の帯、という衣裳は特に目立ったのでございましょう。簪《かんざし》も横櫛も、今日は磨き上げた銀の透かし彫りで揃《そろ》えたのです。

　裲襠の裾を渚《なぎさ》の白泡のように引き、裾をつよい脚に蹴立《けた》てて、小桜太夫は耶蘇基督の浮き彫りの前に立った。座は静まり返り、人々が息を呑む音さえ聞こえた。検使役人の目が、見物の目が、今にも裾を割って現れるはずの小桜太夫の脚に注がれた。その中で大村彦次郎の視線は、着物ごしに肌に突き刺さるように思われた。

ある遠い声を、このとき小桜太夫は聞いていた。

「このような美しい脚を頭上にいただくのは、すべての男の悦びなのだよ」

かすかに微笑んで、小桜太夫は純白の裾を割り、すらりとした小麦色の脚を出した。聖像牌の上に乗せた。耶蘇基督の御顔はヒンヤリと冷たく、硬い凸凹が感じられた。安堵《あんど》の吐息があたりに満ちた。その中で大村彦次郎の視線だけが烈《はげ》しく失望し、やがてすさまじい憤怒《ふんぬ》に変わるのが感じられた。

けれども小桜太夫は少しも恐れてはいなかった。なぜなら脚をはずし、向きを変えながらチラと見た耶蘇の御顔は――先夜の病み上がり和蘭陀荷主に似た顔は、小桜に踏まれて確かに優しい、ウットリした微笑を、お浮かべになった、と見えたからでした……。

西洋祈りの女

一

ふるい世の巨人の屍体《したい》がそのまま山に変った、という言いつたえは、どこの山間《やまあい》の村にも残っています。けれどもその言いつたえが、この三重県の山腹の小さな集落をかこむ連山について語られるときほど、真実味をおびて感じられることが、ほかの地方にあろうとは私には思われません。たしかに、この山なみは、豊かな体軀《たいく》の女が頭を北におき、足を南西にのばして、村をかこんでながながと横たわった姿に、驚くほど酷似しております。

ことに、まだ陽の昇りきらない夜明けがたには、そうなのです。村の東がわには急《きゅう》峻《しゅん》な二つの峰がもりあがっているので、陽の出はいつも遅く、そのためにこの集落では蜜柑《みかん》の栽培ができないのですが、いわば巨人の乳房にあたる二つの峰の頂きはまだ薄墨いろの空に溶けこみ、あいだの谷間がようやく光りを負って金いろのうぶ毛のように微《かす》かにけば立ちはじめているのを、醒《さ》めきらない眼をこすりながら見るときほど、この原始の大地母神の言いつたえが身にしたしく思い出されるときはありません。山腹からはいく節もの太い霧の柱が、暗い天と暗い地をつないでしらじらと聳《そび》えたっていますが、天と地が剖《わか》れていなかった古代の神々はきっとこのような霧の柱のかたちになって、この地に降臨したもうたのにちがいない、と私は思うのです。

村の若者たちと子供たちの大部分は、その時刻にはもう起きだしております。小型トラクターがゆきわたっていないときのことで、牛や馬の草を刈るために私どもは大きな目籠《めかご》をせおい、前夜といでおいた鎌《かま》を持って、山に登らなければなりません。(終戦後しばらくのころで、私は新制中学の生徒でしたが、青年団にはもう加入しておりました)

草刈り場は、どこの斜面がだれ、どこの畔《あぜ》がそれ、というふうにだいたいの領分がきまっていますが、それでも青年団に入りたてのものほど早起きして刈りにくる傾向があります。というのは、まだ青年のあいだで顔が利《き》かないうちは、遅く来ると年上の顔の利く若者たちに自分の領地まで刈られてしまう恐れがあるからです。刈った方はすまして、

「あんまり来《こ》んよって、かわりに汝《われ》のぶんも刈ってやったんじょ」

といいますが、それはたまたまその若者が、山の高みにある自分の領地まで登って

ゆくのがめんどうだったからであることは、申すまでもありません。

青年団の新入りとして、私も毎朝ほとんど陽の出ないうちに山に登っていましたが、その年の夏の私の早起きは、ただ草刈り場での自分の権利を確保するためだけのものではありませんでした。手と脚を露でぐっしょりと濡《ぬ》らしてようやく目籠をいっぱいにすると、こんどは私は米を入れる小さい丈夫な袋を腰にさげ、細身のしなやかな青竹を鎌で切りとって葉を落し、軍手をはめてつぎの仕事にとりかかるのです。

獲物は、竹藪《たけやぶ》のなかや小川のほとりの、虫の多そうなところに、まだじっととぐろをまいて眠っています。土地がたかく、朝のうちは気温が低いため動きも敏活でない蛇を、私は軍手をはめた手で首のすぐうしろを持ってつかみあげ、そのまま腰の米袋のなかに投げこむのです。動きのすばやいのは首を細い青竹で打って気絶させ、だらりとしたのをつかまえます。

石垣のあいだに入ったのだけは、へたに尻尾《しっぽ》をつかむと途中で切れてしまうので、あきらめるよりしかたがありません。袋に入れられた蛇は驚いてばたり、ばたりと暴れはじめ、獲物が十四以上にもなると重いので背中にかつぐのですが、この生ぐさい冷たい生き物が袋のなかでからみあいながら蠢《うごめ》く触感をシャツ一枚の肌に感じとるのは、慣れている私でさえ、実に何とも言いようのない妙な気持なのです。

そのころ二つの乳房のあいだから夏の最初の光線がのぞき、山肌を金いろの鞭《むち》のように残るくまなく打ちすえます。そこここに残っている霧も追われるように繁《しげ》みのうちに逃げてゆき、山は湧《わ》きあがる蟬《せみ》の声と、鳥たちの歌声に埋もれます。虫けらたちは生命をとりもどし、段々畑を飛んで逃げる蛙《かえる》のあとから、蛇も棒を投げるように不器用な恰好《かっこう》で飛んで追いかけますが、こうなるともうしごとの能率はあがりません。蛇のはいったもぞもぞと動く袋を背負《しょ》い籠《こ》のうえに置き、私は草の重味にふらつきながら、細い山道を村へと降りてゆくのです。

これは、老人性結核の父親をもった村長の注文でしている、いまの言葉でいえばいわばアルバイトにあたるものでした。生き血を絞って父親に飲ませるために、いつも憂鬱《ゆううつ》な顔をした五十男の村長は、私のとった蛇を一匹につき五円の新円で買ってくれます。生きた蛇を逆さにつるして首根っ子に庖丁《ほうちょう》を入れ、のたうちまわる奴《やつ》を尻尾から胴にかけ力いっぱいしごくと、真紅の液体が流れだして中型の蛇でコップに三分の一ほど溜《たま》りますが、村長はこれが若返りに効くといって自分でも愛飲しているのです。

蛇の生き血が万病に効くということは、この地方で広く信じられていて、私も風邪をひいたときに母から無理やり飲まされた記憶があります。生ぐさい感じでとても飲めたものではありませんでしたが、あとで体が芯《しん》から熱くなって、おびただしい汗が出ました。慣れてくると生ぐささが気にならなくなるばかりか、体の温まる感じがいいと言って、それに焼酎《しょうちゅう》を割って飲んだりするようになります。けれども山かせぎの人々に言わせると、蛇の生き血より猿の生き血のほうがずっと効き目があり、それをコップ一杯飲んだだけで、重い木材を背負って何丁という山道をかけあがっても息切れひとつしなくなるそうです。私にその話をしてくれた炭焼きは、

「猿の生き血でも効くんじゃよって、人の生き血やったらよっぽどようさん効くやろうにや。俺もせっかく戦争に行ったんじゃよって、捕虜の生き血でも飲んでみたらよかったよ。やあれよう、惜しいことをしたよう」

といって、黒い歯をみせて笑ったものです。

それはともかく、村長の隠居のことの数年まえにも、私は村の物持ちの後家に頼まれて、やはり胸を悪くしたその娘のために毎朝生き蛇をとどけたことがあります。娘は二十三、四の色の白い女で、新宮の町からの出戻りだとかいうことでしたが、小学校（その当時は国民学校といっていました）三年生の私が蛇をとどけると、ねちねちと要もない話で私をひきとめ、ときたま息がつまるほど抱きしめたりするのです。もちろん虐《いじ》めるつもりはなかったのでしょうが、どちらかといえばおくてだった私は、そのときはただ虐められているとしか感じませんでした。

この女が毎朝私に手つだわせ、自分で生き血を絞って飲むのです。病人ですからモンペなどははかず、もちろん田舎のことですから下ばきもはいていませんが、それが細いしごきをしめた浴衣《ゆかた》一枚の姿で、土間の板ばりに立て膝《ひざ》をしてすわりこみ、私のひろげてみせる袋をのぞきこみます。それから病人らしくない素早さで気に入った一匹をつかみだし、私に尾をつかませ、自分は首すじをつかみ、庖丁を入れて血を絞るのです。妙なことですが、この女は蛇にえりごのみがあり、気に入った美しい蛇から絞ってゆくのです。三、四匹も絞るとコップに一杯になりますが、女は眼をとじ、長くのばしたままの髪をうしろに振るようにしてその血を一気にぐいと呷《あお》ります。白い咽喉《のど》ぼとけが別の小さな生きもののように上下に動くのを印象ぶかく覚えていますが、そのせいか私はいまでも、勢よく麦酒《ビール》のコップを傾ける女のひとを見るたびに、蛇の生き血をのむあの女のことを思いださずにはいられないのです。

出戻り娘は、何匹かの蛇の生命《いのち》を飲むと、急に感情が高ぶる性癖のようでした。用を済ませてから長居していると、すばやく手をのばしてつかまえに来ます。私を自分の肌に押しつけて、泣くがごとく怨《うら》むがごとく、自分といままで関係のあった男たちへの呪《のろ》いを聞かせます。その当時の私にはよく納得はゆきませんでしたが、新宮では何か軍関係の男の妾《めかけ》をしていたもののようです。この掻《か》きくどきはおしまいにはかならず号泣に終るのでしたが、その言葉があまりに端的なものだったせいか、なかには私がいまでもはっきりと憶《おぼ》えているものもあります。

「やれよう、生きたいよう。もっともっと生きたいよう。婚《ま》いで婚《ま》いで婚《ま》ぎこんでから死にたいよう。わしは死にたないよう。くそ、ようけべべもせんと死ぬのは厭《いや》じゃ。一ぺんでいいよって丈夫《いそし》うなって、婚《ま》いで婚《ま》いで婚《ま》ぎこんでから、死にたいよう」

号泣をふいに止《や》めると、狂ったように袋の口をひらき、残った蛇をつかみ出すことがあります。渇いたようにがつがつと血を啜《すす》りおわると、蛇の死骸《しがい》の散乱しているなかで私をつかまえ、気味のわるいほど優しい声でいうのです。いま考えてもふしぎなことに、その息はすこしも生ぐさくありませんでした。

「ね、姉ちゃんは、ようなるんじゃ。ようさん蛇《ぐちなわ》の生命を飲んで、どうしても治るんじょ。そじゃよって、ようさん蛇を取って給《た》もれよ。何百匹でも何千匹でも蛇の生命を飲んでようなるんじゃよって、明日からもっとようさん、取って給もらんけ」

私が匆々《そうそう》に逃げだすわけにはゆかなかったのは、こうした一連の発作がおわってからでなければ、女は私に蛇の代金をくれなかったからです。泣き止むと女は茶だんすを開けにゆき、蟇口《がまぐち》から正確に計算された額の小銭を、それも何回も数えなおしてから、ほとんどそっけない態度で私に与えました。その額は、一匹について十銭でしたが、当時は、米が一升八十五銭、タバコはバットが一箇二十銭で買えました。この女はまもなく死にましたが、蛇のかわりに猿の生き血を飲んでいたなら、持ち直すことができたかもしれません。は炭焼きの話を聞いて考えたこともあります。

死にぎわには生き血もうけつけませんでしたので、私の処分しようのない蛇が三、四十四も残っていました。私はそれを木箱に入れ、木箱の底に石を入れ、蓋《ふた》を釘《くぎ》で打ちつけて水車小屋の下の湿地につけておきました。二月ほどして思いだして開いてみると、蛇の数は半分ほどになり、みな前より大きくなっていました。蛇は共食いをするのです。ほとんど同じ大きさのものでも、ときには自分より大きいのでも、呑《の》むことがあります。

共食いの現場をみたことがありますが、呑んだ方の蛇はその分だけ膨れあがり、膨れあがっている部分は皮膚の色が白くなり、死んだようにじっとしています。さらに三月ほどののちに箱をあけてみたときには、箱のなかには初めて見るような巨大な蛇が一匹、窮屈そうにとぐろをまいて目を光らせていただけで、黒い丸い小さな糞《ふん》がおびただしく残っているほかには、一緒に入れた蛇の姿はみあたりませんでした。冬が近づいていて、大儀そうにじっとしているその蛇をみているうちに私は何となく、これが半年まえに死んだ出戻りの女の生まれかわりのような気がして、箱をひっくりかえして川に逃してやったのです。

この女のために蛇をとったのは春のことですが、村長の隠居のために草刈りのついでに捕ったのは夏のさかりで、一朝に十匹や十五匹はらくに捕まえることができました。それにしてもその夏は、異常に蛇が多かったような気がします。これからお話しする事件がちょうどその夏のことだったのですが、この事件の初めから終りまでが、私にはどうしたものか、とぐろをまき絡《から》みあい、食らいあい交尾《つる》みあっている袋のなかの蛇の印象をともなわないでは、思いだすことができないのです。

早く仕事をおえて草場から見おろすとき、山腹に散在している集落は、深い霧の湖の底に沈んでいるようにみえます。山の乳房の低まりから射《さ》した光りは、急傾斜の下の家々まではなかなか届かないのです。朝の七時に村の寺では鐘を撞《つ》きますが、その響きは水の底からの音のように山腹を這《は》いあがり、霧のなかに波紋をえがいてひろがってゆきます。

けれどもまもなく、光りの斧《おの》は霧の厚みをするどく断ち割って打ちおろされ、村には樹々《きぎ》の影が櫛《くし》の歯に曳《ひ》かれ、また暑く苛立《いらだ》たしい夏の一日がくるのです。たしかに、蛇の多さとともに、その年の夏の暑さもまた異常でした。老人も、青年も、子供も、そして女たちも、何かの予感に怯《おび》え何かへの期待に震えていました。夏の始まりとはいつもそうしたものですが、しかしその年の予感の圧力はとくに大きく、村のすべての人々をつらぬく電圧のようなものの刻々のたかまりは、この夏は何かの血を見ずには去ってゆくまい、ということをみなにほとんど確信させていた、といったら大げさでしょうか。そうした予期のもたらす苛立たしさ、気まぐれな昂揚《こうよう》、倦怠《けんたい》、ふいの怒り、どろどろした情欲、などの錯綜《さくそう》した雰囲気の、いわば序奏のような低迷のなかに、その女がとつぜん乗りこんできたのでした。

二

一番の銀バスが、射しはじめたばかりの光りを屋根に刎《は》ねて、のろのろと曲りくねりながら村に入ってくるのを、私は公共墓地の桜の木のうえから眺めていました。火葬の設備がないのでこの村では屍体はすべて棺のまま土葬にするのですが、ここでは墓の傍に一本ずつ桜の木を植える習慣があります。それぞれの樹は「五兵衛《ごへえ》桜」とか「太助桜」とかのように、墓の主の名前で呼ばれるため、あるていど墓標のかわりにもなり、そのせいか村の人々は墓石にあまり金をかけることをしません。私がそのとき登っていた桜はモンコ桜というのですが、これは例の、私から蛇を一匹十銭で買いあげてくれた出戻り娘の桜なのです。陽当りのいいせいと、土地が肥えているせいでここの桜はみな発育がよく、筋の隆々と浮いた太い幹に逞《たくま》しい枝と葉をいっぱいに張りひろげていますが、私はこの光景をみるたびに、これらの旺盛《おうせい》な植物が根を死者たちにからみつかせ、ばりばりと骨を噛《か》みくだき、栄養たっぷりな腐汁をちゅうちゅう音を立てて吸いとっては、葉脈のすみずみにまでゆきわたらせている凄惨《せいさん》なさまを想像しないではいられないのです。たしかに、樹の肌にしみだした樹脂は死者の脂肪だったのかもしれません。葉のついた枝の一本が、もともとはモンコの指の一本なのかもしれなかったのです。

その朝バスから降りたのは、顔見知りの二、三人の村の人のほかには、トランクを下げ二人の子供をつれた背のたかい中年の女でした。遠くからのことですからはっきり見たわけではありませんが、その都会風の洋装と、踵《かかと》のたかい白い靴と、キラキラ光るハンドバッグの口金だけはよく見てとれました。女が人々に聞きながら村長の家のほうにまがるのをみさだめて、私は木から滑りおり、目籠を負い、集落へむかっていっさんに走り帰りました。

家に籠をおいてから私は蛇の袋をもち、村長の家にゆきました。裏庭の、いつも西《すい》瓜《か》が冷してある井戸のまわりに、村の子供たちが七、八人、なにかをとりまいて立っていましたが、彼らはよほど興味をそそられているらしくて、いつものように私の近くにかけよって来て袋をといて獲物を見せてくれ、とせがむこともしないのです。近づいてみて私は輪のなかに、小ざっぱりした服装の色の白い男の子と、それとよく似た感じの女の子を見ました。兄のほうは小学校の三年生ぐらい、妹は学校前の年ごろと見えましたが、こちらはまだ何もわからないらしく、きょとんとした眼であたりをみまわしています。私は威厳をつくって前に進み出、

「われは、どこから来たんやら?」

とたずねてみました。

「平谷《ひらだに》から」

と少年ははっきりした町ふうのアクセントで答え、私は何となくたじろいだものです。

「平谷のまえは、どこから来たんやら?」

「ぼくたち、あちこちの村をまわってるんだ。だけど、もとは町から来たんだ」

たしかこのようなことを、少年は答えたのではないかと思います。私はどぎまぎして、

「われは、小学校何年生やら？」

と聞きましたが、そのときはそれを言わせたうえで、年下のくせに生意気だといって〝懲《こ》らし〟てやろうという下心もあったのでしょう。

「ぼくは、小学校には行ってないんだ」と少年は答えました。私たちは急に優越を感じて笑いだしましたが、すると少年は急いでつけたしたのです。

「でも、ちゃんとお母さまが教えて下さるんだ」

「私たちはもう一度笑ったのですが、それは聞きなれないことば、にたいしての笑いだけで、私たちはたちまちまじめな表情に戻りました。私の母もふくめてこの村の母親たちは、よし小学生にしろ子供にものを教える暇も熱意も能力もありませんから、そのとき私どもはこの少年の母親にたいしてわずかな尊敬を感じたのだと思います。

村長に獲物をわたすために暗い土間をのぞいてみましたが、そこにきちんとそろえて脱いである一足の華奢《きゃしゃ》な女靴を発見して、また為体《えたい》のしれない憂鬱な気分になるのです。納屋《なや》のまえで藁《わら》を切っている村長をみつけて袋をわたしますと、村長は今日はいつものような熱意をしめさず、ちらとのぞいただけですぐ口をしめるのです。

「今日はこれだけ貰《もら》うよって、明日から持ってこんでもいいぞ」

村長は蛇を壺《つぼ》にうつし、空の袋を私に返しながら、もうそっけなく言います。

「へても、隠居の病気は好《い》いなったんけ」

「好《い》いならんけど、蛇《ぐちなわ》はもういらんのじゃ」

「今日来た女子《おんな》のことけ?」

村長は答えずに藁を切りはじめましたが、ふいに相好をゆるめて、「町から、わざわざ祈りに来てくれたんじゃ」と言いました。

「拝んで貰《もろ》うても効かんじゃろうのう」と私はおずおず言ってみました。「昔、大尻《おおげつ》の伯母が来とたけど、しまいには効かなんだじゃないかい」

「おお、大尻のバンコ伯母か。あいつは効かなんだけど、あれは日本式の拝みじゃよって効かなんだじゃ。へても、こんどのは違うぞ。こんど来て下されたのは、西洋イノリじゃ」

「西洋イノリ?」

「おお、西洋イノリじゃ。アメリカ製の拝みじゃそうじゃ。こんどのは風《ふう》からして違《ちご》うとる。ばんとしとる。アメリカの女のようにしとる。拝む中に、英語をべらべらと混ぜよるそうじゃ。えらいもんじゃのう」

「その拝みは効くんけ?」

「効かんもんか」と村長は断乎《だんこ》として言うのです。

「アメリカのもんは何でも効くぞ。ＤＤＴでも何でも効くぞ。メリケン粉でもアメリカのは真白じゃろ。拝むんでも効くぜえ。ぜったい効くんじゃよって」

　客人を迎えて村長は高ぶっているようで、それを見ているうちに私も、それでは西洋イノリも効くかもしれない、という気になりました。がっかりして肩を落し、空の袋をぶらさげてすごすご庭から出てゆこうとします。しかしそのまえに、村長の妻から頼まれていた用事を思いだして、袋と鎌を庭に捨てて、納屋の裏にまわったのです。陽はもう乳房がたの峰のはるか上に輝いており、山腹の樹は黒ずみ、目の下の谷間の蒼黒《あおぐろ》い繁みからも、熱っぽい瘴気《しょうき》をこの集落まで絶えまなく吹きあげて来ます。谷間がちょうど見わたせる納屋の裏手に村長の豚小屋があり、風のぐあいによっては上の私の藁屋根の家まで（この集落では大部分の家が石を載せた杉皮で屋根をふいていて、藁屋根の家は物持の家二、三軒しかありませんでしたが、子供のころの私はかえってそれを情なく思い、人並に杉皮葺《ぶ》きの家に住みたいと願ったものです）豚が床板を踏み鳴らす音や、あらあらしい鼻息や、ゴムの袋をこすりあわせるような鳴き声などが響いて来ます。そのようなときはたいてい、豚という存在の強烈さそのもののような悪臭も風に乗って来ますが、その悪臭の激しさをさえ、私どもはこの獣の神秘さを増すものとして尊崇したいような気持になったものです。

たしかに私ども中学生、小学生たちは、豚小屋の前の柵《さく》に肱《ひじ》をついては、暗い小屋のなかで蠢いている巨大な動物を飽かず眺めていたものですが、いま考えてみると私どもはその悪臭を案外、生存というものの端的な象徴として予感し、感じとっていたのかもしれないのです。

さて、村長の妻、これは私の従姉《いとこ》にあたるのですが、その従姉から頼まれた用事というのが、土間の隅においてある餌《えさ》を豚に与えてくれ、ということなのでした。自分では可哀《かわい》そうでとても見ておられんから、というのです。土間に入ると、きちんと揃《そろ》えられた女靴はもとのままで、その傍にあの兄妹《きょうだい》のものらしい二足の靴があり、奥の離れから村長や家族たちの笑い声にまじって、高い調子の華やかな笑い声も響いてきます。土間の隅に、平たいボール箱に入れて重ねてある餌をかかえ、私は土間を出るついでにその二足の靴を蹴《け》りとばして来ました。

言いわすれましたが、豚の餌というのは青年団で経営している養鶏場から届いたばかりの、孵化《ふか》したての牡《おす》ビナです。白レグなどの卵用鶏の牡ビナは飼料にするほかはまったくしかたのない代物《しろもの》ですが、これなら馬でも牛でも喜んで食いますし、牛などではめだって乳の出がよくなります。ボール箱の蓋をとると黄いろい綿毛のかたまりのようなヒナが押しあいへしあいして鳴いていますが、このときはもう餌をかぎつけた豚が小さい兇悪《きょうあく》な眼を光らせ、泡をふいて濡れた鼻さきを柵にこすりつけながら催促しているのです。

ボール箱を丸木をくりぬいた餌箱に落すと、それこそあっという暇《いとま》もありません。豚どもは争って鼻さきを餌箱におしこみ、柔かい骨と肉と羽毛が生きながら噛みくだかれ、呑みこまれる、形容しようのない音が数十秒間つづいただけです。未練げにつつきまわしている鼻の下からボール箱をひきずりだしてみると、箱には点々と血がつき、柔かい綿毛がこびりついているだけで、ほんの一瞬まえまでの元気のよい、むくむくした塊りの数十羽は、当然のことながらあとかたもなくなっています。いまごろは粗《あら》ごなしにかけられて胃袋におちつき、強い酸で片端から溶かされているさまが、私には豚どものぶあつい胴を通してまざまざと見えるような気さえするのです。

燃えさかる陽ざしに頭と背を熱くし、豚小屋の涼しさのなかに両手を入れて、私はしばらく放心して立っておりました。西洋の悪魔はときどき豚の頭をしてでてきますが、私はそんなことを考えていたのかもしれません。眼つきといい額のかたちといい、成熟した豚はほんとうに兇悪な骨相をしております。豚が可愛《かわい》いというのはとんでもない迷信で、私もずいぶんいろいろな動物を飼いましたが、豚だけはどうしても好きになれません。ですが、そのときの私が、どうしてかこの獣の性悪さに共感をさえ感じたのは、やはり季節のせいだったのでしょうか。

土間には、牡ビナを入れたボール箱がもうふたつ残っております。これを私は、こんどは蓋をあけて、ヒナを豚小屋ぜんぶにばらまくように放しました。ヒナどもは小さな悲鳴をあげ、それでも一人前に羽をばたつかせて飛ぼうとしますが、もちろん何の役にも立たず、豚小屋の床にばたばたと落ち、暗い豚小屋には黄いろい小さな綿毛の塊りが無数に散らばります。さて糞のうえをあちこちと走って逃げまわりますが豚どももヒナにおとらず慌《あわ》てふためいていますので、互いに鉢あわせをしたり壁に鼻をぶちあてたりしてなかなか器用には食えません。熱さのためにぼんやりして立ちつくしながら、私はふしぎな悪意に押されて無意識のうちに、(もっと食え、もっと食え)と祈るようにつぶやいておりました。(もっと食え。いけにえを一羽のこらず踏みつぶし、食ってしまえ。一羽のこらず食ってしまえ。まだ犠牲《いけにえ》はいくらでもあるぞ……)

すでに何羽もが豚の蹄《ひづめ》に踏みつぶされ、糞まみれになり、内臓を出してひしゃげています。大部分は食いつくされ、豚の鼻のとどかない小屋のくぼみに逃げこんだ数羽だけが哀れな声を出して身をよせあっています。竹竿《たけざお》をもって来て、私はくぼみにさしこみ、無理やりに豚の鼻さきにつつきだしました。豚に食われてゆく光景を腹だたしいような気持でみながら、もっと食え、踏みつぶせ、とつぶやきつづけていたのです。

三

この高坂《たかさか》村青年団では、日をきめて早朝から青年会館にあつまり、掃除やそのほかの作業をする習慣があります。作業は山の植林や道路なおし、養鶏と鯉《こい》の養殖が主なものですが、映画会や盆踊り、敬老会なども団員のしごとです。会館は高等小学校の古い建物を団員の労力奉仕で修理し、ペンキをぬりなおしたものですが、そのまえは裏手の、いまは物置きにつかっている古い建物を使用していました。戦争のすこし前まで、その建物は「若者宿」という名で呼ばれていたそうです。

女がこの村にあらわれてからの最初のあつまりはその二日のちのことでしたが、その朝は珍しく欠席者がありませんでした。のみならず、掃除はほとんどそっちのけにして高ぶった大声で話しあっているのですが、話題はすべて、一昨日《おととい》ついたあの女祈《き》禱師《とうし》のことなのです。

みながおなじような熱にうかされ、みながおなじような口調で喋《しゃべ》りかわしていたので、その朝のその場の若者たちは二種類に、つまり、一目でもその祈禱師を見たことがある者と、まだ見たことのない者とにしかわけることができないのです。見ない者は見たものをとりかこみ、見たものは多少の誇張を混えて、自分の情報を交換しあい、話に熱中しているのです。

「あいつはよっぽど背が高いにゃ。あんな大きいのは、村にはおらんぞう」

「そやけど、あいつは踵《とも》の高い靴をはいとるよってじゃけれど、村長の庭を歩いとるのを見たとき、靴をはいてないのはそんなに大きくなかったさかい」

「そやけど、バスから降りたの見たら、髪が赤くて、ちぢれとりあがった。まるきりアメリカの女じゃ。よう映画で見るじゃろ。あんなようじゃにゃ」

「へても、子供は日本人の顔しとるじゃろ。あの女はパーマネントとかいうのをしとるよってじゃ。新宮にもさいきん、パーマネントするところが出来たそうじゃ」

「じゃけど、よっぽどきつい顔しとるにゃ。目が大きてけわしいよって、脣《くちびる》など人を食っとるようじゃ。俺は村長のところへ回覧板持ちに行って見たんじゃけれども」

「戦災で家が焼けてしもて、旦那《だんな》は死んでしもうてから、神様がのりうつったそうじゃ。西洋の神様で、英語で託宣するそうじょ」

「あれで、もう三年も子供をつれて、村をまわっとるそうじゃぞ。この村は初めてじやけんど、平谷は二度目じゃそうじゃ」

そのような甲論乙駁《こうろんおつばく》がはてしなく続いているのですが、私はそれらの話から、女が出目《でめ》テルという名前であること、その西洋ふうの祈禱（というのは、横文字をまぜて祈る、ということらしいのですが）が霊験あらたかであるため、どこの村でも歓迎をうけ、惜しまれながらまた次の村へと廻《まわ》っていること、軍人の夫と死にわかれてから操《みさお》を堅固にまもり、自分の手ひとつで二人の子供を育てていること、それを隣の入鹿《いるか》村の新制中学の校長が「貞女の鑑《かがみ》である」といって手ばなしで賞《ほ》めあげたこと、など知ることができたのです。

もうひとつあります。村長の隠居に祈禱が効いたのかどうかがまだ判《わか》らないにもかかわらず、村中の病人のある家や、老人のいる家から、隠居の祈禱が終ったらつぎは自分の家に泊ってくれるようにとの依頼が殺到しているのだが、村長はこの前の選挙のとき自分に票を入れなかった家では祈らせないといって頑張っているというのです。えたいのしれない高ぶりは、青年だけではなく女のなかにも起っていました。昨夜この村のオタネ伯母という後家と、日用品を商っているよろず屋の中年の妻女が取っくみあいの喧嘩《けんか》をしましたが、その原因は村人たちの取りざたによれば、よろず屋の亭主が西洋イノリのテルのことばかり話すので、妻女がヒステリー気味になっていた

せいだ、というのです。たまたま買物に来たオタネ伯母が品物を金を払わずに持って
ゆこうとしたが、よろず屋はすでにオタネ伯母にだいぶ貸しが溜っており、しかもオ
タネ伯母は言を左右にして払おうとしない。よろず屋の妻女がそのことを他の客のまえですっぱぬいたため、オタネ伯母は、
「ようも満座のなかで、わしに恥をかかせてくれたのう」
といって、妻女にむしゃぶりついていった、というのです。女どうしのこのように派手なとっくみあいは何年にいちどという割でしか見られないため、そのひとつひとつが村では語りぐさになって、詳しく記憶されております。
「それが又、えろうてにゃ」と、テルについての話が一段落したあとで、弘《ひろ》サという、郵便局長の息子で遊び好きの青年が、昨夜の夜這《よば》いの話でみなを笑わせていました。青年会館は映画などの催し物につかう講堂のような板敷きと、夜なべ仕事を持ちよるための畳敷きの部屋にわかれていますが、その畳敷きの部屋のなかにあぐらをかいて坐《すわ》りこみながら弘サは言ったのです。
「あのトモエはにゃ、いままでは地蔵さんのようにしとったけど、ゆうべは向うから抱きついて来て離さんのじゃぞ。あいつの方がにゃ、鼻息をえろうしよって、納屋の外にまで聞えるんじゃないかと思うてどぎまぎしたぞ。子供じゃ子供じゃと思うとる

うちに、とうとう大人になったんじゃの」

トモエというのは身よりのない、少し足りない若い女で、村の補助と二、三人の篤志家《とくしか》の援助でほそぼそと暮していますが、これが村の青年には見さかいなく、片端から身をまかせるのです。この村では性関係はそれほどルーズではなく、夜這いは婚約とおなじ意味で見られますが、トモエに関してはすべてが例外として考えられています。弘サのこの報告を村の青年たちはそれぞれの受けとり方で聞いて、笑ったり口惜《くや》しがったりしていたのでしょうが、私にとってはこの話も、やはりあの女祈禱師が来てから村にたかまりはじめている微妙な活気、気持のたかぶりの現象から切りはなして考えることはできなかったのです。

家へ帰って鶏に餌をやり、食事をしてから、私は急に強くなった陽ざしに白っぽく見える風景のなかを歩き、谷川の、いまは使わない水車小屋にゆきました。小屋の上には太い柿《かき》の木が枝をのばしていて、小屋のまわりの道にも、朽ち欠けて動かない水車にも、澄みきった谷川の底石の河床にも、青い実をいくつも落しております。腐って柔かくなっている青柿の匂《にお》いを私は嫌いではありません。このすぐ上の淵《ふち》で一尺二寸はある大鮒《おおぶな》を二匹釣ったのはその前前年の春のことです。セレベスにいた伯父が丁度復員してきたときで、兵隊服をぬいだばかりの伯父は土間に腰かけて大鮒を刺身につくり、酢と醬油《しょうゆ》で締め、冷酒をあおりながらあっという間に一人で平らげてしまったものです。鮒という魚はなりが大きく見えるわりに身は少いものですが、鮒のつくりは冷酒の肴《さかな》には極めて好適といわれております。

私の待ちあわせの相手は、まわりをみきわめておいてから一気に水車小屋にとびこんで来ましたが、それは相手の服の色が戸の隙間《すきま》にしばらくためらってみえていたのでわかったことです。扉があいた一瞬、私の目には金いろのカンナの炎が燃え、それから赤と朱のワンピースを着た少女の浅黒い顔が大映しになり、私はどきりとして身を起しますが、小屋のまわりはそれほど密に、カンナの花ざかりでかこまれていたのです。

私たちはあまり顔も見あわずに、動かない一尺角の水車の心棒に並んで腰をおろしましたが、お互いの顔は毎日、新制中学の同じ教室で十分に見合っているのです。クラコというその少女と、恋愛のまねごとのようなことをはじめたのは小学校の六年生のときですが、その動機は、いま考えるとまことにおかしなものに思えてしかたがありません。農業の時間に私どもは地面にしゃがみ、前に立った教師の説明を聞いていたのですが、前列にいた私がふと振りかえると、最後列にいたクラコの下ばきがちらと見えたのです。

のみならずクラコは私にむかって婉然《えんぜん》と笑って、わざわざ足をあげて、そこにあった鍬《くわ》の柄をまたぎこしてみせたのです。クラコは機会あるごとにその行為をくりかえすのですが、その秋新宮の海岸に学年そろって遊びに行って、そのとき真紅の下ばきをみせつけられてから、私の感情は決定的になったのです。子供に性感情が弱いということはとんでもない嘘《うそ》で、かえって生《なま》なだけその表現も感受力も強烈なものだと、私は自分の経験から考えております。

この娘について、私はそのころ、少からず苛立たせられていました。村きっての容子良しである卓爾《たくじ》という若者が、この、ようやく女らしくなりはじめた娘に目をつけ、クラコの方でもまんざらではない受け答えをしているという噂《うわさ》が私の耳に入っていたからです。卓つぁんと呼ばれていたこの若者はそのころ十九か二十で、戦争中は産業報国隊とかで新宮に行っていましたが、そのとき酒と女を覚えて帰って来たということです。しかし不良めいたところはまったくなく、毎日馬を曳いて家業の木材伐採と運搬にせいいを出しています。六尺ちかい長身はすべて柔かい丸味のある筋肉でおおわれ、十三尺五寸の長さに切った尺五寸の丸太をかつぎあげるほどの大力ですが、女のように優しい顔つきで、毎日ハモニカを吹くのが趣味です。この若者とのことを問いただそうとして、私はその日、クラコをいつも逢《あ》うのに使っていた水車小屋に呼んだわけでした。

けれども、今日のクラコは少し常軌を逸していました。私のもっともな心配にたいしてはクラコは「大丈夫や」と言いすて、それからヒステリックに笑いだしたのです。

「卓さんなんか、もう私など好いてくれんじゃろう。もうちゃんと惚《ほ》れとる人が居《お》るんじゃよって、私のような子供など問題にしてくれんじゃろうのう。もっと大人の方がいいんかいの」

「どういうことじゃ、それは」と私はぼんやりと聞きかえしました。

「西洋イノリのことじゃ。卓爾は西洋イノリのことばかり思うて、晩も寝れんそうじゃのう。どうしても西洋イノリと一緒になりたいと言っていたそうじゃけど。のう、言って給もれ。正直に言って給もれ。西洋イノリは、私よりも別嬪《べっぴん》かい」

「おれは、まだみとらんのじゃ」と、私は驚いて、いやむしろ圧倒されてようやく答えました。この少女がこれほどあからさまに感情を爆発させたのを、私ははじめて見るのです。

「よって判らんのじゃけど、青年の人はみな別嬪じゃと言いよったけれども」

「何言ってるんじゃ。何が西洋イノリが別嬪じゃもんか。そりゃピカピカしたハンドバッグや、踵《とも》の細い高い靴をはいたら、誰でも別嬪に見えるのはあたりまえじゃ。私だって化粧《やつ》して、髪にパーマネント塗って、ぱんとしたら負けやせんよ。畜生、卓爾のど阿呆《あほう》」

しかし、あの靴や洋服はお前には大きすぎるだろう、と私は言ってみましたが、相手は耳にも入れようとせず猛《たけ》りつづけます。今朝の青年団で卓爾が誰の話にも加わらず、放心したようにながながと畳にころがっていたことを私は思いだしました。

きっと卓爾は他の青年たちが無遠慮に自分の偶像の話をするのをあるいは怒り、あるいは喜んで聞きながら、逃れようのない心中の炎に焼かれていたのでしょう。無口な若者だけにその朝は何も語りませんでしたが、村長のところにはオート三輪を借りにしばしば出入りしていますので、そのときに出目テルをみかけたものと想像されます。

「そのうち、きっと何ぞ起るぞにゃ」とクラコは眼をひきつらせて言うのです。「そやけど、西洋イノリに目をつけているのは卓爾さんばかりじゃないぞ。もう村の青年は、誰にも言わんとあの女に眼をつけとるよって。いまに何か起るぞ。自分にはわかるさかい。そうじゃけど、こちらも黙っとるもんか。こっちだって考えはあるんじゃ。よう見とれ。こっちだって。こっちだって」

そう言ってクラコはけたたましく笑い、まともに私のほうにむきなおりました。

「あんたがせっかく取って来た蛇《ぐちなわ》じゃけれど、西洋イノリはそんな蛇《ぐちなわ》などきかんよって、殺すのはかわいそうじゃというて、みんな放したそうじょ。あんたは歯がゆくないかい。せっかく取って来たのにそんなにされたんじゃ、あんた歯がゆないけ」

そう言いつのるクラコの眼はきらきら光っていますが、私はふしぎに腹は立たないのです。あの背のたかい女が、蛇を一匹一匹逃がしてやっている光景ははっきり頭にうかびますが、私にはそれが、何としてもあの女にふさわしい光景のように思えてしかたがないのです。それもいいだろう、あの女がそれをするのなら、と私は思います。あの女のせいで村長はもう私から蛇を買わなくなるでしょうが、あの女がもとになって加えられる迫害なら、私は甘んじて受けたいような気さえするのです——もしかしたら、私もすでに酔わされていたのでしょうか。

「学問のある女のすることは、変っちょる」と私はようやく自分の感情と、相手のそれとのあいだに妥協点をみつけて、言いました。

「あの人は貞操がとても堅いそうじょ。なんでも前の旦那が死んでから、誰にも抱かれたことがないそうじょ。女一人で、二人の子供をかかえて、立派に育てとるそうじょ。のう、うちらも、もうこんなことは止めろうじゃないけ」

そういいながらクラコは、汗ばんだ堅い肉をぐいぐいと私にこすりつけてくるのです。

四

鰻《うなぎ》を買ってやるから、川に行って突いてこい、と村長が私に命じました。西洋イノリを接待するためなのでしょうが、その兄の方の子供も一緒に連れてゆけ、というのです。しかし鰻が釣れる淵はこの村から曲りくねった道を一時間以上も下り、三重県、奈良県、和歌山県がちょうど接しているあたりまで行かねばなりません。とても足の弱い子供を連れてはゆけない、というと、それでは自分のところのオート三輪をかしてやるから、それに乗せてゆけ、と申します。ガソリンを大事にしていて、めったに人に貸そうとは言わないのですが。

村長は宅地をひろげるために日傭《ひやとい》の女をつかって山をくずし、土を運ばせているのですが、その手伝いにオート三輪の助手台にのせられたことがあったので、私は見よう見まねで運転を覚えたのです。村の若い駐在巡査は中学生が運転しているのを見ても何も申しませんが、ただ中学の帽子をかぶって運転すると追いかけて来てひどい剣幕で叱《しか》りつけます。きっと、自分の顔をつぶされた、と感じるのでしょう。

鰻突きに要する道具は水中眼鏡と魚扠《やす》、この地方ではこれをへいしと呼びますが、鉤《かぎ》のある熊手《くまで》状の銛頭《もりがしら》を四尺ほどの竹竿に針金でしばりつけ、他の端に赤いゴム紐《ひも》をつけてバネにした簡単な道具だけです。ゴム紐には自動車のチューブを五分幅に裂いてもちい、これを親指と人さし指のあいだにかけてへいしの頭に近い部分まで引き、握った竹竿を離すと、反動で銛頭が飛び出すというわけです。連れてゆく小学生のために釣道具と、この地方ではもどりと呼ぶやななどを私はオート三輪の荷台に投げこみました。もどりは竹で作られた細長い筒で、小魚などを入れておきますと、夜中に鰻がしのびこんで来ますが、さて出る段になると、入口に竹が逆むきに植えられているため出られなくなるという仕掛けです。しかし鰻が入ってから一日も放っておきますと、鰻はものすごい力を出しますから、大ていのもどりなどはばらばらにされてしまいます。

西洋イノリの子を助手台に入れて、私は雨雲が晴れ、陽ざしの降りはじめた、曲りくねった下り坂にオート三輪を走らせました。いつものことですが、このあたりの子供は私が川へゆくのを感づくと、めいめい釣竿や水中眼鏡をもって道へとびだして来ては、一緒に連れて行ってくれとせがむのです。鰻を突いている近くで泳がないということを条件にして、子供たちは片っぱしから荷台にのせてやります。全身まっくろに陽焼けしていて、それに赤い褌《ふんどし》一本のすがたですから、ちょっと見ただけではみな同じようにみえますが、ここらあたりの子は年長者から直接に恩恵をうける機会が多いせいか、言いつけをよく聞いて、都会の子供よりずっと可愛いのです。

「右下に見えるのは、千枚田というてのう」と、私は助手台にちょこんと坐って両手で運転台の手すりを握りしめている西洋イノリの子供に言ってやりました。

「この田はにゃ、小さい田が千枚もあるよって、千枚田と言うんじゃぞ。月は田に映ってにゃ、満月のときには、千にも二千にも見えるんじゃぞ」

子供は眼を大きくしてうなずき、熱心に聞いています。

気を良くして、私はもうひとつ話してやることにします。

「そこに地蔵さんあったやろ。そいつはどえらい酒が好きでにゃ。ここらの若い衆は入鹿《いるか》に飲みに行くときゃ、そいつを負うて行ってやるんじゃ。飲んでは負うてみ、飲んでは負うてみ、地蔵さんが負えるときゃまだ飲める言ってにゃ、まだ飲むんじょざあ。それで酔うて帰ってくるときにゃ、もう地蔵さんが負えんよって、綱でひこずって帰って来るんじょ。そなもんで、あの地蔵さんは、肩とか鼻とか欠けとるんじゃげ」

子供は話の途中から声を立てて、面白そうに笑いつづけます。得意になって話しているうちに私はふいに厭な気持になって言葉をきりました。

この小学校の三年生は越えていない子供の態度のうちに、早くも或《あ》る痛々しいほどの迎合のようす、過度に私の話に興味を持つふりを、私ははっきりと感じとったのです。

和歌山県との境の吊橋《つりばし》をすこし過ぎて車を止め、子供たちと荷物を下し、車を畔《あぜ》にななめに乗り入れました。花崗岩質《かこうがんしつ》というのか、この川の岩は白っぽく輝いていて、川の底までがきらきらと陽ざしを刎ねて見えます。それほどにこの川の水は澄んでいるのですが、この川を何十キロも下ると有名な瀞《とろ》となるのです。戦争中までは上流の熊野の良材をこの川を使って新宮市まで流したものですが、いまは川にそってできた道を、木材を満載したトラックが走るようになりました。河床の岩はみなタイルの破片のような鋭角な薄片にくだけていて、千日《せんにち》と呼ぶゴムゾウリをはかなければとても歩けるものでありません。

河原は二百メートルほどの幅がありますが、吊橋のすぐ上流で三重県がわと奈良県がわの二つの源流にわかれております。奈良県がわの川のほうが広く、流れも急ですが、鰻はいっぱんに滝の落ちぎわの深くよどんだあたりにいるのです。この二つの源流は急角度にそびえ立った山でわかたれておりますが、山ぞいには涼しい気流が流れているので、オート三輪のなかでは蒸しぶろに入ったように汗をかいていた肌も、山腹が作る濃い陽かげのなかに入るとたちまち風邪を引きそうに冷たくなります。目的地である径百メートルほどの滝壺につくと、私は水から上ったとき体をあたためるために、まず河原に焚火《たきび》をするように子供たちに命じました。

陽ざしの下では肌も髪も焦《こ》げそうに熱いのですが、谷川の水もまた、その上さらに焚火が必要なほど冷たいのです。西洋イノリの子供はズック靴の足をひきずってやっと追いついて来ましたが、私はもう言葉ひとつかけてやりません。

赤い褌ひとつの子供たちは勢よく滝壺に飛びこんで泳ぎはじめました。甲高い声が滝の音に混ってひびき、澱《よど》んでいた滝壺のそこここに日のひかりと水しぶきが燦爛《さんらん》として爆発します。子供の一人が連れて来た斑《ぶち》の犬まで負けずに水に飛びこんで滝壺を泳ぎまわっては、子供たちの背中に乗ろうとし、それがまた新しい大さわぎと水しぶきを爆発させます。西洋イノリの子供だけがおとなしく焚火の傍に立ち、ときどき枯枝をとってくべているのです。

竿に針と糸と餌をつけて、西洋イノリの子供の手をひいて、私は滝壺につき出ている岩につれてゆきました。もどりにしかける鰻の餌にするウグイかハヤを釣らせるつもりなのですが、このていどの世話をしてやることは義務だと思ったからでもあります。

「あれは何？」と、この子供が、そのとき目を輝かせて私にたずねました。滝のそばの岩はみな緑いろの苔《こけ》におおわれていますが、その絶えず濡《ぬ》れている岩のひとつが、十メートルの高さ、四、五メートルの幅のほとんどにわたって赤茶いろに変色し、しかもその全体がぴくぴくと身うごきをつづけているように見えるのです。その正体を私は知っていますが、これは下流からさかのぼって来た、ミミズほどの大きさの、おびただしい鰻の子が滝のそばの岩にびっしりととりつき、少しずつ上に上にと、蠢《うごめ》きながら昇っているのです。足もないのにいったい何ではりつくのか、垂直、あるいは手前に反っている岩の面にぴったりと腹をつけ、ぴくぴくと胴を波うたせながら目に見えないぐらいの速度で、しかし確実に上にのぼってゆきます。岩ぜんたいがうごめいているのは、ほとんど生理的な悪寒《おかん》をもよおさせるほどの光景ですが、岩角の鋭さやその他の条件のため、岩の途中のいくつものくぼみには傷を負って死んだ仔鰻《こうなぎ》が無数に白い腹をみせて沈んでおり、しかも途中で力つきて岩からはげ落ちて転落するのも多く、無傷で上の流れにたどりつくのは千匹に一匹もいないのです。

そのことは少し岩から離れてみると、岩をおおっている赤茶いろの仔鰻の帯が滝壺を底辺とする三角形をなしており、しかもその頂点から上の流れまではなお数メートルがあまされているという光景からただちに納得されます。鰻が登る岩は滝の落下地点の左側四、五メートルの幅のうちに限られていますが、この幅の岩だけが、水が流れていないため水流に打たれて叩《たた》き落される心配もなく、またなめらかな苔が絶えずしぶきで濡れているという条件が、鰻の仔にとって快適であるためと思われます。いずれにしろ生存ということは鰻の仔にとってさえこれほど厳しいものであることを、私はこの光景をみるたびに思い知らされたような気になるのです。

それが鰻の仔であることを、私は西洋イノリの子に教えてやりました。この子は釣竿を持ち、片手で垂れかかっている椎《しい》の枝をつかんでおそるおそる身をのばし、その光景を眺めていましたが、ふいに、

「鰻の仔は、海で生まれるんだよ」と申します。

「そんなことは、とうに知っちょる」と私は気を悪くして答えました。

「鰻の仔は」と、この少年はどうしたことか昂奮して、頰を赤くしながら言いつづけます。「川から何千里も離れた海の底で生まれるんだって。それから、長い長い旅をして、川を登って親鰻になるんだって。この仔鰻たちはようやくここまで来たけれども、まだ旅行の途中なんだね。この崖《がけ》をのぼって、もっともっと行かなければならないんだね」

その言葉にはふしぎな熱っぽさがあり、私は眼を丸くしてこの少年をみつめましたが、やがてふいに納得がゆきました。

不安定な職業の母親につれられて、小学校にもろくに行けぬまま村から村をまわって来た自分の生活を、幼いなりに感じていたにちがいないそのさまざまの悲しみや喜びを、たしかにこの子供は、目のまえの仔鰻への共感によせて表したのにちがいなかったのです。

水中眼鏡をはめ、左手に魚扠《へし》を持って、私は淵のなかへ飛びこみました。滝の右側はだれも底まで潜ったことのない深い淵になっており、その岩の隙間を巣にして何匹もの鰻が住んでいるのです。薄明りのなかのその一つ一つの穴や岩角が、私にとってもまた、幼いときから見なれた懐《なつか》しい場所なので、ここで私が突いてとった鰻だけでも、もう百尾以上になっているかもしれません。しかし、或る穴の鰻を突きとると、翌年にはまたおなじ穴に別の鰻が入っているものなので、これらの穴や岩の隙間は私たちにとっては一つの共有財産のようなものでもあります。

鰻はそれぞれの穴から頭だけ出し、口をひらいたりとじたりして外をうかがっています。あるいはこうして餌をねらっているのかもしれませんが、体を三分の一以上も穴から出してゆらゆらさせているのもおります。魚扠《へし》の先を気づかれないように鰻の体にちかづけ、狙《ねら》いさだめて放ちますと、手もとにはたちまち鰻の暴れるすさまじい振動がつたわり、私は銛頭に身をまきつけて暴れまわっている鰻をささげて、意気揚々と水面に浮かびあがる、というわけなのです。

毎年のように狙っているにもかかわらず、どうしてもとれない大鰻もおります。水圧で気が遠くなりそうなほど深い淵の穴から、膝《ひざ》がしらほどもある大きな頭をのぞかせ、気味の悪い眼で外をうかがっています。その深さまで潜ってゆける若者は、村では私と、同年の中学生である格生《かくお》しかおりませんが、格生の話によりますと、これくらいの大鰻の頭は信じがたいほど硬く、どうしても魚扠が滑って立たないそうです。村長から貰ったオート三輪の古チューブをわけてやったことがありますが、格生はこれを使って魚扠のゴム動力を三本にし、ほとんど片手では引けないほどの強さにして、私たちの見ている前で潜ってゆきましたが、やがて手ぶらで上って来た格生の魚扠をみると、鋼鉄の銛が情ない工合に曲ってしまっておりました。

知らない人は本当にしそうもない話ですし、またこれくらいの大鰻でも殺して板のうえにひきあげたときはたやすく錐《きり》が刺さるものですが、生きている野性の魚の強靱《きょうじん》さには、私たちの想像のほかのものがあるのかもしれません。たとえば猪《いのしし》などでも、その牙《きば》は御存じのような丸味がかったひし形ですが、人に追われるときはこれをどう使うのか、犬の腹の毛などはカミソリで切ったようにあざやかに切ってしまいます。それはともかく、その日は水が濁って見通しがききませんでしたが、三時間ほどのあいだに四尾の鰻を突くことができました。二尾が一尺から尺三寸ほどの中鰻、一尾が中指ほどの太さの小鰻、一尾が二尺の長さで径一寸五分ほどの、まず大ものに属するといっていい代物でした。もちろんこのあいだ何度も上っては焚火の傍で、皮膚が焦げるほど体をあたためながらのことですが、そうでもしなければ三十分と体が保《も》ちません。

息を吐いて水面から顔を出し、水中眼鏡を外して溜《たま》った水を零《こぼ》していると、子供たちが大きな声で叫びながら淵の一方を指すのが見えました。淵には釣竿が浮かび、その上の岩に立っていたはずの西洋イノリの子が見えません。

瞬時に私は一切を了解しましたが、すぐに助けに行くのにためらいを感じていたのはどういう訳なのか。私は水中眼鏡をかぶりなおし、たちまち泳ぎついて潜りました。明るい水のなかを、あの少年が手足をばたつかせながらゆっくり沈んでゆくのがまだはっきり見えます。私はそのまわりを注意ぶかく泳ぎ、都会ふうに刈った髪をつかんで、簡単に水面にひきあげました。

感心に、この少年は泣きませんでした。焚火のそばにつれ帰って私は水を吐かせ、服を脱がせて火で乾かすように子供たちに命じました。このときから、この少年と、赤い褌を締めた真黒な小猿たちのあいだの隔てが取れたのだ、と私はのちに思います。子供たちは同情にあふれる田舎ことばで少年をなぐさめ、その服をうばいあって乾かし、代りに自分たちの半ズボンをかしてやり、さらにまだ胃袋のなかに残っているかもしれない水を吐かせるべく、親切に背中を叩いてやったりしておりました。あとで聞くと、この少年は村長から借りて来た竿を水に落してしまい、それを拾うために、自分は泳ぎもしらないのに水に飛びこんだのだと申しますが、世話になっている村長家の物を紛失してはいけないという過度の心づかいと、傍で泳いでいたどの田舎の子供にもそれを頼めなかった少年の孤独に私が気がついたのは、はるかにのちのことだったのです。

子供たちが釣ったハヤやウグイを私はもどりのなかに入れ、鰻の穴のちかくに沈めてから、帰るしたくにとりかかりました。今日とった鰻の上には苔をつめ、水で浸してから蓋《ふた》を密閉します。子供たちには、今日西洋イノリの子が溺《おぼ》れかかったことは誰にも言ってはいけないといいふくめ、村へむけてオート三輪を走らせたのです。

谷川の陽は翳《かげ》りやすい。道のまわりに重なって聳《そび》えている急峻《きゅうしゅん》な山々は中腹から下はみな蒼ざめて色を喪《うしな》い、しかもその頂きはまだ強烈な陽ざしを吸って膨んでいます。

谷間から昇る霧は中腹で低迷して、上下の二景を截然《せつぜん》と断ちきっています。

荷台に乗っている子供たちの歌声がエンジンの音のあいまに運転台にも聞こえ、そのなかには西洋イノリの子の声も混っていますが、こんどはこの子が自分で、助手台に乗るよりも他の子供たちと一緒に荷台に乗ることのほうをえらんだのです。

途中で、子供たちは一人一人降りてゆきます。農協のまえの腰掛で一日のしごとを済ませてきたらしい卓爾がハモニカを吹いていましたが、荷台にのっている西洋イノリの子をみると憂鬱《ゆううつ》そうに顔をそむけます。村長の家の裏庭にオート三輪を乗り入れたのは、もう村が青い夕靄《ゆうもや》にすっかりおおわれてからのことです。

西洋イノリの子供は、私にひとつお辞儀するとそのまま母屋《おもや》の方へ走ってゆきました。私はオート三輪を車庫に入れ、鰻の入っているずっしりと重い魚籃《びく》と水中眼鏡をとり、家へ帰るつもりで裏庭にまわったとき、ちょうど家から出て来たらしい西洋イノリと、はじめて顔をあわせたのです。

こんな女に、私は外国映画のなかでよく会ったような気がします。髪は赤く縮らせてあり、化粧は思いきり濃く、口紅も眉墨《まゆずみ》も外人のように強く引いてあります。中高の、少し険のある顔立ちですが、化粧の下に隠されている素顔はむしろ上品で、どことなく疲れているようです。

あとで考えるとこれは西洋イノリという職掌がら、田舎の人間たちをおどしつけるための必要上の化粧であり物腰だったのですが、そのときの私は何となく混乱した印象と漠然とした哀愁のようなものを感じただけだった、と思います。

私は恐怖を感じましたが、女はつかつかとちかづいて来て、「どうも坊やがお世話になりましたそうで」と言うのです。

「御迷惑だったのじゃありません？　行きたい行きたいと言うものだから、つい村長さんにお願いしたのですけれど、とんだお邪魔になってしまって。ほんとうに申し訳ございませんでした。これ、ほんの少しだけれど」

私はお辞儀をして、強い香料と、かすかな腋臭《わきが》の匂いから逃げ出しました。黒い裡ひとつの裸体が恥ずかしかったせいもあります。しかし潜《くぐ》り門のところで、村長にどなりつけられました。

「わりゃあ、せっかく連れた坊を溺《はべ》たるとこやったにや。そんなことでどうするんじゃ。もう一寸《ちょっと》でおれの顔がつぶれるとこじゃったぞ。これからもっと注意せにゃ、あかんじゃないか。わりゃあこの糞坊主《くそぼうず》」

つかれきって家に帰る途中、私は寄り道をして岡にのぼり、柿の木の下に坐って村を眺めました。陽はほとんど沈んで最後の余光を雲に映し、山腹からは早くも幾本もの霧の柱が立って黒ずんだ空を支えています。一日の労働が終ると、神々はこうして、人間の世界から天へと帰ってゆくのです。一にぎりほどの村はもう暗くなり、夕食の支度の煙がうっすらと流れ、ところどころ電燈《でんとう》の点《つ》きはじめたのが見られます。長いこと経《た》ってから、私はさっき西洋イノリに押しつけられた紙包みをひらいてみました。中には米軍の放出物資らしい大型のチョコレートが二枚入っています。少しも食べたくはなかったのですが、無理に一片を欠きとり、口に入れました。

甘い液体がひとりでに溶けて喉《のど》を下ってゆき、そのとき私は、どうしたわけかそれを涙といっしょに飲みこんでいる自分に気づいたのです。

五

暑さはいまが酣《たけなわ》です。畑の穀物は重たげに頭《こうべ》を垂れ、その種子を栄養たっぷりな汁液で充《み》たしはじめています。森は黙々と膨脹し、輝く村道は熱気を吸ってゆらめき、いっさいが沈黙したなかで谷川のせせらぎも音を低めたかと思われます。

八月の空はあまりの暑さに焦げ、すこし黒ずんで見えるほどですが、このすべて動かない風景のなかで太陽だけが狂おしく燃えつづけているのです。この光りのなかにはたしかに、生の過剰のもたらす死、豊饒《ほうじょう》の極みのおびただしい虐殺《ぎゃくさつ》があります。

農家にとっても、いまがいちばん暇な季節の、暇な時間です。

草取りや殺虫剤の撒布《さんぷ》はほとんど涼しい早朝に終えてしまい、いまはすべてを太陽に委《ゆだ》ねきって、納屋《なや》の蔭《かげ》に二人、三人とかたまって午睡《ひるね》をしたり、煙管《キセル》を叩きながら作柄のことを語りあったりし、牛はひっそりとにれを嚙《か》み、鶏は片足で立ったまま眠りこけている、そのような眼《ま》だるい時間が村じゅうをおおいつくすのです。

往還にそった農協のうす暗い畳敷きに私は頰杖《ほおづえ》をついて転がり、正面にかかった煤《すす》けた御真影と八紘一宇《はっこういちう》の額、徳利を持って笑っている映画女優の顔、などを眺めていました。

店の太い黒い柱も、そのあいだに遠慮ぶかく並べてある商品の種類も数も、私が生まれたときからいままで何の変りもないように見えます。私に背をむけて坐り、大きい算盤《そろばん》を弾《はじ》いているここの主《あるじ》の姿も、ここ十数年のあいだ少しも変ってはいないように見えるのです。

さっき卓爾が長い体をかがめて入って来て、釘《くぎ》を十本買い、向うむきに寝ころんでいた私の頭を、悪意をこめてわざわざ一つ叩いてゆきました。魚取りの名人の格生と、郵便局長の息子の弘サが何か高声に話しながら農協のまえを通り、弾けるような馬鹿《ばか》わらいを始めましたが、その声は二人がかなり遠ざかるまで、異常に長いことつづいているのです。その声には何か自棄《やけ》っぱちのような響きさえあります。

私がこの農協まで登ってくる途中、青年団長の丈夫《たけお》が自転車で通りすがりにアイスキャンデーを売っている家の娘をからかっているのを見ましたが、むっちりと肥えたハナコというその娘は、わざわざ駆け出してきて自転車の荷台をとらえ、泣き笑いをしながら丈夫の背を打っているのです。ふだんは、とてもこんなことをしそうもないおとなしい娘なのですが。娘といえば、私のクラコもこのごろ目だって不機嫌で、呼びかけてもろくろく返事もしません。

昨夜は、勝《まさる》という若い衆が、二時間ばかり離れた北山村にでかけて、袋叩きになって帰って来ました。そのほか、村のなかでも青年同士の小さな喧嘩があります。北山村の喧嘩は、たまたま昨夜はその村の盆踊りだったのですが、勝がでかけて行って酒を強請《ゆす》って飲み、その村の娘に抱きついて乳を揉《も》んだのです。こうしたことをこのあたりでは「娘をてがう」と申します。そのために北山村の五、六人の屈強な若者に連れだされ、足腰が立たないほど殴られて、顔中腫《は》れあがって帰って来たのです。このていどはまだ生やさしい方で、ひどい時は他集落の盆踊りを妨害するために、盆踊りの輪のなかにオート三輪を暴走させたりすることさえあります。どこの集落でも若者たちは昼間は鬱々として身をもてあましており、暗くなると精気にみちて喧嘩にでかけては、傷つけたり傷つけられたりして帰ってくるのです。

しかし今年は、この村の若者たちの抑えつけられた精力には、たしかに一つの眼がありました。まさに颱風《たいふう》の眼とおなじように、すべての圧殺された力、ギラギラした生への希望が陰々裡《り》にそこに向っているにもかかわらず、その中心はひっそりと静かで、平和だったのですが。

西洋イノリは村長のほかの家も二、三軒訪問しては、病人を祈ってやったということでした。一人の神経痛の老人はそれ以来めっきり痛みを感じなくなったと吹聴《ふいちょう》して歩いていましたし、胃を悪くしていた老婆《ろうば》は西洋イノリが指をつけて祓《はら》った水を飲んだだけで、何でも食べられるようになったといっていました。外国語まじりの祈禱に老人たちは皆感激し、意味はわからないが有難みがあって、聞いただけで生命《いのち》が延びるような気がすると申していますし、中年以上の女たちも西洋イノリには一種の畏敬《いけい》をもっているようでした。何よりも、女盛りの年で夫と死にわかれながら全く後家を通しぬいて、二人の子供を育てているということが、村の中年以上の女には有りうべからざることのように思われましたし、濃い化粧や外国ふうの物腰の神秘感に、そのことがさらに道徳的な尊崇となって結びついたものと思われます。

ただ青年と若い娘だけが、西洋イノリの噂を聞くと不快げに眉をひそめ、あたりに唾《つば》を吐き散らしました。青年はこの外国ふうの女にたいする抑圧された欲望の重みに堪えかねてそうした態度をとり、若い女はたぶん無意識の嫉妬《しっと》に押されて、同じようにふるまったのです。

陽がわずかに傾きはじめると、若者たちは青年会館の前の広場に、めいめいノコギリや金ヅチを持って集まって来ました。建物の床下から去年使った材木を持ち出して来て、広場の中央に高いヤグラを組みあげます。一方娘たちは自分たちだけでひそひそと相談し、大釜《おおがま》に米をとぎ、青年会館の土間の竈《かまど》で飯を炊《た》き、ゴボウや鶏肉《とりにく》をまぜた握り飯をつくりはじめるのです。

子供たちは向う鉢巻で村中の家々をまわり、いくらかずつの寄附をうけてまわり、青年がその金で酒を樽《たる》ごと買いこんで来て庭につみあげます。村長や、農協や、そのほか村の名望家の何軒かから別口の寄附があることはもちろんですが、その額は麗々しく書き出されて、ヤグラの上から垂らされます。用意ができると、若者も娘も子供たちも一旦《いったん》家に帰り、水を浴びて汗を落し、揃《そろ》いの浴衣《ゆかた》にきかえて青年会館にあつまってくるのです。日は沈みかけ、あたりはそろそろ暗くなりますが、娘たちは陽やけした顔に薄化粧も忘れてはいません。

ヤグラの上から、太鼓が景気よく鳴りはじめると、集落じゅうの男も女も、老人や子供も、ムシロをもって出てきます。喉に覚えのあるものが古くから伝わる盆踊りの歌を歌い、若者と娘たちはヤグラをとりまいて輪をつくって踊りはじめ、子供は昂奮《こうふん》してそこここを走りまわり、壮年や老人たちはまわりのムシロに坐って酒盛りをはじめるのです。盆踊りの歌にはいろいろなものがありますが、だいたいつぎのような文句にさまざまの変化をつけたものが、このあたりではふつうです。

丸くなれえなれええ、まん丸くうなれえ（ドッコイショ）ほらなれえなれえまん丸くうなれえ（ソラヤレトコヨヤサノドッコイサノショ）はあやく丸うならなきゃあよう、夜《よ》うがあけてくるう（アドッコイショ）高坂の御《ご》青年団《せいねんだん》は早く出ておどれ。はやく出て踊らんと、踊りが沁《し》まなあいい（ソラヤレトコヨヤサノドッコイサノショ）揃《そろ》た揃《そろ》たぞええ上《かみ》から下《しも》へ、（アドッコイショ）この調子でよう暫《しばら》くうう踊ろじゃないか（ソラヤレトコヨヤサノドッコイサノショ）おつぎはうさ、御順当《ごじゅんとう》の御《ご》先生《せんせい》たあのおむう（アドッコイショ）

さかんに焚火が爆《は》ぜ、白い煙が歌声、手拍子、太鼓の音とともに夜空に立ちのぼってゆきます。おびただしい祭礼提灯《ぢょうちん》が足拍子に揺れ、笑い声、酔った大声がそここで上がり、何十里四方の山の暗さと静寂のなかで、すべての生がこの一点に集中しているのです。

盆踊りの形式は同じ地方でも一つの集落ごとにちがいますが、ここの村のは大きくわけて男踊りと女踊りになります。まず踊られるのが女踊りで、これは男も女も一緒にゆっくりしたテンポで輪をえがきながら踊る、ごくふつうの踊りなのです。

盆踊りにつきものの喧嘩は、その晩にも不足しはしませんでした。どこの集落の青年団が主催する踊りでも、近くの集落の青年たちが踊りにくるのは習慣のようなものですが、他村から来たものの踊りがその村の青年たちより飛び抜けてあざやかだったりすると、主催者は面目を失墜したことになります。しかし飛び入りの方が歯が立たないとみると、さまざまな陰険な手段で厭《いや》がらせをしたり、踊りを妨害したりします。昔ならどんなに激しい喧嘩でも殴り合いのていどで止まりましたが、この一、二年、ダムを作るための労務者が入ってきてから、ときには刃物ざたに及ぶようなことも起ります。

近くの尾川村から踊りに来ていた青年の三、四人が、わざと奇声をあげて歌を妨害したり、踊りの輪に入って同じところで足ぶみし、進行をさまたげたり、酔ったふりをして前で踊っている娘に抱きついたりするのが、少しずつ目にあまりはじめました。放置しておくと娘たちはだんだん輪の外に逃げてゆき、若者ばかりが残るようなことにもなります。こうしたときにも、あらかじめ自警措置が申しあわされていて、その任にあたる五、六人の青年が目だたないように乱暴者を輪の外に出し、暗がりにひっぱってゆきます。そこで板ぎれや棒をふりまわしての乱闘が演ぜられ、大てい乱暴者の方が血だらけになり、捨てぜりふを吐いて逃げ帰ってゆくのです。

　他集落の青年ははじめから殴り合い覚悟の気がまえで出かけて来ているので、そうした角突きあいがまた、この地方の青年たちにとっては、ひごろ抑圧され鬱積した何かの解放になっているのだと思われます。その晩の女踊りのときにはそうした妨害者が三組ほどありました。そのたびに長腰掛の背板をふりまわして大あばれを演じているのが、きのう北山村でさんざんに殴られて帰って来た勝なのでした。

　こうした小さな事件をふくんで時は流れ、人々は酒を飲んでは輪に加わって踊り、踊りから引いてはムシロに戻ってまた酒を飲み、爆笑は絶えず立ちのぼって辺りにこだまし、星は少しずつ光りをまし、夜が更《ふ》けてゆきます。村長は焚火の近くのムシロに坐って駐在や校長や郵便局長と酒を飲んでいますが、西洋イノリの一家は村長の留守宅にとじこもっているのか姿をみせず、丘の下の村長の奥座敷には小さな電燈がひとつともっているだけでしんとしずまりかえっています。口に出さないながら若者たちの関心はちらちらとそちらにひかれつづけ、西洋イノリに聞こえるようにことさら大きな声でどなったり笑ったりし、この踊りの場の磁極は盆踊りの輪の中心と、もうひとつ丘の下の村長家の奥座敷の二つにひきさかれているかのような感じさえするのです。神を呼ぶ古代の祭儀のように、野蛮でエロティックな笑い声にひかれて、西洋イノリも出て来はしないかと青年たちは思っているにちがいありません。西洋イノリの子がいつか話していたように、きっといまごろ、子供の勉強でも見てやってでもいるのでしょうか。その光景を考えて、私がそのとき、あの早熟そうな小学生にかすかな嫉妬を感じたことは事実です。

歌が止《や》み、太鼓の調子がかわり、女たちは潮がひくように踊りの輪からはなれました。あとには浴衣の裾《すそ》を帯にはさみ、足袋はだしで向う鉢巻をしめた若い衆だけが輪をちぢめて集まります。これから、他の集落ではあまり見ることのできない男踊りがはじまるのですが、これは調子があまりはげしいために、若者でも体力に自信のないものははじめから輪の外に出て眺めているのです。

踊りにさきだって、さいごまで踊りぬいたものにたいする懸賞の発表がおこなわれますが、これは金額の多少によって五人残り、三人残り、一人残りなどにわかれていて、まず五人残りの方から懸賞提供者の名前が読みあげられるのです。声自慢の若者がヤグラの上から、村長から手わたされた名簿を読みあげてゆきますが、さいごの一人残りの懸賞提供者の名前の発表になって、若者たちは一せいにどよめきました。村長の名がそこにあるのは例年のこととして、それにそえて西洋イノリの名がたかだかと呼びあげられたからです。

これはきっと村長が売名の意図でやったことだと思われます。さいごの一人になって踊ったものが、西洋イノリからの懸賞もうけることになるのです。

急調子の太鼓にあわせて踊りがはじまります。歌はなく、踊り手がシュッシュッと掛け声とも荒い息ともつかない声を出しながら、観衆の拍手にあわせて手を腰のあたりで往復させ、やたらに体を屈伸させる踊りなのです。ほとんどでたらめなくらい体力を消耗する踊りなので、酒を飲みすぎている二、三人は踊りがはじまるとたちまち息を切らせ、顔面蒼白《そうはく》になって輪から外れるのが通例です。

はじめのうちは手拍子も遅く、踊りもそれほど急速ではありません。しかし五、六分もたつと一人欠け、二人外れして、残ったものはひごろから体力自慢の壮丁だけになります。そのうちに一人がよろめいて倒れ、起きあがれなくなりますが、これは待ちうけている青年たちがすばやく輪の外にひきずりだし、頭にバケツの水をかけてやります。

強情なのは気がついてからまたふらふらと踊りの輪に戻ってゆきますが、テンポが遅いため前後の若者に突き出され、とてもさいごの十人までは残らないのです。輪がしだいに空《す》いて十人ほどになると、拍手はいちだんと早まり、若者たちは気違いのように踊り、観衆の昂奮もようやく高まって来ます。ここまでくると五分や十分ではなかなか倒れる者はでてきません。が、やがて一人が頭をかかえてふらふらとうずくまり、また一人が輪の外によろけ出して倒れ、さらに一人が泡をふいてくずおれ、こうして六人が残ると、みな体力の限界にきながら入賞をねらってなかなか脱落しないのです。

手拍子と声援は夜空にこだまし、太鼓はほとんどすり打ちのように連打されます。一人が倒れ、すると気落ちしたもう一人がずるずるとしゃがみこみます。残った四人はさらに三人残りをめざしてはげしいせりあいをつづけ、ふいに二人が地に吸いこまれるように見えなくなって、あとは一人残りをめざすただ二人だけが、総立ちになった観衆の輪のなかで泡をふきながら踊り狂うのです。

歓声があがりました。一人が意識をうしなってながながと地にのび、ただ一人だけが残ったのです。しかしさいごの一人はまだ踊りを止めません。髭《ひげ》の濃い、骨格たくましい大男は泡をふきながらシュッシュッという掛け声をかけ、両手をはげしく前後につきだし、機械のように体を折ったりのばしたりしながらなお踊りつづけます。焚火が狂人のような汗みずくの顔を照らしだし、二分たち、三分たち……男はとうとうふしぎな絶叫をあげてばたりと倒れ、その下の土には血が滲《にじ》み、水をかけても、大声で名を呼んでも、なかなか息を吹きかえしません。

西洋イノリの懸賞を踊り取ったこの男が、あの山男の卓爾なのです。

六

豚を密殺すると村長が言いだしました。西洋イノリに祈禱《きとう》して貰《もら》ってから村長の隠居の病状が気のせいか少し持ち直し、集落の他の病人も一応ぜんぶ祈ってもらってその霊験があらたかなので、お礼の意味で豚を料理《りょう》って送別の宴を張るというのです。猪でもそうですが、獣肉は殺してから夏場で四、五日、冬は一月もおいて真黒にしてからでないと美味《うま》くなりません。村長はそのことを考えて、西洋イノリの出立よりもすこし早めに肉にしておこうと考えたのでしょう。

猪を割いた経験があるので例の喧嘩《けんか》ずきの勝と、魚取りの名手の格生と、郵便局長の息子の弘サと、それと私が手伝いに頼まれたのですが、卓爾も頼まれたのですが、体の調子が悪いといってとうとう出て来ませんでした。あの盆踊りの夜いらい、卓爾はひとりで家にとじこもり、山かせぎにもゆかず、誰にも顔をみせないのです。今日できたのは、村の青年のなかではあの女に関心をあまり持たない、どちらかといえば例外のほうなのです。割くのは中型の牡豚《おすぶた》ですが、私たちが行ったときはもう裏庭にひきだされ、杭《くい》にしっかりと縛りつけられていました。豚よりも私はむしろ奥座敷のほうに注意をそそいでいましたが、今や感謝の犠牲《いけにえ》を捧《ささ》げられているその女のいるあたりはいつものことながらひっそりと静まりかえり、子供の声さえしないのです。

こんなことは何でも先に立ってやりたがる勝が、豚の足を二本ずつしばり、その紐の端を力いっぱい引きました。豚は地ひびきを立てて倒れ、哀れっぽい声で鳴きます。勝が短刀のような形の猪庖丁《ぼうちょう》をふるって後肢《あとあし》の皮に穴をあけ、格生が空気ポンプをかかえて来てゴム管の先端をそのなかに押しこみ、弘サがその先端を抑え、私と勝が豚の体を押えつけ、さて格生はのろのろとした動作で空気を押しこみはじめました。

豚はキュウキュウ鳴いてもがきますが、私たちがしっかり抑えつけているので動きがとれず、目でもはっきりわかるほどふくらんでゆきます。暑さは盆をすぎてやや闌《たけなわ》ですが、それでも豚の腹で逆立っている剛毛は陽ざしを浴びて、目に痛いほど白いのです。私たちはすっかり汗を掻《か》き、豚は縛られた肢を懸命に動かしては起きあがろうとします。

「もういいやろ、このくらいで」と格生がポンプの手を休め、豚の膨れた腹を押してみて言いました。

「まだ動いとるやないか。まだだめじゃ」と怒りっぽい勝がいらいらしてどなります。

「そうか」と格生は言って、また無感動にポンプを押しはじめました。

豚の眼と耳から血が流れ出し、白い毛のうえを糸のように走って地にしたたりました。そのすさまじい赤さは乾いてたちまち艶《つや》をうしない、どす黒くなります。血の匂《にお》いをかぎつけた蝿《はえ》が集まって来て、あたりをうるさく飛びまわります。弘サが台所から熱湯をバケツに入れてさげて来て、マリのようにふくれあがった豚にあびせかけ、私と勝がタワシをとって体じゅうをこすり、毛をむしりとります。

勝が猪庖丁をとりあげ、まだぴくぴくと動いている豚の前肢をとって庖丁を入れました。脂《あぶら》がこびりついてすぐ切れなくなるのを、別に四、五丁用意した猪庖丁をとりかえひきかえ、ぐいぐいと切ってゆきます。脂のついた庖丁は弘サと格生が二人がかりでとぎ、やがて色とりどりの腸《はらわた》があふれるようにこぼれおちて来て、豚の体は肢とそれに附属した大きな肉片をもつ四つの部分に切りわけられるのです。

血にまみれた手を腹のなかにつっこんで、勝は真紅の肝臓をひきずり出し、陽にかざして調べています。どこにも寄生虫がついているようなあとはみあたらず、心臓も、腸も、胃も、そのほかの内臓も健康そのものの赤や、金いろや、紫やの色をして、艶々しく午後の陽ざしに輝いているのです。

「よし、今年は米のようさん取れるにや。きまった」

と、内臓をしらべおわった勝が言い、その言葉を聞いて私たちは、その占いが何の意味もないものだとは知りながら、やはり晴ればれしい、喜ばしい気分にひたります。内臓はバケツに充《み》たし、格生が畑に埋めにゆきましたが、この豊かすぎるほどの栄養をあたえられた土はそれをさらに作物にあたえ、畑の豆や、いま実をつけはじめたゴマや、健康な歯ならびのような粒をもったトウモロコシやはその豊饒な汁液を吸いあげては、八月の太陽のもとにますますがっしりと葉茎を張るにちがいないのです。

勝がばらばらにした四つの肉片を細引きでしばり、陽のささない、風通しの良い納屋に並べて吊りさげました。まだ強い陽ざしをかっと照りかえしている裏庭には、もう大きな血の染《し》みと、白い豚の毛の散乱とが残っているだけなのです。

七

「青年会館に行こうら」と、弘サが私を誘いに来ました。どぎつい陽ざしが山峡《やまかい》の風を熱くし、村ぜんたいを朝から眼《ま》じろぎもせずに煎《い》りつけている或る日の、午後のことです。集落じゅうの病人や不幸な者の祈禱をおえた西洋イノリが、さいごに青年団の留守番の和助伯父の昨夜からの腹痛を祈ってやるために、村長に頼まれて青年会館に出むいた、というのです。

曲りくねった急な道を私どもはほとんど走りましたが、これは灼《や》けきった道がはだしの蹠《あしうら》に痛かったせいもあります。

噂《うわさ》は風のように集落じゅうの若者に伝わったらしい。和助伯父の起居している部屋は青年会館がもと高等小学校だったころの宿直室で、その広縁の奥は濃い暗がりに沈み、障子の立てきってあるのがほの白いだけで人の姿は何も見えませんが、靴ぬぎの大石には一目でそれと判《わか》る華奢《きゃしゃ》な女靴と二足の子供靴が並べておかれ、薄ぎたない部屋の病人の枕《まくら》もとでいま奇態な祈りがおこなわれているありさまをありありと想像させるのです。その縁さきにさっきから村の青年たちのほとんどと物見だかい子供たちのぜんぶがつめかけて、眩《まばゆ》い陽を頭から浴び、大地の熱気にあえぎながら身じろぎもせずに立ちつくしているのです。

ささやきがときどきどこかの隅でおこりますが、それは光りのあふれる池の面のさざなみのように、細かく揺れながらそこここに拡《ひろ》がり、また、たちまち消えうせるのです。

青年会館の庭といっても、そこには樹《き》の影ひとつあるわけではありません。人々の立っている場所は建物の裏側から、労力奉仕で赤い荒い土を盛って張りだした、二十メートル四方ほどの広場にすぎません。その狭い地面を光りは矢つぎばやに叩きつけつづけており、土からたちのぼる熱気はほとんど息ぐるしいほどなのです。土盛りの端には金いろの毛ぶさを垂らしたトウモロコシが何本か植えられており、それを振りかえると一面の陽炎《かげろう》に揺らめいている村の下半分が見下せるのですが、人々の注意は暗い室内のほうに集中されつくしていて、誰ひとりとして頭を動かす者もありません。

一つの点に集中された暗く熱っぽい期待のなかを、このごろ少し青ざめて窶《やつ》れたように見える卓爾だけが、苛立《いらだ》たしい獣のように右へ、左へと歩きまわっているのです。

この年上の青年たちの高ぶりを、私や格生などの中学生、もっと年下の小学生たちは、ただ怖《おそ》るおそる眺めていた、というのが正しいでしょう。西洋イノリが眺められる、うまくゆくとその祈禱のようすも初めて見ることができるというのでここに駆けつけて来た私たちなのですが、このあまりにはげしい期待のようすを見ると、その表むきの理由とはちがった、もっと無意識な深い動機に私どもは動かされていた、という気さえするのです。

障子がひらき、西洋イノリが出て来ました。若者たちは意外なほど動揺を示さずに西洋イノリを迎え、まじまじと観察をはじめました。思いがけないおびただしい若者たちの観衆、その陽焼けした逞《たくま》しい無数の顔、顔からむっと迫ってくる男くさい熱気に押されてたじろぎ、動揺したのはむしろ西洋イノリの方だったにちがいありません。「皆さん、今日は」と西洋イノリは小さな声で言いましたが、若者たちは押しだまって目を光らせたまま何とも答えないのです。これはたぶん、とっさに何と返事したらよいのか若者たちには判らなかったからのことにすぎませんが、煮えたぎる空気のなかでの深く熱っぽい沈黙は、その場にまた別の意味と効果をあたえたのです。沈黙の壁に迎えられて、西洋イノリはここで初めて、自分の職業がらふさわしいポーズを思いだしたようでした。彼女はこの瞬間、田舎の青年たちのまえでそうした態度をとってみせることによって青年たちを圧倒し、自分の評判を高めておこうと考えたものと見えます。ここの村での評判はたちまち伝説となって山間《やまあい》の村々を走るし、また自分もいつこの村に戻ってくる必要があるかも判らない。

そのことを考えて西洋イノリがここで職掌がらの強気なポーズをみせたのはもっともと思われるのですが、西洋イノリは縁側においてあった小学生用の長腰掛けに腰をおろし、アメリカの女のようにたかだかと脚をくんで、挑戦的に青年たちを見まわしてみせたのです。

西洋イノリをちかぢかと見るのはこれで二度めですが、その濃い白粉《おしろい》も、赤く念入りに縮らした髪も、弓なりに高く引いた眉も、吊りあげた眼も、このまえとまったく同じ化粧です。金いろを散らした茶のスカートの裾から、黒いスリップのレースと、硬く締って筋ばった長い脚が見え、白い内腿《うちもも》のあたりまで青年たちの位置からはかすかにのぞかれます。

けれどもその強気な表情のかげにどこかおどおどした不安げなようす、誰かに助けをもとめてあちこちを見まわしているような気弱さ、寂しさもたしかに見えたと思ったのは、のちになってから記憶につけ加えた私の思いすごしでしょうか。

開いたままになっている障子から、西洋イノリの二人の子供が出て来ました。幼いながらその場の異様に緊張した光景はのみこめたらしく、凍《い》てついたようになって障子のかげに立っていました。卓爾がこのとき千日《せんにち》をぬぎすてて縁側にあがり、西洋イノリのかけている腰掛けの一方のはしに腰をおろしたのは私どもにも予想外のことでした。

たぶん卓爾は突発的にそうした行動にでたものと思われますが、ちょうど舞台のべンチの上の人物のようにこちらをむいて坐《すわ》っている卓爾の表情があまり恐ろしかったので、私どもは何かに抑えつけられるように咳《せき》ばらいひとつできなかったのです。

卓爾と逆に西洋イノリの方には、何か機会をみつけて立ちあがり、この場から出てゆきたいという焦躁《しょうそう》がありありと見えていました。しかしその場の空気のあまりの重さのために、西洋イノリは強気なポーズをくずすことができず、うまく立ちあがるきっかけがつかめないのです。

広場にはいまは青年たちだけでなく、若い娘や中年の女たち、壮年の男たちはじめ、まじろぎもせずに西洋イノリを眺めていますが、誰ひとり救いになるきっかけを出してくれるほど気のきいたものはおりません。

熱気のなかで、恐ろしい長い時間が経ってゆきます。しかしあとで考えると、それはほんの一瞬だったようであります。ほとんど動いているとも見えなかったのですが、卓爾の体は腰掛けの端からじりじりと真中へ、西洋イノリの方へと距離をつめているのです。暑さのために目眩《めくるめ》き、いっさいの判断を失っていたような私どもがそれに気づいたのは、もう卓爾の体と西洋イノリのあいだが一寸ほどにつまってからのことですが、卓爾の移動にはそれほど動きがなく、筋肉で動いているというより何かの強烈な磁力でひきよせられてゆく、といったふうだったのです。

しかも二人ともまっすぐに正面をきり、卓爾はおそろしい形相で宙をみつめ、西洋イノリはあいかわらず脚をくんで皆の顔を挑戦的にみまわしつづけたままで、二人の距離だけにいつかそれだけの変化がおこったのです。

卓爾と肩がふれあったとき、西洋イノリが電気にかかったように震えたのがはっきりと見えました。かといって、商売用のポーズをくずさぬまま体をはなすには、西洋イノリにはどうしても必要な或《あ》るきっかけがつかめないのです。ほとんど必死に救いをもとめる表情で、西洋イノリが人垣の後方に知った顔を求めていたのを私は覚えていますが、ときどき挨拶《あいさつ》をしたことがある男や女たちでさえ、いまはもう全く人が違ったような好奇の眼、檻《おり》のなかの美しい獣をみるような眼でじろじろとみつめているだけなのです。

卓爾がもうすこし急激な行動に移ったなら、あるいは西洋イノリも身をかわして立ちあがることができたでしょう。その場の空気はあまり張りつめすぎていて、西洋イノリはたぶん、身うごきどころか私がいまでも覚えている絶望的な眼でまわりをみまわすことしかできなかったのです。痙攣《けいれん》が人々のあいだを走り、私どもはがくがくする下顎《したあご》と生あくびを必死に嚙みころし、体の芯《しん》から灼きつくされながら、なお身じろぎもすまいとつとめています。

たっぷり一時間も、そのままの姿勢がつづき、しかもそのあいだ村人たちの誰ひとりとして身うごきもしないのです。卓爾の大きな掌《てのひら》が、西洋イノリの突き出した乳房をいつから這《は》いだしたのか、私には記憶がありません。それほどの長い時間がすでに経ち、それほどにその場の光りは暑かったのです。ふしぎな酔い心地が私たちの脳髄を浸しており、西洋イノリが時々慌《あわただ》しくまわりをみまわし、何か言いかけようとし、卓爾の手を払おうとしてはなぜか中止し、ぐったりと力をぬき、助けを求めるように絶望的な眼でまたまわりを見まわしたりし、そうした断片しか私には記憶がないのです。私ばかりでなく、すでに立錐《りっすい》の余地もなくまわりにつめかけていた村の老若《ろうにゃく》の誰に聞いてもそのことは同じなのです。

眠気、不快な高ぶり、殺気、泣きだしたいような情なさ、そういったものが私たちのうちにつぎつぎと起きては消え、しかし私たちはしんと静まりかえって、固唾《かたず》をのんでいるのです。

私どもの眼には汗が流れこんでちかちかと痛みました。西洋イノリの何度も卓爾の腕を払いかけてはためらっている白い太い腕にも、筋ばった首すじにも、狭い額にも、虫のような動きを示している卓爾の毛深い腕にも、汗の玉がびっしりときらめいているのがよく見てとれます。

二人の体の密着している部分には汗が大きなしみになって滲んでいて、衣服の下で二人の汗がまじりあっているさま、若者の体臭と中年女の腋臭とがむっとまじりあっているさまの想像が、ふしぎな強さで私の神経を刺します。しかも西洋イノリはときどき自分をとりかえし、ふいに挑戦的な眼で私たちをみまわしたりするのです。

ほとんど考えられないことですが、やはり私たちの誰ひとりとして、卓爾の手が西洋イノリのスカートの下に入っていったときのことを覚えているものがないのです。村長がこのとき駆けつけましたが、この場のふしぎな熱気におされて、西洋イノリを見そこなっていたという怒り、面目をつぶされた憤懣《ふんまん》をぶつぶつとつぶやくより手の下しようがないのです。動作の移行はなめらかで、しかも卓爾は相変らず気違いのような表情で正面をにらみつけ、手だけが別の生き物のように女の方へ這っているだけです。西洋イノリは苦しげに顔をしかめ、両手を突きとばそうとするように男の胴にあて、しかもその腕にはもういっこうに力が入るようすはありません。

さっきの職業用の傲慢《ごうまん》さは消え、しかめ面《つら》と、泣き出さんばかりの表情と、奇妙な困惑と、哀れみを乞《こ》うような表情がかわるがわる西洋イノリの面にあらわれ、しかもその瞳《ひとみ》は宙につりあがったままで、目のまえにいるおびただしい村人たちも眼に入らないようすなのです。ときどき男の腕を申し訳のように払ってはみますが、そのときはもう遅すぎ、どうにもならない、というような荒い息づかいが聞えはじめ、西洋イノリのスカートはまくれあがって男の手が白い下ばきのなかにまで這いこんでいるさまが村人たちの眼に見え、やがて西洋イノリの尻《しり》が男の手につれて腰かけから離れ、自分の思うままにはならないように、男の手の方へ、手のほうへと、何度も持ちあがってゆくのです。

卓爾の腕が西洋イノリを抱きしめ、縁側に寝かせました。あらわな太い腰にまといついた下ばきを人が変ったように慌《あわ》てふためいて脱がせようとするのですが、西洋イノリは抗《あらが》うどころかむしろ尻を持ちあげぎみに、男の作業を助けるかに見えるのです。白い脂の乗った尻があからさまになり、卓爾の作業ズボンをずり下した黒い腰がその上に乗りかかってゆき、村人たちは息を殺してこの思いもかけなかった成りゆきをみつめますが、西洋イノリの腕はいまは男の背にしっかりとまわされているのです。

子供の泣き声が起りました。いままできょとんとして障子の傍に立っていた西洋イノリの子供の妹のほうが、この光景に驚いて泣きはじめたのです。しかしその泣き声は沈黙のぶあつい壁に吸いこまれ、妙にそらぞらとした実感のないものにしか聞こえません。小学生の兄のほうが必死で妹をなだめておりますが、その本人がむしろ泣き出さんばかりの顔をしているのです。

西洋イノリは耐えがたそうに、泣き声を耳に入れまいとするように首を振り、首をまげてちらと泣いている子供のほうを眺めては、苦痛と快楽に引き裂かれた表情で顔を歪《ゆが》めます。子供が泣いているのは判っているが、それが自分ではどうにもならない、といった、悪夢をみているような表情なのです。

ときどき眼をあけては、いったいいつのまに、どうしてこんななりゆきになったのかをいぶかしむ風なのですが、しかしそのあいだも白い下半身は上半身とはまったく別の生きもののように、激しい動きをつづけてい、熱さと、荒い呼吸音だけがしばらくあたりに満ちます。

動きが静まり、二人は腰をむきだしたまま人々の視線に射られて、ながいこと抱きあってじっとしています。衆人環視のなかで、このようにして思いもかけないことが終ってしまい、やがて起きあがってズボンをひきずりあげる卓爾は、実に憂鬱な、落胆したとも気落ちしたともつかない表情をしているのです。卓爾はのろのろと千日《せんにち》をつっかけ、黙りこくって道をあける人がきのなかを自分の家のほうへと姿を消しました。

女は卓爾が離れると同時に、すばやくスカートをひき下していました。そのまま顔を両手でおおい、縁側にうつむいたままじっと動かないのです。肉づきのよいその肩がひくひくと震え、やがて押し殺した嗚咽《おえつ》がしだいに高まって来ます。青年たちは実に気落ちした表情でそこに立ち、老人は気むずかしげな顔をしてようやく唾を吐きちらしはじめるのです。

「うちで、もう泊ってもらうことは要らん」と村長が気むずかしげに言います。「気の毒じゃが、もうこの村にいてもらうわけにはゆくまいのう」ともう一人の村会議員が言い、村長はふいに赤くなって何か言いだそうとしますが、くるりと野良着《のらぎ》の背をむけて帰ってゆくのです。女たちはひそひそと仲間うちだけの話をはじめ、青年たちはみな舌打ちをし、子供たちはふいにこの女に無関心になっている自分たちに気づくのです。人々は一人、二人と帰ってゆき、夕食のしたくをせねばならぬ時間になっていることに気づいた女たちは泣き伏している西洋イノリの背に軽蔑《けいべつ》的な一瞥《いちべつ》を投げて去ってゆき、村長の妻である私の従姉《いとこ》は、ことに執念ぶかく何度も何度も振り返って下りてゆき、私はこのとき従姉にかすかな怒りを覚えるのです。

青年たちは黙りこくったまま憂鬱そうに去り、若い女たちは高ぶった声で、この場とはまったく関係のない映画の話などをわざとはじめながら姿を消します。ふいに飽きた子供たちが喚声をあげながら去ってゆくと、青年会館の縁側には妹の手をひいて立っている少年と、そのまえで身をもみながら泣きふしている西洋イノリだけが残るのです。「へても、仕方がなかったんやもの」と、西洋イノリはよく聞くと、泣きじゃくりながら、いままで私が予想もしなかった田舎ことばで言っているのです。「へても、仕方なかったんやもん。へても、仕方なかったんやもの……」

金いろの暮れがたの光りをはねながらその日のさいごのバスが村に入って来、停留所のほうへ西洋イノリが片手にトランクを下げ、片手で二人の子供の手をひきながら急いでいるのを、私は墓地の桜の枝に腰をかけて見ていました。来たときとおなじトランクひとつの姿から推して、女は村長の家から土産も礼物ももらわずに追いだされたのでしょう。女は隣の村へ廻るつもりなのでしょうが、噂は女より早く山間《やまあい》の村々を駆けまわるに相違なく、女と二人の子供にこれからの宿と生計を拒むことになるにちがいないその噂を、口にすることを禁ずる自信はこの私にもないのです。言いようのない寂しさ、悲しさに打ちひしがれながら、私は女が二人の子供の手をひいてバスにのりこむのを見送っていました。

バスはしきりに跳ねあがりながらもう陽のあたらない山道をまわって姿を消し、夏のさいごの余光は山々のいただきに溶けた金のようにこびりついてためらっていましたが、やがてその光りもうすれ、そして山間の村には急速に夜がおりてくるのです。

八

単調な日々のくりかえしが、そのあとにありました。稲はますます重たげに頭を垂れ、色づいた柿《かき》や栗《くり》が田圃《たんぼ》道《みち》をいろどり、庭先にひろげられたムシロの上では澄んだ音を立てて胡麻《ごま》の実の弾《は》ぜる音が、道を歩いていてもはっきりと聞きとれるのです。収穫の日はまぢかに迫り、村は束《つか》の間《ま》の生の昂揚を忘れ、冬ごもりの支度に忙しい。ときどきかすかな痛みのように、人々の心には夏の日のあの訪問者のことが浮かびますが、忙《せわ》しくなった仕事におわれてそれもたちまち消えてしまうのです。色きちがいじゃ、と老人たちはかんたんに片づけますが、あの女が青年や少年たちに残した印象は、もっと複雑なものでした。卓爾は以前よりもずっと憂鬱《ゆううつ》そうな顔になり、黙々と木材を満載した馬車を引いて歩いていますが、あの日の話をすると凄《すご》い剣幕で怒りだすので、彼の前では誰もそのことを言いだすものはいないのです。クラコはまた私に優しくなり、子供たちは川遊びを忘れてもっぱら松茸《まつたけ》狩りや栗拾いに熱中しているのです。

夜、食事をすませてから私は魚バサミを持ち、カンテラをさげて、夏のあいだにオート三輪で来たことのある滝壺《たきつぼ》に魚を挟みにでかけました。鰻《うなぎ》や鮒《ふな》やウグイは夜は川底の石のあいだで眠っていますが、カンテラをさしつけても急には目がさめないのを、鉄針のついた長い鋏《はさみ》状の棒ですばやくはさみ取るのです。苔《こけ》のついた石は滑りやすく、冷たい水のなかに私は何度も転倒しましたが、それでも二時間ばかりののちに私の魚《び》籃《く》のなかには、一尺たらずの鮒が二尾と、中型の鰻が十尾ほど入っていたのです。いつかの滝壺の上に来たとき、川岸で人声がし、電気をつけた自転車が何台も走ってゆくのが見えました。私の村の青年たちにちがいないのは、その声を聞いただけで判ります。私はアセチレン・ガスのカンテラをふりまわし、「何が起ったんじゃけ」と大声で聞きました。

自転車を止め、大声で答えた声は、例の勝でした。

「一家心中じゃ。いつかの西洋イノリじゃ」

私は急には意味が判りませんでした。

「何じゃけ」

「五本松で、西洋イノリが首をくくったんじょざあ。子供の頸《くび》を二人とも絞めといてのう」

私は岸にかけあがろうとし、平衡をうしなって倒れ、流れのなかに手をつきました。

あわてて魚籃の口をおさえ、流れの強さにさからいながらようやく立ちあがりましたが、そのとき平衡をうしなっていたのは身体《からだ》だけではなかったのだ、と思います。頭の奥がじんとしていて、夢をみているような気持でしたが、しかしふしぎなことに私はこの結果を、西洋イノリが村を立ち去った瞬間にすでに予知していたような感じをおさえかねていたのです。

こうなるよりしかたがなかったのだ、酷《ひど》いようだが、こうしかならなかったのだ、と私はつぶやきつづけていましたが、その呟《つぶや》きのなかには何か強いて自分を納得させようとするような調子で、強いて自分の目をおおってしまおうとするような気持、それ以上の深いことは強いて考えまいとするような意図が含まれていたのはどういうことでしょうか。——そしてそのとき私は自分の目をふさぎとおすことにとにかく成功はしたのです。川のなかに立ちつくして私がいつまでも上ってこないので、自転車を止めた青年はわざわざ降りて魚籃のなかをのぞきに来、満足して岸にもどって、また自転車で走ってゆきました。

私の横にはほの白い一すじの滝があり、夏のあいだ仔鰻《こうなぎ》が無数に登って来ていた絶壁が水しぶきをきらきらとはねながら、そびえていました。所々の窪《くぼ》みが青白く光っているのは、死んで窪みに溜《た》まった仔鰻の燐分《りんぶん》が燃えているのでしょう。

仔鰻の遠い旅のことを熱っぽく喋《しゃべ》ったいつかの西洋イノリの子供のことを、私は思いだしましたが、それと同時に首をくくったという西洋イノリのことを、遠い旅と産卵をおえて深海の墓場でひっそりと死んでいる雌の大鰻のイメージで連想していたのはふしぎなことです。

ズロース挽《ばん》歌《か》

生来、私は出不精で、他人に会いたがらぬ性質《たち》である。外見は、陽気で社交的に見えるために、しばしば誤解を受けて困るのだけれども、昔からの人間嫌いがだんだんと高じてきて、このごろは作家のあつまるバアにも顔を出さず、出版社の主催するパーティにも、ほとんど出席しない。他人に顔や声を見知られるのも厭《いや》で、テレヴィやラジオの出演も、ここ数年は、断りつづけている。

けれどもこの春、未知の読者から一通の手紙を貰《もら》ったときだけは、万難を排して会いに行かねばならぬ気持になったのである。一つには「……拘置所付属病院内」という相手の所書きに、興味をそそられたせいもある。もう一つは、文面にあふれている或《あ》る切迫感が、心にひっかかって離れなかったからである。先天的な腎《じん》不全で、繰り返し尿毒症の発作を起し、数ヶ月先には確実に死を約束されている或る犯罪者からの、それは面会の申し込みだった。

……話を、聞いて欲しく思います。三十八年間で終る一生の、奇妙な逸楽と苦しみを、この世に残しておきたく、とはいえ、強いて作品にされることもありません。かすかにでも記憶にとどめておかれれば、それで満足。いまひとつ、死後について、わずかなお願いもあるが、面倒ならば実行されずとも可。ただ私の目の前で、はっきり引き受けてみせて、安心往生させて頂きたいと、切願します……。

拘置所の付属病院は、東京から少し離れた小さな市にあった。あらかじめ病院当局に面会申し込みをしておいて、許可をもらって、指定の時刻にでかけたのだが、主人公——奈良本《ならもと》徳也《とくや》の枕《まくら》もとに通されるまでには、なおややこしい手つづきが要った。

青ぶくれにふくれあがった固りが、陽のあたらぬ、大部屋の病室の、ベッドに半身を起していた。手足も頬もまぶたもむくんで腫《は》れあがり、表情のあるものといえば糸のように細い目だけであった。首を大儀そうに動かして、彼は歓迎の意を表した。

これはおそらく、重度の慢性尿毒症のせいなのだった。怪物のようにふくれあがっているので、それほどには見えぬものの、赤ん坊のように髪の毛がわずかに残っている頭といい、歯の抜けた口もとといい、おとろえた皮膚といい、六十歳はたぶん超した年齢のように思われた。

老人そっくりの声で、徳也はとぎれとぎれに、こう言った。

「せっかく……来てもらいましたけれど」しばらく咳《せき》こんで、看護婦から痰《たん》を取ってもらった。

「今日、わたし、疲れていて……。だけど、それ、それを置いていって下さい。元気なときに、一人で、話す……」

ぐたり、と首《こうべ》を垂れた。奈良本徳也が指したのは、私が下げていった、カセット式のテープ・レコーダアだった。

見舞の花と、果物といっしょにそれを置いて、私は立ち去った。

徳也の生前に私が会ったのは、その後、わずかに二回である。接見の回数が制限されているのと、せっかく拘置所の許可をとっても、医師が許さなかったりで、機会はどうしても少くなった。したがって彼の話はほとんどテープを通じて聞くことになり、わずかな面会の時間は、よく聞きとれなかった部分や、もっと知りたいことを、聞くのについやされた。天気のいいときに二度ほど、電話をかけてきたことがあり、むろんそのときも、補足や確認はなされた。

私の目に映じた奈良本徳也の印象は、背丈はやや低め、がっちりした骨太の体つきで、長いこと筋肉労働をしていたように思われる。尿毒症のためふくれあがっていて、もとの顔立ちは判《わか》らないが、低い鼻梁《びりょう》や薄い髪や貧弱な顎《あご》やの風貌《ふうぼう》は、どう考えても男らしい立派な顔立ちとはいえない。唇がぶあつく、異常に大きいことだけが、或る種の猥褻《わいせつ》な精力を感じさせる。もっともいまは、その唇にも、ほとんど血の気はない。額は狭く、全体の印象は、ぶよぶよと水ぶくれした、ゴリラに似ている。声は、元気のいいときは金属的で、一本調子で、感情のうるおいをそれほど感じさせない、ぼそぼそとした話しかたである。

ここでは、カセットに吹きこまれた奈良本徳也の口調をそのまま生かして、適当に補足しつつ、彼の話を紹介しようと思う。

1

さきの手紙で、私、三十八年にて終る一生の、奇妙な逸楽と苦しみを残しておきたし、と申しあげた。けれども、よく考えると、私がほんとうに言いのこしたかったことは、少し、ちがう。はっきり申して……おどろかないでほしい。それは、ズロースという、下着なのだ。あるいは黒い太い、ブルーマアという運動着、それらで腰をつつんだ、女学生、という女たちなのだ。女子学生ではない。女子大生でもない。あくまでも、絶対に、断じて、女学生、でなければならない。

いや、もっと正確に言わなければならない。私が言いのこしておきたいのは、ズロース、ブルーマア、女学生、そういった一連のものに、私の寄せてきた、つよい執着のことなのだ。

ズロース、ブルーマア、女学生——もちろん、セーラア服も入れていいだろう。こうしたものは、おそらく私にかぎりはすまい、私の年代の男たちの、いわば青春の象徴だった。

甘ずっぱい思い出もあっただろう。目のくらむ刺戟《しげき》も感じられたろう。ほのかな、あるいははげしい思慕もあったろう。それに包まれた、罪深いものへの好奇心、あこがれ、そういったすべての、私たちの関心をひきつけて止《や》まなかったものが、ズロースだった。ブルーマアだった。セーラア服の女学生だった。

あたりまえだ、あなたたちの世代の男に限ったことではない、と言うのか。なかなかどうして。いいですか。それは決して、パンティではなかったし、ショーツではなかったし、サマーセータアにミニ・スカートの女子学生、女子大生ではなかったのだ。もっとはっきり言う。いまの若い人たちが思慕しているのは、パンティなのだ。ショーツやサマーセータアやミニの女子学生、女子大生の方なのだ。ズロース、ブルーマア、セーラア服の女学生……こういった古い、野暮な、しかし心を絞りあげるようなものの魅力は、いまの男子中学生や高校生の男子、若い男子大学生には、通じはしないのだ。

寂しくないだろうか、このことは。口をきわめて、それらへの甘い記憶を語っても、若い人たちはあっけらかんとして、

「イカさねえよな。セーラア服なんて」

「いまどきズロースなんてはいてるの、よっぽどのお婆《ばあ》ちゃんよ。あたしなんか、小ちゃいときから、ずっとパンティだったわ」

という。怒りを感じるではないか。それと、もちろん、すぐに、悲しみと、を。

少し昔には、女たちは日本髪を結っていた。当時の男たちは、その髪油――ビンツケ油の匂《にお》いを、大変に色っぽいもの、と感じたという。私の、親父《おやじ》の若いころには、たしかに、行きずりの女からビンツケの匂いが漂ってくるだけで、胸のときめく思いをしたらしい。だけど、私にはそれは、正直に言って、悪臭としか感じられないのだ。

あるいは、女が階段をのぼるときに、白い脛《はぎ》がチラチラするのも、親父のまた親父ぐらいの年代の男には、たまらない魅力だったらしい。だけど、スカートをはいた女を見慣れている私たちに、女の脛ぐらい、何でもないのは、言うまでもない。

電車の中で、向いに坐《すわ》った女の、膝《ひざ》の内側や、パンティの白さがチラチラするのが、

あるいは昔の人の、女の脛に受けた感じと、近いのかもしれない。だから逆に、いまみたいにミニを見なれて育った若い人は、膝頭や内腿《うちもも》の白さなどには、何も感じなくなるのかもしれない。

腰巻、という女の下着がある。私より、ごくわずか年上の男たちが、腰巻に抱く関心は、およそ強烈なものであったらしい。「またぐらを貫く見せる緋《ひ》ぢりめん」などという川柳があったが、それがちょっとのぞくだけで、男の胸はときめき、顔が赤くなったものであった。今の女が、よくスカートをまくって、ガータアを直すと同じ媚《び》態《たい》を、昔の女は腰巻をちらり、と見せることで、示していたという。

だけど、私の年代の男は、腰巻には婆さんの汚らしさしか感じない。もっと若い人には、その記憶もないにちがいない。

いま少し、思い出にふけるのを許してほしい。

われわれの中学の、最終学年で、男女共学の制度が実施された。中学の一、二年生は女学校の方へ行き、女学校の上級生は、われわれの中学へ、来ることになった。彼女たちの机や椅子《いす》を運びに、私たちは隣り町まで行進させられたものだった。

町の人から、それを見られている恥ずかしさで、私たちはことさら乱暴になった。腰の手拭《てぬぐ》いで、わざとらしく顔をこすりまわし、さも迷惑だ、といわんばかりにふてくされて、足をひきずってぞろぞろ歩いたものだった。はじめて見た女学校の内部は、小ぎれいで、ていねいに掃除がしてあって、一種の匂いがあって——たまらなく切なかった、要するに。

私たちははだしで、足洗場で足を洗って上ったのだが、女学生たちは上靴をはいていた。それがまた、劣等感になった。セーラア服の女学生たちは、隅っこにかたまって、背をたたき合ったり、ことさら悲鳴をあげたり、華やかな笑い声を立てたりして、私たちの作業を眺めていた。手つだってくれるでもなかった。怒ったような顔をして、私たち男子中学生は、黄いろく塗った木の椅子や机を運動場に運び出し、黙々と、中学校にまで運んだのだった。机も椅子もみな小ぎれいで、インキでの落書ひとつ、小刀での彫刻ひとつしてなかった。

木の、重い蓋《ふた》が、バタンバタンとあおられて、二人がかりでも、とても運びにくかった。何度も私たちは、途中で休んだ。一学期のさいごの日で、蒸し暑く、汗は拭《ふ》いても拭いても流れ、目にしみた。夏草のさかんな匂いに肌がひりひりし、はだしの足裏に、道の小石が痛かった。角ばった机の角は、しばしば私たちの、細い脛《すね》に当って、声の出せないほどの痛みを与えるのだった。黄いろい椅子には、みんな、尻《しり》の形に浅いくぼみが彫りこまれてあり、その桃の実形をみつめながら、抱きにくい四角い椅子を大事に痩《や》せた胸にかかえて運んでいる途中で、私たちの切ない思いは、しだいに高まるのだった。

(ああ、この中に、女学生の尻が一つ、入っていたのだ。少しすれて光った紺スカートと、白いズロースに包まれた大きな尻が。一かたまりになって笑いさざめきながら見ていた、どの女学生の、尻が収まっていたのだろう。この固い木の椅子のくぼみは、女学生の、尻のあたたかみ、柔かみ、——丸みを、そしてもっと前の方の陰微な感触を、ぜんぶ知っているのだ。きっと、女学生の体臭も、しみついているのにちがいない。だが、女学生ははたして、おナラをするものだろうか、先輩は、女学生も、するのだと噂《うわさ》していた。だが、とても信じられない。あのセーラア服の彼女たちが、そんな下品なことをするなんて。……いや、もし彼女たちがそれをしても、匂いも音も、われわれ男子中学生のイヤな匂いや下品な音とは、まったく違うのにちがいない。スーッとかファーッとかいう、上品な音で、匂いもまるで香水のような……)

手がだんだん疲れてきた。私はわざと大きな声で、

「こうしたら楽だ」

といって、椅子を頭の上に、逆さまにのせた。背もたれと尻のあたる部分の直角に頭をあて、前脚を両手でつかんで歩きだしたのだ。何人かがまねをした。頭には、自

転車のグリースを塗ってテカテカに光らせた帽子をかぶっていたので、痛くはなかった。

怪しまれないのを見定めてから、私は思いきり、鼻から息を吸いこんだ。椅子にこびりついている女学生の、体臭を嗅《か》ごうと努力した。だが、隙間《すきま》をつくって打ちつけられた厚い木の板は、樹脂の匂いと、ペンキの油の残り香と、埃《ほこ》り臭さと、夏草と、遠くの海の匂いを、私に伝えただけだった……。

＊

ズロースの話だった。はじめのうち、〝お輿入《こし》れ〟してきた女学生と、〝中学生は、お互いによそよそしく、睨《にら》み合っていた。一つせきを切ると、たちまちなだれを打って、混じりあってしまいそうで、それが怖さに、双方で牽制《けんせい》しあっていたのかもしれない。

女学校の方へ〝婿《むこ》入り〟した一、二年生は、もっと自然に、とけこんでいるらしかった。いっしょにドッジボールをしたり、鬼につかまれた者の手を、味方が触れると助かる「お助け」という遊びをしたりして、結構仲良くやっていた。それを私は、仲間に誘われて放課後、偵察に行ったことがある。

その自然な仲良しぶりを見ると、私たちはいっそう惨めな気持におそわれた。といって、感情をどう処理したらいいのかも判らないのだった。仕方なく私たちは、仲間の一人に、下級生の男子をぜんぶ呼び出させて、

「こら、お前ら、女と仲良うしよってけしからん」

「〈お助け〉などして、遊びよったろうが。許されんぞ」

と説教をし、一つずつ拳固《げんこ》を喰《く》らわせて、引きあげたものだった。それでも私たちの気持は、寂漠《せきばく》として慰まなかった。

女学生たちの神秘なヴェールは、教室がいっしょになると、少しずつはがされてはきた。はじめは机も、女が前列、男が後列と固まってわけられていたのだが、ある日教師は何を思ったのか、

「これからは、民主主義の時代であるからして、何ごとも、討論して決めねばならん。であるからして、これからは、男子と女子の列を、向い合わせとする。ええか」

と命じ、教室の中央をあけて、机をコの字型に並べさせたのだ。男子は窓を背にし、女子は廊下を背にした。したがって、男子の背には、秋のまだ暑い陽ざしがまともに当り、女子の背には、廊下を走る冷い風が、扉の開閉のたびに吹き入って、ノートをばたつかせるのだった。

すると、思いもかけなかった、悩ましい現象が起った。女学生はセーラア服の下では、意外にいつも、膝を開いて坐っているものだった。そしてそのスカートを、膝の上で、ぴんと引っぱっていることの、多いものだった。結果としては男子の位置から、女子のズロースが、しばしば見えることになった。断っておくが、パンティではない。ズロースであった。パンティよりもっとだぶだぶし、厚い白木綿で作られ、裾《すそ》にゴムの入った、まさにズロース、が。

これほど、衝撃的なことはなかった。

ひょうきんな男は、

「香川カズミのズロースな、醬油《しょうゆ》で煮しめたごとある」

などと、休み時間に報告して、仲間たちを面白がらせようとした。たしかに彼は、香川カズミの、真正面に坐っているのだった。しかし、年のわりにもっと発育のすすんだ、他の中学生たちは、何となく憂鬱《ゆううつ》に笑うだけで、それ以上、話を弾ませようとはしなかった。

何かしら、それは、まともに見るのをはばかられるものだった。「醬油で煮しめたようで」あろうとなかろうと、そのものの神聖は、少しも犯されはしなかった。犯したくなかった。むろん、それに包まれた、神秘なものの神聖も。

仲間の一人が、ふと、さりげなく洩《も》らした次の言葉の方が、私には重味をもって、ひびいた。

「女学生は、スカートをまくって椅子に腰かけるんだなあ」

たしかに、これは私にも、新しい発見だった。皺《しわ》にならないためにか、それともスカートをふわりとひろげた方がエレガントに見えるせいか、女学生はみな、腰をおろす瞬間にスカートを開くのだった。とすると——友人があえていわなかった、残りの部分が、熱い鉛みたいに、私の中に沈んだ。

(そうだ。女の下は、実は、ズロース一枚で木の椅子に腰かけているんだ。スカートとズロース越しに、どころじゃなかったんだ。ほんの薄いあの布いちまいで、硬い木の椅子は女の子の尻の重さや熱を、毎日うけとめているんだ。その白い太腿や脛は、直接に、木にごりごりとこすりつけられ、汗を吸っているんだ)

自分が、あの椅子であれたら、と私はしばらく、熱心に夢想した。毎日毎日、違った女学生の、椅子になれるのなら! 今日は副級長の、田代ミドリの椅子になろう。ズロース一枚をわずかにへだてて、顔の上に感じとれる尻は、どんな凸凹や、香りや、ひんやりした感じをもっていることだろう。明日は、香川カズミの(醤油で煮しめたような)ズロースごしの圧力を、顔にうけているのも悪くはない。いったい何がしみて、そんな、濃い色がついているのだろう。いったいそこは、どんな匂いが、することだろう。……

2

女学生が来ることになって、校舎の北のはずれに、女子用の便所が、あらたに作られた。ここに女学生たちは、休み時間ごとに、廊下に列を作って、出かけてゆくのだった。別のクラスの、ひそかにあこがれていた女学生の誰それが、私の教室の前を通ってゆくのを、それとなく注意して眺めるのが、私のひそかな楽しみの一つだった。それらのセーラア服の中には、床屋の娘だという、色の白い、髪の赤い、混血娘みたいにプロポーションのとれた、ガッチリした体つきの少女もいた。銀行家の娘だという、すらりとして上品な、美少女もいた。そうした貴族的な美少女も庶民的な可愛《かわい》い少女も、休み時間にはかならず、あの悪臭に満ちた便所に通うのだった。まことに几帳面《きちょうめん》に。

午前と午後に一度ずつ、小便に立つだけの自分の生理とくらべて、彼女たちの頻繁さは私たちには謎《なぞ》だった。いや、それよりも、彼女たちが、そうした必要を持っている、ということすらふしぎだった。悲しかった。セーラア服は、便所にふさわしくなかった。いっさいの排泄《はいせつ》行為を、彼女たちには、してほしくなかった。いっそ法律で禁じたかった。刑法第何条「ウンコやオシッコは、女学生は、これを行ってはならない」とでも。

しかもそのころは、トイレットは水洗なぞではなかった。週にいちど、近在の農民が来て汲《く》みあげる、すさまじい悪臭を放つ溜《た》めを備えたものだった。学校のどこにいても、かすかなその匂いは漂っていた。

周囲の田や畑から太陽に蒸されて漂ってくる、栄養ゆたかで濃厚な匂いとは、それはなぜか、すぐ区別できた。学校のそれはもっとひんやりして、陰気で、奇妙に酸性の匂いだった。

その酸《す》っぱい匂いが、女の子の匂いだと、私たちは勝手に決めていた。

渡り廊下の、スノコの踏み板を踏み鳴らして、女学生たちは手洗いに行くのだった。そのカンカンという音はコンクリートのタタキに反響して、教室からはことによく聞えた。こうして女学生便所もまた、男子生徒の、興味をそそって止まない題材だった。何しろ、そこで女学生たちはスカートをまくり、ズロースをおろして、大きな白いお尻を見せて、しゃがみこむのだ。はっきりとは判らないが、おそらくそうなのだ。彼女たちは団結して、その現場を、男子中学生の眼から隠しているのだ。

伝説はたちまち、いくつか作られた。

その一つは、あるいは以前からあったものかもしれない。別の学校にあったものが、輸入されたのかもしれない。(……校の七不思議)という形で、私も上級生から、怪談がかった、そうした話を聞いたことがあった。

色白で、大柄の、はじめから男子中学生たちの興味をそそっていた女学生がいた。他の女学生にくらべて、彼女だけが、何となく「大人」の印象を与えた。大人の、男と女の秘密を、彼女がすでに知っているのだ、という感じが、そうした伝説をこしらえたのにちがいなかった。

一学期間だけ登校して、彼女は姿を見せなくなった。それから伝説は、まもなく広がった。

噂は彼女が、便所に入っていて、重傷を負った、というのだ。何でも六十ワットの電球を持って、それを体内に挿入して楽しんでいて、破裂した、というのだ。病院にかつぎこまれてから、彼女は死亡した。けれどもそのあと、薄暗くなってから女教員が便所に入ると、壺《つぼ》のなかから女の手が、血まみれの電球の口金を握って、にゅっとのびてくる、というのだ。

のちに、他の中学から来た生徒と話してみて、どこの中学にも、女学生と電球の噂は流布《るふ》されていることを私は知った。けれどもあとにくっついていた怪談は、どうやら私の中学だけのことらしかった。それにしてもこの怪談は、よくできていた。ふしぎなリアリティがあった。

またしても、或る悲しみがあった。彼女たちのあそこは、セーラア服とズロースに包まれているその部分は、六十ワットの電球が入るほどに大きいのだろうか。子供を生むのだから、それくらいに拡《ひろ》がっても、ふしぎはない。けれども、あんなに楚々《そそ》として、清潔に見える彼女たちに、六十ワットの電球の、球が入るなんて……。

自分たちの未成熟に対する劣等感が、この話をいよいよ信じこませた。

私たちはよく知っていた。自分たちが、決して彼女たちの相手にはなれないことを。彼女たちは——床屋の娘や銀行家の娘も、その部分が男を受け入れられるほどに発育すれば、もう一人前だった。けれども私たちは、まだまだ幼かった。肉体はたとえ成熟したとしても、この上に、高等学校があり、大学があり……入社試験があり、あるていどの金をかせげるようになって、はじめて私たちは、一人前になるのだった。それを私たちはよく知っていた。

彼女たちの相手は、だから私たちではなかった。もっと年上の男たちに、彼女たちはその処女を破らせ、肉体の神秘な部分を捧《ささ》げる運命になっているのだった。あるいはそれは、同じ学校の、男の教師でもよかった。男子用の便所に、相合傘の下に男の独身教師と美しい女学生の名前を連ねて書く、ニキビ面《づら》の男子中学生の心は――表面は口笛など吹いていたずらっ子らしく見せていたものの――やり場のない悲しみと、怒りに、波立っていたにちがいなかった。

――小さな捕物が、秋の、午後の校庭で行なわれた。便所に入った女学生が騒ぎだして、教師が駆けつけたのだ。体操の若い男教師が、棒をもって、便所に入った。上からつついてまわっているらしかった。

「こいつめ」

「そっちへ逃げたな」

などという声が聞えた。

野球の練習を止めて、私たちは便所をとりかこんだ。白ペンキ塗りの羽目板に、午後の透明な陽ざしが輝いていた。はるか上に一列に並んだ明り取りにも、ペンキ塗りの目隠しがされていた。台風になびき伏したままの、糸のようなコスモスの苦い匂いにかこまれて、この女子用便所は、私たちのいわば〝聖地〟だった。禁断のその聖地に、私たちは捕物騒ぎへの好奇心、ということで自分をいつわって、近づくことができたのだった。

汲み取り口はあいていた。みなぎりわたった光りのなかで只《ただ》一つ、地獄のようなその暗さのなかから、男の頭があらわれた。裸の逞《たくま》しい肩が、胸が出てきた。筋肉隆々とした全裸の男が、やがて汲み取り口から這《は》いあがってきた。

男の全身は糞尿《ふんにょう》にまみれ、午後の太陽に金泥《きんでい》を塗ったように燦然《さんぜん》と光り輝いていた。棒をかまえた教師たちも、遠まきにしたまま、手が出せなかった。

黄金の汁をしたたらせつつ、男は不敵な微笑を浮かべて、まわりを見まわした。視線をむけられた教師たちは、たじろいで後ずさりした。私ははっきり覚えている。全裸の男の、下腹の神像は、なおもすさまじく、そそり立っていた。

ゆっくりとかがんで、男は、汲み取り口に丸めておいた、自分のみすぼらしい衣類をつかんだ。片手で、なおも逞しいままの自分をにぎりしめ、白シャツの清潔な教師たちの群にむかって、一歩踏みだした。すでに女の教師は目をそむけ、教員室へ逃げ帰っていた。女学生たちは、はじめから、その場に近づかなかった。

むせかえるような光りと、香気を放ちつつ、男は自分の前に、しぜんにひらけた道に、足をふみ出した。運動場を悠々と歩き、振りかえって、もういちどにたり、と笑ってから、雑草をかきわけ、裏の低いコンクリート塀をのりこえた。私たちは雪崩《なだれ》を打って、そこまで駆けつけた。

熱い、乾いたコンクリートの塀には、男の裸体がこすりつけた、金泥《きんでい》のあとが、いく筋か残っていた。低いその塀ごしに、男が畑を突っきり、やはり全裸のまま、海にむかって歩いてゆくのを、私たちは見た——。

翌日の学校は、寄るとさわると、この話でもちきりになった。女学生たちは問題にもしていないような顔で澄ましていたが、男子中学生たちの昂奮《こうふん》ははげしかった。女学生たちの糞尿にまみれつつ、あの男はおそらく、たっぷりと見たのだ。副級長の田代ミドリが、痩せて色の黒い香川カズミが、混血風美人の床屋の娘が、上品な銀行家令嬢が、いずれもその顔の真上で、セーラア服をまくり、ズロースをひきさげ、桃の実のようなお尻をあらわにするのを。彼をまたいで、その神秘な部分から、温い液体をほとばしらせるのを。ああ、いったいどんな、さまざまな形を、彼は見たことだろう……。

私は、喉《のど》が渇くのを感じた。そうでなくとも、胸の底が焦《こ》げるような羨《うらや》ましさ、嫉《ねた》ましさに、私は昨夜、ろくろく一睡もしていないのだった。くりかえしての、執拗《しつよう》な、ほとんど自虐《じぎゃく》的な自瀆《じとく》の、疲労の助けを借りて、夜明けがたに、やっとまどろんだのだった。その夢にさえ、あの、黄金の汁を全身からしたたらせ、逞しく勃起《ぼっき》させたままの男はあらわれて、傲岸《ごうがん》な、軽蔑《けいべつ》的な嘲笑《ちょうしょう》を投げてくるのだった。

嘲笑されてもしかたなかった。何度か私は自分に、あの男とおなじ勇気があるだろうか、と自問した。答えはいつも、否《いな》だった。あの黄金の溶液に身をひたすのならば、私にもできた。それはかえって濃厚な、思いもかけなかった官能で、私の五官をねっとりと、包んでくれそうに思われた。しかも頭上には、たえず入れかわり立ちかわり、女学生たちの白いお尻を、いや、もっと罪ぶかい、口にするさえはばかられる部分を、仰ぐことができたのだ。ああ、ほんとうに、銀行家の娘の、あの部分は、いったいどんなだろう?

単純に私は、教師の叱責《しっせき》が怖かったにすぎない。そのあとに起る数々の不名誉が、仲間たちの嘲笑が、両親の悲しみが、辛《つら》かっただけのことだ。私の官能は、この行為を、少しも嫌悪《けんお》してはいなかった。のみならず、全身で渇き、焦《こが》れていた。それは視覚だけの好奇心ではなかった。たしかに女学生のセーラア服とズロースに包まれた、あの肉体から出るものならば、一滴あまさず飲みこんでも、汚くは思えないだろう。

……だが、この黄金づくりの男は、それきり消え去りはしなかった。ことあるたびに、この男は、私の前に姿をあらわし、私を嘲笑し、手をあげて招くのだった。彼を見習い、彼の味わった逸楽を、私もともにするように、と。いつかは、と、だんだん私も、思うようになっていた。一生のうちでいつかは、私もこの男を見習うだろう。大胆に、自分のいちばんしたいことに忠実に、あらゆる嘲笑をかえりみずに振舞う勇気を持つだろう。

覚えておいて貰いたい。あの電球破裂の噂についでは、この金泥にまみれた男の記憶が、そののち長いこと、私を支配して止まぬ、通奏低音となったことを。

3

体操のとき、これらの女学生たちは、奇異な服装をした。白い短い袖《そで》のシャツを着るのはいいとして、ズロースの上には、黒い、ダブダブの裾にゴムの入った、一種の大型ズロースを重ねた。ショーツというよりは、もんぺを極端に短くし、膝上にまで上げたようなものだった。

ブルーマア、と呼ぶらしかった。こんな変てこな、野暮ったい運動着もなかった。少女たちの白い「大根脚」は、ブルーマアをつけると、いっそう強調された。だが、逆にいえば、野暮で滑稽《こっけい》であるからこそ、これほどふしぎな、猥褻感、というか、ナマの色気に満ちて感じられるものもなかったのだ。

すらりとした色黒の女学生が、ショーツに近い、短く小さなブルーマアをぴちりとはいているのは、小粋《こいき》で、猥褻感は少なかった。銀行家の娘が、膝上すれすれまでの長い、袴《はかま》みたいに大きいのをはかされて、所在なさそうにしているのも、また上品で、おっとりしていて、それほど衝撃的ではなかった。

ブルーマアがいちばんショッキングなのは、ふつうの娘たちだった。体型からいって小粋にも、育ちからして上品にもなりきれぬまま、中途半端《はんぱ》な大きさの、それをまとった娘たちだった。

ひごろは陽にさらされぬ白い脚の、さまざまな太腿の、何とふしぎだったことだろう。運動会のときはグラウンドも、学校の外の道路も、黒いブルーマアから脚をむきだし、白いシャツの胸のあたりに汗をにじませ、鉢巻をしめた女学生たちで賑《にぎ》わった。たった一人か二人か、たまたまそれをはいて、脚を見せたのなら、それほどショックではなかったかもしれない。同じクラスの女学生たちの腿は、種目こそ違え、体操のときにしぜん見る機会もあるから、多少は慣れていた。しかし全校の、何百人という女学生が、いっせいにその脚をむき出して、あんな猥褻な、野暮でふしぎに色気をそそる恰好《かっこう》をして、ぞろぞろ歩いているのは、これはやはり衝撃的だった。

（ああ、かねて関心をもっていたこの少女は、こんな脚をしていたのか。案外細い腿

だな）

（ちょっと好意をもっていたこの子は、ずいぶん太い腿をしているのだな。それに、あの色の白いこと）

（あの子、顔はよくないけれども、脚はずいぶん長いな。そして、グラマアなんだな。つやつやしていて、はちきれそうだ）

ただもう、頭がくらくらし、汗の匂いを嗅ぎ、すり切れたレコードの行進曲を聞き、太陽の暑さにかっかとして、悩ましげな気持になっていて、行き交う女の一人一人を、こう冷静に判断し、批評していたわけでは毛頭ないけれども、とにかく、こうした新しい発見の、快楽もあった。すると何だか、私が、自分の権力でこれらの脚をむき出しにしたような錯覚におそわれ、これらの脚や、それを所有している〝女学生〟たちも、自分の思うようにもてあそべそうな気がして、私はふしぎな贅沢《ぜいたく》の気分に浸れるのだった。たしかに——物でなく、金でもなく、こうした数多い人間を、自分の気のむくままに浪費するのが、最高の贅沢ではないだろうか。ときとして私は、これらの、太腿をむき出した女学生たちに、恐るべき残虐をともなった、放恣《ほうし》な逸楽を、夢想することもあった。

（彼女たちをみんな、そろえて、椅子にしばりつける、股《また》をひらかせて、ブルーマアの中心を、カミソリで、ちょっと切りひらいてやる。ある部分を、お尻を、惜しげもなく太陽にさらし、風に吹かせて、じりじりと乾かしてやるのだ。その中心部にむかって、むろんあのことをしてもいい。一人のこらず、つぎつぎと突っこんでは、処女をうばってやるのだ……）

ふしぎなことに私は、年上の女には、ほとんど性的魅力を感じなかった。彼女たちは何となく、重たすぎ、肌のきめがこまかすぎ、人工的なものが多すぎるような気がした。性の対象として、手ごたえのない感じがして、つまらなかった。あるいは私は、年上の女たちが、怖かっただけなのかもしれない。とにかく私にとって、女学生以外の女は――というのは、セーラア服の似合う女学生以外の女は、女ではなかった。それはもっと年よりの男の、所有物だった。彼女たちはみなキラキラしていすぎ、まぶしすぎ、しなをつくったり、嘘《うそ》をついたり、私たちを手玉にとったり、理由もなく不機嫌になったり上機嫌になったり、ちやほやするかと思えばうるさがったりで、どう応対したらいいのか判らなかった。

とにかく、女学生でなければならなかった。まさに女学生でなければ。……自転車に乗り、列をつくって通ってくる、セーラア服の彼女たちこそ、私の、永遠の性の対象だった。その腰は必ず、パンティではなくて、ズロースでおおわれていなければならなかった。体操のときは、不恰好な、ブルーマアをはいていなければならなかった。中学生の嗜好《しこう》としては、これはいささかも不都合はなかった。誰でもおそらく、そうにちがいなかった。問題はただ、私が高校生になり——といっても、入っていた中学がついに高校となり、修学年限が一年延長されただけなのだが——卒業し、就職してからも、私のこの好みが、いささかも変らなかったことだった。

4

両親が相次いで死んだので、私は高校を出てすぐ、勤めに出なければならなかった。さいわい、東京の親戚《しんせき》が経営する小さな電機会社で私を雇ってくれ、昼間は工場で働きながら、夜は電気関係の専門学校に通うことになった。

こうして何年かたったが、私にはいつまでたっても、同僚の青年たちのような、華やかな青春はおとずれなかった。自分の外見が女に好かれないのは承知していたが、それでも、食堂の娘や、会社の女子工員などで、私にかすかな好意を示してくれた女性が、いなかったわけではない。にもかかわらず、彼女たちに対しては、どうしても私は、性的に、いわばそそられないのだった。

しかし、いつまでも童貞ではいられなかった。つぎつぎと一人前になってゆく仲間と、話を合わせるのにも都合が悪かった。いつも落ちついて、あまり昂奮せず、年よりもずっと老《ふ》けて見えるせいもあって、私はとっくに〝経験〟しているものと、まわりから見られていたのだ。私も、いかにもそのような顔を、してみせていた。

そのころは、まだ〝赤線〟が盛んに営業していた。あまり食指は動かなかったが、ボーナスが入ったときに、自分を煽《あお》り立てるようにして、その一つに出かけてみた。京成《けいせい》線で小さな駅におりて、田の中の真っ暗な道を、しばらく歩く。ふいに飲み屋が何軒か見えてきて、ネオンと電灯で照らされたその一画が、忽然《こつぜん》と浮かびあがる。

街には溝《どぶ》の匂いが漂っていた。ネオンで赤く照らされた、コンクリートの土間に立っていた女のうちから、なるべく若づくりな一人を選んで、私は店に上った。濃い化粧と、香水の匂いは、はじめから私を、辟易《へきえき》させるに十分だった。しかし私にはまた、ある期待と、それにもとづく自信があった。

「見ちゃ、いやん」

といって、女はスカートをぬいだ。足首すれすれまである、ロング・スカートが流行していたころだった。下はスリップ。両腕を頭の上で組み合わせ、頭から脱ごうとした。十分に目をひらいて、私は眺めた。女の、脇《わき》の下の毛の濃さが目に入った。私の見たいものは、それではなかった。

ズロースを、太腿をゴムでしめつけた、あの野暮な下着を、私は見たかったのだ。それを見れば、私はきっと、欲望を起せるにちがいない。一人前の男として彼女の上に、のしかかってゆけるにちがいない……。

ちがった。もっと薄い、ぴったりした、股に喰いこむ布が、その部分をおおっていた。流行しはじめたばかりの、パンティという下着だった。昔は絹でしか作られなかったのが、ナイロンの発明で、誰でも買えるようになった、蟬《せみ》の羽のように薄い、あえかな下着だった。

それはたしかにズロースより粋で、恰好がよく、女を美しく見せるものかもしれなかった。けれども、あるいはそれゆえに、パンティは私の欲望に訴える力は弱かった。それはあまりに無駄がなさすぎ、猥褻感がなさすぎた。何よりもそれは、私が、長いことあこがれていたものではなかった。

女の手さばきで、私は辛うじて可能になった。索漠とした気持で、そのことを終えた。快感は薄かった。深夜、寮の一室で、さまざまな性的な情景を想像しながらの、孤独な手すさびの方が、ずっと刺戟は強かった。快感も烈《はげ》しかった。

どんな想像か、と問うのか。言うまでもあるまい。向きあって坐った女学生の、膝のあいだから見えたズロース。ソフトボールでしゃがみこんだキャッチャアの、お尻をおおっていた黒いブルーマア。銀輪を蹴《け》るスカートのひだの、活発な動き。かすかな便所の匂いにかならず思い出す〝電球〟の記憶。あるいは自分が、例の黄金人間に化し、彼の楽しみを自分の楽しみとしている想像……。材料に不自由はしなかった。

いちばん私の、愛してやまない想像は、こうだった。

夕暮の河原だった。中学生の私は、年上の女学生たちの機嫌を損じて、ここに呼び出されたのだった。女学生といっても不良がかった、禁制の映画館やダンスホールの前でいつも屯《たむろ》しているような、軟派の、不良女学生なのだ。

四、五人の、そうした女学生に、河原で私はとりかこまれる。肱《ひじ》や、袖口や、アコーディオン・プリーツの尻のあたりが少し光ったセーラア服の、胸は大きくひろげ、胸あてはとり払ってあるので、白いなめらかな乳の付け根が、ぎりぎりまで見えるのである。ストッキングは黒。

どういうものか、女学生たちはみんな、喉に包帯をまいている。その一人が、白鞘《しろざや》の短刀を抜いて私につきつけ、

「あんた、私たちをなめてるね。どういう了見なの」

と毒づく。一所懸命にあやまるが、どうしても許してはもらえない。そのうちに一

人が、好色な笑いを浮かべて（セーラア服の女学生の好色な笑み、というのは、考えただけで震いつきたいほどの、迫力のあるものだった）、

「じゃ、詫《わ》びのしるしに、眼のまえでやってみせてもらおうよ。あんたがいつも、一人でやっていることを」

という。

しぶしぶ、私はズボンをぬぎ、貧弱に縮んだ陰部をあらわにし、女学生たちの軽蔑と好奇の視線を浴びつつ、自分の手で……。

この想像ほど、私を強く刺戟し、奮い立たせる情景は、他になかった。女子高校のまわりを、私は暇なときには、好んでうろついた。しかし話しかけたり、それ以上の直接行動に出る決心は、どうしてもつかなかった。

妄想にあおられて、やけっぱちな勇気を出したことがある。お手のものの、電気工事人の恰好をして、いかにも用事ありげに、たばねたコードをゆらゆらさせながら、目星をつけた女子高校に入っていったのだ。人眼につかぬように、そっと便所に入りこんだ。中学時代に見た黄金人間みたいに、全身をそこに浸《つ》けるほどの決心はなかったが、なりゆき次第では、どうなるか判らなかった。

はげしい胸のときめきを抑えながら、私は便所の一つの、ドアをあけた。しばらく、

茫然《ぼうぜん》とした。デパートにあるのと同じような、それは水洗便所だった。東京に水洗トイレが普及していることは知っていたけれども、まさか女子高校までそうだとは、思わなかった。

運動会の魅惑は、相変らずであった。秋空に、朝から響く花火は、私にその日、ブルーマアを、大根脚をたっぷりと見せてくれ、言いしれぬ性的な感動を、与えてくれることを、いわば約束していた。だが、またしても、私は裏切られることが多かった。東京の高校生は、ことに共学の女子高校生は、多くショーツか、トレーニング・パンツだった。ブルーマアはごく一部の、保守的な私立女子高校でなければ、見られはしなかった。

自分の夢に、いつも浸っていたいために、私は或《あ》る買物をした。デパートをまわって、

「妹が入学したので」

と、下手な言いわけをしつつ、女子高校生用のセーラア服、ブルーマア、それにズロースを買いととのえたのである。ズロースは在庫がなく、日本橋馬喰町《ばくろうちょう》の問屋にまで行かなければならなかった。

相手が、自分の性向に気がつくのではあるまいか、という恐れで、私は犯罪者のよ

うにおののいていた。向うは疑ったようすもなく、事務的に商品をととのえてくれたが（それは、想像よりも、はるかに安かった。漠然と私は、そのものによせる憧憬《しょうけい》の強さから、それがとんでもなく高価なものである、と考えて、給料のすべてをもっていったのだ）、

「高校はどちらですか。指定の制服があるはずですがね」

という店員の言葉さえ、私には、刑事の追及のように感じられて、しどどに冷汗が流れた。ズロースは「ふつうの高校生のはくぐらいの」といって買いととのえたが、考えてみれば妹のズロースなど買ってやる兄が、世界のどこにいよう。

まっしぐらに下宿に（そのころ、すでに寮は出ていた。当時の下宿は目蒲《めかま》線の、鵜《う》の木《き》だった）帰って、私はひとつひとつ、新しい罪ぶかい宝物をあらためた。紺サージの制服、白いリボン、襟の三本の白線、それらはすべて、私の長いあいだの、秘めやかなあこがれの象徴だった。それに、ああ、口にするだにはばかられる、ブルーマアとズロース……。たしかにこれらは、私の青春の欲望の対象ではあったけれども、しかしこう、新らしく折目のついたままでは、どうにもそらぞらしかった。おそらく私が拝物狂《フェティシスト》でないせいであろうが、やはりこれらの品物は、それにつつまれる、女学生の肉体が、ふくらみかけた乳房が、すでに豊かな尻が、手入れのゆきとどかぬ肌

が、生えそろったばかりの脇毛や陰毛が、若い汗が、旺《さか》んな体臭があって、はじめて魅力的なのだった。

――そうこうするうちに私は、一方ではしだいに、体の不調に気づきはじめていた。昔からこの変調はあり、大して気にもしなかったのだけれども、三十をすぎて急に症状が重くなったのだ。

体が、何の予告もなくむくみはじめる。尿の出が少くなる。水をたくさんのむと、尿はふえずに、それだけ体がむくむ。疲れやすくて、だるい。頭の毛が抜けはじめる。夏の、暑さのせいだ、と思った。だが秋になっても、症状はとれなかった。体がむくんだときは、熱も出て、頭が痛んだ。とうとう決心して、病院に行った。さんざん検査をしてから、医師は深刻な表情で、私の腎臓《じんぞう》に、先天的な欠陥があることを告げた。気やすめのような薬を飲み、過労と塩からい食べ物を避けるほかに、治療法はない、とのことだった。いや、それも厳密な意味での治療ではなかった。私の腎臓の能力は、もう限界に来ており、あとは老化する一方で、何とかだましだまし長持ちさせるだけのことだった。

限界が、三年後にくるか、十年後にくるかは判《わか》らなかった。けれども、遠からずそれが来ることは確実だった。そうなったら入院し、人工腎臓でしばらくは生命《いのち》をもたせられるだろう。しかし、それも永久的なものではなく、腎臓移植術はまだ成功例が少ないし、私みたいな男に、提供者があらわれるはずもない。第一、莫大《ばくだい》な費用を、どうして払おうというのか。

その宣告を受けてから、私の人生観は、微妙に変りはじめた。したいことは、昔からしたかったことは、危険を犯しても、やっておかねば損だ、という気になったのである。どうせ遠からず死ぬ身なのだ。それなら、いっそ……。

ズロースが、ブルーマアが、セーラア服の女学生が……その他のもろもろの満たされなかった思いが、せめぎ合って、浮かんだ。

5

以下は、私の犯罪の物語である。もっとも私は、これが犯罪であるとは認めていないのだが、検事の論告によると、はっきりと犯罪ということだ。だが、いまの私にはどちらでもかまいはしない。どうせ私の生命は、あと数ヶ月しか、保《も》ちはしないのだから。

病院から不治の宣告をうけ、人生観が変わりはじめてからも、具体的には私は、なかなか、かつての夢を満たせなかった。会社のつとめぶりも、ふまじめになり、無断欠勤が多くなり、もとから少なかった友人も、いっそう少なくなった。しかし、それ以上の思いきった行動に出る、勇気が持てなかった。何度も尿毒症にちかい発作を起しながらずるずると、数年も生きのびた。

あれは、昨年の春のことだった。青山から渋谷に出る都電に乗っていて、私はとつぜん、目の前に〝女学生〟を見たのだった。

女子学生は珍しくもない。女子大生もはいてすてるほどいる。だが、彼女は、木崎《きざき》澄子《すみこ》は、まさに女学生だったのだ。

やや大柄で、色白で、むっちりと肉がついて、十分に成熟はしているが、爛熟《らんじゅく》の、一歩手前であやうく止《とど》まっている感じだった。それがもう一年もすると、崩れはじめて、大人の女の色気に変ってゆくのだった。白粉気《おしろいけ》はなく、顔はわずかに陽に灼《や》けていたが、額の髪の下は白かった。

鼻の頭に、うっすらと汗をかいていた。ぜんたいに生《う》ぶ毛《げ》があって、それが彼女の肌を初々《ういうい》しい桃か何ぞのように見せた。胸当てのないセーラア服の首筋からのぞく乳の根は白く——呼吸のたびに、白いリボンが、かすかに上下していた。

アイロンのきいた、新らしい、たっぷりしたセーラア服を、彼女は着ていた。もっと成長するときにそなえて、やや大きめのを着せられているのかもしれなかったが、おそらくその心配は無用なのにちがいなかった。けれどもその大きさは、すでに十分に発達しているにちがいない、体の各部の曲線を、巧みに隠す効果を発揮していた。黒い革カバンを、彼女は両手で、下腹の前にさげ、窓をむいて立っていた。長いスカートから見える脚はやや太く、白いソックスは低く押し下げてはいていた。ひびの入っている唇はわずかに開き――注意深く見ると、丈夫そうな、よくそろった白い歯が見えた。(彼女の口の中は、赤ん坊のそれのようにきれいな、ピンクの粘膜におおわれているにちがいない)と思うと、とたんにその唇を、吸いたくてたまらなくなった。

とつぜん、

(彼女は、きっとズロースをはいているにちがいない)

と考えたのはなぜだろうか。しかし、その考えが頭にうかぶと、いままでのかなり精神的だった昂奮が、にわかに肉体的な昂奮に変りはじめるのが感じられた。硬直して、ズボンの中で熱く節くれ立っているものは、あとほんのわずかの物理的刺戟《しげき》で、爆発しはじめるにちがいなかった。

もし電車が混んでいれば、私は、少くともこの瞬間だけは、ためらわずに痴漢的行動に出たかもしれなかった。あのスカートとズロースにつつまれてはいるものの、はっきりと大きさの判る張り出した尻に、二度、三度と、盛りあがったズボンの前部をこすりつければ、たちまち甘美な痙攣《けいれん》が、私の意識を白濁させ、三日も替えていない汗ばんだパンツを、さらに、烈しく汚すことはたしかだった。

話しかける口実を、必死に私は考えたけれども、頭はくらくらしていて、いいきっかけは、どうしても出なかった。むりに話せば、すさまじくどもって、かえって怖がられるにちがいなかった。

彼女は渋谷で降りた。ひかれるように私も降りた。まっすぐ彼女は、井の頭線の方に歩いてゆく。もう駄目だ。別れのときは刻々と迫っている。せっかくめぐり会えた〝女学生〟、いまではほとんど残されていない〝女学生〟を、お前はこのまま見逃すのか、生命の終りのときが刻々と近づいている、というのに、お前はさいごまで、地を蹴って飛び立つことができないのか。悶々《もんもん》として、欲求不満のまま、死んでゆくのか。チャンスは、もう数分間のうちだ。

顔が、青ざめるのが判った。そのとき天啓のように、中学生のときに見た或る記憶が回復した。不敵な微笑を浮かべつつ、女子用便所の汲み取り口から這い出した、金泥にまみれた全裸の輝かしい神像の記憶が、厚い雲間を洩れる陽射《ひざ》しのように、私の上に降りそそいだ……。

私は足を早めた。ポケットの金属の靴ベラをにぎりしめていた。それをいきなり、彼女の背に突きつけた。柔かく触れたつもりだが、昂奮していて、かなり強く当ったらしかった。

不安げに振りかえった。その耳もとに、低く言った。(黙ってついて来い。乱暴はしない)と言おうと思ったが、事実は無限にどもっていただけだった。

カバンが、地に落ちた。それを私はひろって、手でかかえこむようにした。脇腹にあいかわらず靴ベラをつきつけながら、

「……声を出すな」

とだけ言えた。あとがつづかぬので、黙って靴ベラで、ぐいぐい突きまくった。青ざめて彼女は、倒れそうになった。よほどの驚きなのにちがいなかった。とたんに私は、或る残酷な行動にそそられて、ふっくらした腰をいっそう強くかかえこんだ。

頭の合図で、タクシーを呼んだ。

彼女を押しこんで、

「鵜の木まで」

といった。靴ベラを相かわらず押しつけながら、

「少しは良くなったかな、気分が」

と言った。運転手は、すぐに納得したらしかった。私は気分の悪くなった女学生を、家まで送ってやる、親切な兄か、知人なのだ。

鵜の木の下宿にタクシーがつくまで、緊張と昂奮で、私の方が死にそうだった。交差点のゴーストップや、交番の前を通るたびに、よく心臓が発作を起さなかった、とあとで思う。彼女の方も恐怖とおどろきで、ぼんやりしていて、助けを求めて左右を見ようともしなかったから、その心配はなかったのだが、とにかく下宿にタクシーがついたときの私の思いは、

(おや、おれはまだ生きているではないか。これほどの緊張や昂奮に耐えられるなんて、人間の生命力は、案外たくましいものだな)

という、この場に不似合いな、のんきな感想だった。

「釣銭はいらないよ」

と、あらかじめ用意していた紙幣を助手席に投げ、右手でしっかりとかかえこみ、左手の靴ベラは強くあてがいながら、ずるずるとおろす。外から部屋に入れるようになっている鉄階段を、押しあげる。午後の、人通りのない時間だったのは幸いだった。鍵《かぎ》をあけて押しこむ。中は、空気がこもって、むっとするほど暑い。靴をはいたまま、六畳の部屋の奥まで押してゆき、押し倒して、衣桁《いこう》からひき下した手拭《てぬぐ》いを、口につ

めこもうとした。

はじめて彼女は、猛然と暴れはじめた。胸をつき、声が出ないので低くうめき、首を左右に振り、嚙《か》みつこうとする。恐怖の表情が、目と唇に浮かぶ。とうに私は、さきに感じていた嗜虐的な感情からさめていた。

（すまない。すまない）と私は心の中でいいつづけていた。（だが、仕方ないんだ。こうするほか、しかたなかったんだ。すぐといてあげる。自由にしてあげる。だけど、それまで、ちょっと我慢していてくれ。苦しいだろうけど、お願いだから）

おそらく私は、哀願とも脅迫ともつかない、ふしぎな表情を浮かべていたにちがいない。とにかく、男の力で、彼女の両手を膝《ひざ》で抑え、口につめこんだ手拭いをはき出されないように、タオルで顔のうしろでしばってから、私はやはり衣桁にかけておいた帯で、彼女を後ろ手にしばりあげてしまったのだった。

海老《えび》のようにはねて、彼女は逃げようとする。それを抑えつけて、私はいっしょに畳の上にころがった。脚をばたつかせるのを腰をのせて抑えながら、しずかに背中を撫《な》でた。

「怖くない、怖くない」と、私は言っていた。「何も悪いことはしない。君が暴れなければ、逃げ出さなければ、紐《ひも》もといてあげる。騒がなければ、手拭いもとってあげる。……だが、もう少し、我慢していてくれないか。お願いだから」

目に涙があふれた。それから、体から力が脱けた。気をしずめるように、なおも私は、その、セーラア服につつまれた背を撫でつづけた。紺サージのこの背の手ざわりと、日なたくさい匂《にお》いに、私は記憶があった。いつだったか、どんなことかも忘れているほど、はるかな昔の記憶が……。

夢中でいるうちに、ずいぶん長い時間がたったのだ、と思う。気がついてみると外は暗くなり、部屋の暗がりには、少女の白い顔と、白いリボンが、ぼんやりと浮いているだけになった。下手なりに、私は言葉をつくし、真情をつくして、彼女をなぐさめていた。電車の中で会って、どうしても知り合いになりたかったこと。けれどもしかし自信がなくて、口では、うまく言えなかったこと。こんな魅力的な女性がいるのに自分があと数年しか生きないと思うと、どうなってもかまわない、と思ったこと。とっさに思いついて、靴ベラでおどして、あのようなことをしてしまったこと。腹が立つならあとで自分を殴っても蹴っても、殺したってかまわないこと。だが、もう少し、少しだけ、このままで我慢していてほしいこと。叫ばれ、逃げ出されるのが、自分には何よりも辛いこと……。

説得が通じたのかどうかは判らない。縛られて横たわったまま、彼女はしだいに静かになり、ときどき思い出したように、しゃくりあげるだけだった。もっとも、口に手拭いを詰められているので、空気に鼻の奥が鳴る音にしかならなかったけれども。「可哀想《かわいそう》に、可哀想に……」と背を撫でてやりながら、私は言っていた。しかし、自分も可哀想なのだ、と思った。少女の涙が、熱っぽい、湿った匂いがすることを私は知った。しかし気がつくと、自分の頬にも、涙が幾筋か流れているのだった。このときはたしかに、兄と妹のような感情だったかもしれなかった。

涙をふいてやるために、新らしいタオルをとりに立ちあがった。立った位置から見下して、どきり、とした。

薄汚い、暗い六畳間に、猿轡《さるぐつわ》をされ、後ろ手にしばられたセーラア服の豊満な女学生が横たわっていた。スカートの裾《すそ》はひらき、むっちりと白い、膝の上まで見えていた。すさまじく、煽情《せんじょう》的な光景だった。これを、このまま見過せる男があるはずはない、と自分に弁解するように私はつぶやいた。神でも、この瞬間は、喜んで悪魔になるにちがいない。我慢できない。耐えられない。彼女がどんなに不幸になろうと、我が身が火あぶりになろうと、止められはしない。

身を倒した。白い腿《もも》に唇をつけ、スカートをまくっていった。熱さと、汗の味があった。辛いことに、下はズロースではなかった。ふつうのぴったり身についたパンテイだった。しかし、もうそうしたことにこだわっている余裕はなかった。何年か前に買って大事にしまっているズロースを、あとで、役立たせればよかった。

顔が、むずがゆい繁《しげ》みにうずまるのを感じた。何がなし私は、中学生のころ女学生の椅子《いす》をはこばされたとき、脚に触れた夏草の刺戟や、粗い乾いた汗のあとの痛みを連想していたのは、ふしぎなことだ。新鮮な匂いや熱さにおいても、その部分は、幼い日の、夏の草むらに劣りはしなかった。いささかも手入れをうけず、如露《じょうろ》や布で花びらをぬぐわれることなく、埃《ほこり》にさらされ、折々の夕立が気まぐれに洗うだけに止《とど》められてきた、真夏の草むらに……。

夢中で、私はむさぼった。むさぼり抜いた。紺サージの、ボックス・プリーツのスカートが、顔の上に夜空のようにひろがり、夜風の葉ずれのようにささやくのを感じながら。

はじめのうち、彼女は腰を動かして抗《あらが》った。しかし、その動きは、しだいに静まってきた。死人のように静かだ、といってもよかった。私には判らない。女性はこのような異常な状態にも、すぐ慣れ、己れの体内に聞えはじめた新らしい、珍奇な音楽に、耳をかたむける余裕さえ持っているものだろうか。それとも、気弱な、動物的なあきらめにすぎないのだろうか。目をおおわれ、帯でつつまれた鳩《はと》が、ひたすらじっとおとなしくしているような。……

そのまま、私は弾《は》ぜた。ズボンの中で、抑えがたく、躍りあがりながら、これはかえって好都合だった。少くともいまは、私は、彼女と、男と女の、ふつうの交りをする気はなかった。それは成熟した男性と女性の行為だった。女学生相手の行為としては、ふさわしくなかった。女子学生、女子大生には、性行為はふさわしいかもしれなかったが、女学生には、断じてふさわしくなかった。

それならば、私がした、彼女への崇敬の行為なら、女学生相手にふさわしいふるまいと言えるのか。おどろいたことに、私の感覚は、然《しか》り、と答えるのだった。たしかに、性交そのものには至らない猥褻《わいせつ》さ、いたずら、のぞき見、不潔な愛撫《あいぶ》などは、逆に子供っぽい振舞いなのかもしれず、その点でセーラア服の彼女たちに、かえってふさわしいのかもしれなかった。要するに、ふつうの性行為では、平凡になりすぎた。せっかく、これほどの危険を犯して手に入れた〝女学生〟を、その行為で、ふつうの〝女〟に変えたくはなかったのだ。わずかな衝動を満たすために、黄金を鉛に変えるのは、愚かの極みであると思われた。

もっと、すべきことが私には残っていた。そのためにこそ、私は彼女を〝誘拐〟してきたのかもしれなかったのだ。押し入れをあけ、大事に紙に包まれた、白い女子用の下着をとり出した。三ヶ所にゴムの入った、ぶかっこうなズロースは、彼女の豊かな尻《しり》を包んでこそ、はじめて眷恋《けんれん》の品物に変わるはずだった。

「汚れちゃってるから」

と私が口実をかまえていうと、彼女は腰をもちあげて、素直に協力するのだった。

半分にひろがったセーラア服の、スカートの裏地の中で、白い太腿はいやが上にも、太く見えた。はっきりいって下品なほどだった。意外に濃い縦の繁みも、あらためて目に灼きついた。しかしそれらのすべてが、あの、大きい、だぶだぶの、ズロースに包まれたとたん、またしても激情が私を襲った。これだった。これこそ私が欲して止《や》まぬものだった。さあ見ろ、いまこそ、穴のあくほど見ろ。前後左右からじろじろと手をふれたってかまいはしないのだ。

忽《たちま》ち私は勃起した。ぴた、と目をズロースに据えながら、私は烈しく自瀆した。すさまじい刺戟で、たちまち果てた。だが、私の肉体は少しも力萎《な》えることなく、つづけざまの、次の摩擦を待って、頭をもたげつづけているのだった。

仔羊《こひつじ》のような平和な目で、畳にころがされたまま彼女は、私の凶暴な、三回にわたる自瀆の光景を眺めていた。古畳を霰《あられ》のような音を立てて、私の精液が打つのも、はっきり聞いたにちがいなかった……。

さすがに、はげしい疲労が来た。自瀆のそれよりも、むしろ、それによって張りつめていた緊張が、ほぐれたせいにちがいなかった。

…………。

彼女が、身じろぎした。それはしだいに烈しくなり、海老のように身をもんで、もう我慢できない、ということを、目顔で知らせようとするのだった。その表情にまったく敵意がないように思ったのは、私の気持が和んでいたせいかもしれない。ちょっとためらって、私は顔のうしろのタオルをゆるめ、口の中の手拭いも抜き出してやった。唾《つば》を吸って嚙みしめられて、手拭いはどろどろになっていた。

「お手洗い、行きたい」

はじめて聞いた彼女の声は、甘くて、ちょっとかすれていた。

部屋の入口に、半畳の流しと向いあって、独立した手洗いはあった。

「逃げないか」

黙って、彼女はうなずいた。もし逃げても鍵をあけているあいだに、ひきもどせる、と計算して、私は手をしばっている、帯を外してやった。

手洗いで水の音が聞えているあいだ、私は呆然《ぼうぜん》としていた。よくやったものだ。思いがけずうまく行ったものだ。もう絶対に、離してやりたくない。帰してやるべきだろうか。そうしたら、いつ会えるというのだ。このまま、ずっとひきとめておく方法はないものか……。

手洗いから出てきて、彼女は私のそばに坐《すわ》った。まだ少し、ぼんやりしているふうだった。

「怒ってるのか」

しばらくして、彼女は、予想もしなかった答えをした。

「わからない」

と、彼女は、ゆっくりした口調で言ったのである。

6

女学生とは、こんなものだったのだろうか。それとも、彼女も、当時流行の、さばけた女子学生や女子大生のタイプで、ただ外見だけが、おっとりとした女学生にすぎなかったのだろうか。あるいは、多少知能が遅れぎみで、ぼんやりしていて、それが私に、こうした幸運をさずけたのだろうか。

どうも、さいごのケースである可能性が強かった。今にして私は思うのだが、彼女が私に、強く〝女学生〟を感じさせたというのも、こうした時代ばなれした、体の成熟のわりには子供っぽい、はっきりいって多少のろまな、精神のせいにちがいなかった。

たしかにいまどきの女子学生は、こんなにぼやぼやしてはいないにちがいなかった。恐怖におびえて連れ込まれたとしても、すぐに脱出の方法を考えめぐらすはずだった。けれどもそうした、キビキビした姿や感じの女性には、セーラア服は決して一昔前の女学生ほど似合いはしないはずだった。彼女がパンティでなくズロースをはいているにちがいないと私に想像させたのも（事実は違ったが）やはりそうした、どこかおっとりとして、野暮な感じのせいにちがいなかった。

その夜は、私の汗くさい布団《ふとん》のなかで、彼女は寝た。私は冬のオーヴァや何かをひっぱり出して、傍にころがった。逃げられるのではないか、と思って、私はろくろく眠られなかったが、彼女はすぐにかすかな寝息を立てて眠りこんだ。もし私が彼女に、

「もう帰っていい、お家《うち》へ戻っていいんだよ」

といったら、かえってきょとんとしたにちがいない、と思わせるほどの、素直さと、自然さだった。おそらく彼女はもう、私が自分を離してくれはすまい、とあきらめて、成り行きに任せる気持になっているのかもしれなかった。

翌日、私は会社を休んだ。こんな宝物を置いて、外に出る気はしなかった。幸いに自炊をしつけていて、多少の食料の貯蔵はあった。飯を炊《た》いて、干物を焼いて、二人用の食事を机にはこぶと、彼女は、

「私がよそうわ」

といって、手をのばして二人分の茶碗《ちゃわん》に、しゃもじで盛りわけてくれたのだ。それはまったく自然で、ほとんど本能的、ともいえる動作だった。

あやうく私は、自分が新婚家庭の、幸福な若い夫だ、と錯覚しかねなかった。しかし、そう錯覚して悪い理由はどこにもないわけだった。こんなにこちらがいろいろ考え悩んでいるのに、向うは落ちつき払っており、……いや、ふしぎはないのかもしれなかった。何万年も、女という生き物は、掠奪《りゃくだつ》されて結婚し、子供を生み育ててきた、ということだった。この、少しぼんやりした〝女学生〟のうちに、その女の本能がいまだに残っていたとしても、少しもおかしいことはなかった。

食事が終ると、他にすることもなかった。昨日したことが、夢ではなかった、と確認するようなつもりで、私は彼女におなじことを挑んだ。抵抗はなかった。のみならず――ズロースを脱がせたあと、やおら衣服の裾のなかに顔をうずめてゆく私の挑みに、彼女ははっきりと、快感を覚えているらしい反応で、応《こた》えたのだった。

物悲しい、しかし奇妙な充実感も相変らずであった。だが、昨日立ちあがって見たときの、烈しい刺戟は忘れがたかった。縛られて、無抵抗に横になった女学生、のイメージが、もういちど欲しかった。あの光景にまさる、罪深い、はげしい誘惑は、他に考えられなかった。

しばらくためらって、私は申し出た。

「ねえ、もういちど縛られてくれないかな。……すぐ、ほどいてあげるけれど」

ちょっと、彼女は考えた。それから、その色白の面に、かすかな微笑がうかんだ。私は意外な思いをした。その微笑ははっきりと、淫蕩《いんとう》、と呼べるそれであったからだ。

「いいけど、……でも、痛くしないでね」

「痛くはしないさ」

というなり、私は立ちあがった。兵児帯《へこおび》をくわえ、彼女の背後にまわった。後ろ手に手をまわし、しばりあげる手つきは、しかししらずしらず乱暴になっていた。彼女に、清潔な女学生の彼女に、痛みを覚えさせてやりたい、という衝動が、私を荒々しくさせていた。

しばられて、昨日の通りに彼女は、古畳に横たわった。そのリボンの位置を調節し、ボタンを外して、真っ白な乳の付け根が見えるようにした。ちょっと考えて、スカートをまくり、ズロースが……その、ゴムで太腿をしめつけている部分が、見えるようにした。

立ちあがって、私は腕組みした。私の哀れな獲物は無残な姿で打ち倒され、不安と……たしかに、一種の官能的な刺戟の混った目で、私を見あげていた。小鼻のふくらみと、半ばひらいた唇と、目の下の赤さが、それを裏打ちしていた。

私の凶暴な衝動は、いっそう強まった。顔の前にひざまずくと、私はズボンを、膝まで下した。精神的には十分に欲望しているにもかかわらず、今日はまだうなだれたままの自分を、女学生の唇に押しつけた。目をとじ、首を振って彼女は逃れようとする。その、白絹餅《もち》のような頰をつかみ、人差指と親指で、歯の付け根をはさみつけた。口がひらき、思った通り赤ん坊の口腔《こうこう》のような粘膜と、よく揃《そろ》った、清潔な歯が見えた。なおも左右に顔を振ろうとしたけれども、私は許さなかった。（嚙み付かれるかもしれない）とふと思ったが、するとかえって、危険な昂奮《こうふん》が感じられ、ようやく私は、容積を増しはじめるのだった。（嚙め、嚙みきってみるがいい。ほんとに厭《いや》なら。女学生の、外見通りの純潔を保ちたければ、いま嚙み切ってみるがいい。まだお前の純潔は、本当の意味では汚《けが》されていないのだから、いま嚙み切れば、お前は少くとも、私からは犯されはしないのだ。さあ、嚙め、嚙んでみるがいい……）

しかし彼女は、歯に力を込めはしなかった。のみならずその舌先の動きは誰に教えられたものでもないはずなのに、あきらかに男の、暴行者の快楽を高め、いやが上にもそそり立てる種類のものであった。

これ以上、こうした事実を報告するのを、私は控えるべきだろうか。たしかに、必ずしも、すべてを語りつくす必要はないかもしれない。要は私の女学生に対する、女学生に付随した、もろもろの魅惑に対する、執着を語れば済むことだから。けれども、次の発見だけは、どうしてものべておかねばならない。

しばりあげた彼女の、ズロースを膝までおろして、喰《く》いつくような目で見つめながら、そのときも私は仁王立ちになって、烈しく自瀆《じとく》していた。(彼女と同棲《どうせい》するようになってから、四日か、五日めだった、と記憶する。そのときも私はまだ、彼女と本当の意味の性関係には入っていなかった。私の快楽は、あいかわらず縛られた彼女のこうした姿態を見つつ、自分で自分を摩擦するときがもっとも鮮烈なのだった)

ふいに私は、頭に何かがぶつかって、邪魔になるのを感じた。部屋の中央に低く下げた、それは裸電球だった。

中学時代からの気がかりが、とつぜん回復した。いまこそ私は、噂《うわさ》の真偽を確かめる、絶好の機会を提供されていることに気がついたのだった。はたして女学生の、その部分に、電球は入るのだろうか？　もちろん、無理に行って、破裂させる気はなかった。あてがって、可能性を調べれば、満足することだった。

埃っぽい電球をねじって、私は拭《ふ》いた。ちょっと彼女は拒んだが、「むりにしない、当てるだけ」となだめながら、脚の力をゆるめさせた。

噂が、荒唐無稽《こうとうむけい》なものにすぎなかったことは、すぐわかった。電球のガラスの直径を考えただけでも、それは当然だった。

かすかな失望を、私は感じた。二十年も抱き、あたためていた、甘美で猥褻で血なまぐさい妄想が、あとかたもなく消えてゆく空虚感があった。それから、ふと思い直して、電球の口金を見た。

発見が、徐々に頭の中にせりあがってきた。

そうだ。噂は真実だったのだ。少くとも真実である可能性はあった。女学生の体内に挿入されるのは、ガラスの部分ではなく、この口金の部分ではなかろうか。それなら太さも手ごろだし、何よりもこの溝が有効であるにちがいなかった。それにしても、この短かさで女学生ははたして、十分なのだろうか。その実験をするのにも、いま以上の場合はなかった。

答えは、すぐ出た。口金の部分が隠れるか隠れぬかに、彼女は、「痛い、それ以上はいや」といったのだ。

電球をほうり出して私は立ちあがった。狂人のように笑いはじめた。涙がこぼれてきた。二十年というもの、自分は誤解しつづけてきたのだ。しかし——と、ふと私は笑い止めた。電球の球が入るのだ、と思いきめて、口金にはついぞ思いが及ばなかった自分は、何と幼なかったのだろう。そして球さえすっぽり入るのだ、と信じていた女学生のその部分の、今にして思えば、何と神秘につつまれていたことだろう。とうてい自分たちは及ばぬのだ、と思いこんでいた悲しみの、何と甘美でもあったことだろう。

私と彼女——木崎澄子の同棲は、それから実に、六ヶ月というもの、つづいたのだった。蓄えが底をつくと、私はあらゆるものを質に入れた。一度などは夜、会社にしのび入って、在庫品をもち出して、入質したりした。そして、彼女といっしょにいる時間には、以上のべたような、さまざまな甘美な戯《たわむ》れを、あきることなく繰り返すのだった。もちろん、セーラア服とズロース、あるいは白シャツと黒ブルーマアの衣裳《いしょう》は、一度として忘れられたことはなかった。

彼女がその服装でいるかぎり、私は存分に妄想にふけることができた。ああ、このズロースは（醬油《しょうゆ》で煮しめたような）香川カズミのものなのだ。いや、いまはこれは、副級長の田代ミドリのズロースなのだ。とすると、この中に包まれている尻も、もっと神秘な、かぐろい部分も、当然、田代ミドリの肉体なのだ……。

銭湯に、彼女の顔写真が貼《は》ってあることが考えられたので、私は大きなタライを買ってきて、彼女を隅から隅まで洗ってやった。色白の彼女の体はぽってりと肉がつき、やや肥《ふと》りすぎの感じだったが、私にはますます魅力に満ちて感じられるのだった。おとなしい人形のように、彼女はされるままに、肉体を投げ出していた。豊かな尻のあいだの、柔らかみと湿りと陰影に富む部分さえ、私がシャボンをたっぷりつけた掌《てのひら》で洗ってやるのに、彼女は抵抗を示さなかった。

あるいは私たちは、すっかり夫婦気どりで暮していた、といえるのかもしれない。たしかに、男と女の仲は、一定の限度で止ることはない。とうとう私は彼女と、ほんとうの意味での男女関係に入ることになるのだが、それは同棲をはじめてから、実に四ヶ月もあとのことだった。そのときにはもう、女学生としての彼女のイメージは固着してしまっていたので、そのことをしても、ありふれた性交にはならない、という自信もあった。

はたして、そうだった。私の数少い経験だけに照してのことではあるが、あれほど甘美で、刺戟と想像に満ちて、奔放で、しかも自然な初夜が、この地上にまたとあったとは思われない。

——ズべ公女学生にふさわしく、彼女の首には包帯をまかせた。ズロースにも、胸をうんと開いたセーラー服の着つけにも、抜かりはなかった。黒いストッキングと靴下留めは、スカートをまくったときの腿の白さと太さを、いっそう強調するはずだった。指には私の吸いさしの、(ほとんど私は、タバコはやらないのだが)タバコをさえ持たせた。完璧《かんぺき》な不良女学生の恰好《かっこう》をさせておいて、私はおもむろに、わが肉で、彼女の真紅の帳《とばり》をひきわけたのだった……。

出血もあった。女学生にふさわしく。

あれは、私たちが引きはなされる、直前のことだった。運動会のシーズンになって、都内の学校のグラウンドではいたるところに行進曲や、花火の音がひびきはじめた。ほとんどはじめての外出に、私は彼女をタクシーで、鶯谷《うぐいすだに》の、女子高校のそばの旅館につれていった。窓をあけはなって、行進曲や号令を聞きながら、浴室で彼女に着がえをさせた。いうまでもなく、白いシャツに、鉢巻に、黒いブルーマアの姿に変えたのだ。

彼女を銀行家の令嬢と、あるいは運動神経の発達した床屋の娘と、思いなして私がこころみた、さまざまの戯れのことは、もう述べぬことにしよう。濃厚を極めた痴戯が一段落してから、私はこう、聞いてみたのだ。

「運動会の音楽を聞くと、学校へ戻りたいだろう」

「ぜんぜん」と彼女は、あっけらかんと答えたのだ。「女子高校なんて、子供っぽくて、ばからしくて」

このときの衝撃は軽かった。しかしそれはしだいに、重く私のうちに沈みこんできた。そうだ。彼女はもうとうに、女学生ではなくなっていたのだ。私との何ヶ月かの同棲で、女学生ではない、成熟した女になっていたのだ。とすると私は、女学生の抜け殻に、真剣に戯れていたにすぎないのか。自分を、一所懸命にいつわりつづけていたのに、すぎないのではないだろうか……。

彼女を、両親のところへ帰してやらねば、という気持が、このときから私のうちにはしだいに濃くなりはじめたのだ。

以前ほどの用心を、私はしなくなっていた。外出もさせてやり、銭湯にも行かせた。彼女もいつかセーラア服は着なくなり、初々しい若妻のような感じさえ出てきた。

そうした或る日、買物帰りの彼女のあとをつけて、家主といっしょに、刑事が踏みこんできたのだった。

…………。

もう、私に残された時間はない。彼女は両親に引きとられ、嬉々《きき》として帰っていった。私は厳しい取り調べをうけ、公判にまわされる途中、持病の腎不全が急に悪化した。人工腎臓も何回か使用し、体力がそれもうけつけなくなり、あとは死を待つだけの運命となった。彼女はいちども見舞いに来ないが、私は別に不満でもない。〝女学生〟であることを止めた彼女に、もう未練はないからだ。

それよりも彼女の身についていたセーラア服、ズロース、ブルーマアの類《たぐい》が、証拠品として押収《おうしゅう》されたままなことの方が、私には辛《つら》い。せめて私が死んだら、それらの品を私の棺に入れて、焼いてほしいと遺言したいけれども、犯罪者のそんな気まぐれが刑務官に許してもらえないことも、判っている。

さて私は先に、このカセットを聞くあなたに、一つの願いがある、といった。実行してくれなくともいいから、力強く私の前で約束して、安心して死なせて欲しい、と書いた。一つの願いとは、私の死後に関することだ。

やがて私は焼かれ、灰となるであろう。そのとき私は、あなたに火葬場まで立ち会ってほしいのだ。その灰の一にぎりを持って、墓地とは別のところにまいて貰《もら》いたいのだ。

「菜の花畠《ばたけ》に入陽《いりひ》薄れ」る山間《やまあい》の女学校でもいい。潮騒《しおさい》がオルガンの響きに混じる海ぎわのそれでもいい。古い市内のカソリックの、つんと澄ましかえった女学校も悪くない。朝は女学生の自転車の、銀輪と素脚が水田に映り、昼は蟬《せみ》しぐれ、夕方は蛙《かえる》の合唱に包まれる女学校なら、いうことはない。いや、贅沢《ぜいたく》は言うまい。要するに、それはどこか田舎の、女学生がまだセーラア服の下にズロースをはいており、ブルーマアをつけて体操をする、女学校なのだ。そのグラウンドに遺骨の一部を、残りを彼女たちの——便所にまいてほしいのだ。水洗ではない、汲み取りの壺《つぼ》に、ぜひ私を入れてほしいのだ。

グラウンドでは私は、ブルーマアの女学生の、健康な裸足《はだし》に踏みつけられて、ゆっくりと土に帰ってゆくだろう。女子用便所で私が味う楽しみは、むろんのこともっと罪深く、淫靡《いんび》なものとなるだろう。中学のときに脳裡《のうり》に刻みつけられた、金泥《きんでい》に塗《まみ》れた青年ほど雄々しくはないにしろ、私の楽しみはもっと秘《ひそ》かで、長続きするものとなるにちがいないと思うのだ……。

＊

このカセットを受けとって十日ほどして、私は彼に、依頼を守ることを誓うべく、拘置所付属病院をおとずれた。

奈良本徳也は、もういなかった。カセットを発送してまもなく、重症の発作を起して、死んでいた。火葬はとうにおこなわれ、私には、一すくいの灰も手に入らなかった。

リソペディオンの呪《のろ》い

1

別府温泉から、バスで二時間ほど走った大野郡山中に、巨大な鍾乳洞《しょうにゅうどう》がある。金世界、銀世界、竜宮城の三洞がつらなっていて、迷路の長さ、石筍《せきじゅん》、垂乳《すいにゅう》のみごとさでは、日本でも屈指のものとされている。

交通の便が悪いので、そのわりには人に知られていない。もちろん地元では古くから有名で、村民の漠然とした信仰の対象になっている。

林道を登っていった山腹に、洞窟《どうくつ》は口をひらいている。入口は羊歯《しだ》や笹《ささ》でおおわれているので、古びた七五三縄《しめなわ》が張ってなければ見逃されかねない。

ペンキ塗りの案内板が立てられ、最近になって、洞内の主要部分には蛍光燈《けいこうとう》も引き込まれた。狭い部分は、適当に掘りひろげられた。しかし、つい数年前までは、観光客は坑夫のようにキャップ・ランプをつけ、石灰乳のしたたる暗黒の洞内に、身をかがめて、入ってゆかねばならないのだった。

その、さらに昔は、当然のことながら、提灯《ちょうちん》や松明《たいまつ》が頼りだった。こんな洞窟のなかで、ふしぎなことにとつぜん風が吹きつけることがあり、裸の蠟燭《ろうそく》だと、たちまち消えた。

目じるしが見えなくなると、出口をみつけるのは一苦労である。糸を引いて入っても岩角に当たって、ちょっと強く引くと、すぐ切れてしまう。

慌《あわ》てるとますます判《わか》らなくなる。すっかり混乱してしまって、人が探しにくるまで十日も、地底をうろついていた男もいる。

暗闇《くらやみ》のなかで、とつぜん思いがけぬ近さから、

「うわッ、うわッ。かッかッかッ……」

と、物凄《ものすご》い笑い声が聞こえる、とはよく言われている。ときどき獣くさい空気が、ぱっと額にはたきつけられるのは、洞内に住んでいる蝙蝠《こうもり》だけれども、笑い声の原因だけは、まだ判らない。

もっとも鍾乳洞は、電燈の光で見るよりも、ゆらめく焔《ほのお》に照らされた方が、そのすさまじい美を十分に発揮する。

金世界は、石灰乳におそらく銅がふくまれているのだろうが、ある明るさで、ある角度から眺めると、岩々の角がいっせいに黄金で縁取られているように見えるのであ

る。もっとも条件のいいときに、長い坑道を通ってここに出ると、まるで微小な黄金の焔がいたる所から噴き出しているように、輝くこともある。

銀世界は、いちめんに白っぽい灰いろの世界である。といっても、雪のような輝かしさはなく、すべて白骨で組みあげられたような、陰気な白っぽさである。たしかに、死後の世界というものがあれば、この鍾乳洞こそもっともふさわしいように思われる。竜宮城といっても、むろん乙姫《おとひめ》がいたり、鯛《たい》や比良目《ひらめ》が舞い踊っているわけではない。やはり生き物の気の絶えはてた暗々鬱々《あんあんうつうつ》たる空間である。

しかし、床から盛りあがり、天井から下り、足もとを深く彫っている鍾乳の群は、ふしぎに生々しい、奇怪な形をしている。ゆらめく焔の影で、鍾乳は生命あるもののように、母胎内で歓喜するまだ形のさだまらぬ生命のように、身をよじり、のびあがり、かがまり、哄笑《こうしょう》している。じっと見つめると、いたずらっ子のように静止し、硬化して取りすますのだが、目を離した瞬間にまた、柔らかさをとりもどし、うごめき、狂いはじめるのである。

ふしぎなことにそれは人間の性欲を異常にそそり立てる景観でもある。

それが蛍光燈の平板な光の下では、鍾乳の表情から、まったく動きが絶えてしまう。見わたすかぎり燻《くす》んだ灰いろで、いっさいの生気が奪われてしまう。

同じ死の世界でも、蛍光燈の映し出す死はひたすら単調な、無味乾燥な、非人間的、非生物的な世界なのだ。ほんとうの意味での死に近いのは、したがってほんとうに怖《おそろ》しいのは、実に蛍光燈に照らされた方であろう。焔のおどろおどろしさと違って、それはすぐには気付かれぬだけのことだ。

観光客などという種族が、この国にはびこる前には、わざわざ洞窟をおとずれる物好きもいなかった。年に二、三人、大学の地質学の先生がやってくるほかは、村の若者の肝だめしに使われるくらいだった。

さて、これは言いつたえであるが、何十年か前までは、洞内に一体の石地蔵があった、という。金世界、銀世界を通って、竜宮城へ降りきった先の狭いくぼみに、通路に背をむけるようにして立っていた、という。

地蔵といっても、何万年ものあいだしたたり落ちた石灰乳が、ひとりでに凝《こご》って、地蔵の形になったのにすぎない。しかし松明をさしつけてみると、頭もあり首もあり手もあり、反対側にまわってみると多少くずれてはいるものの、目鼻らしい凹凸《おうとつ》もあらわれているのはたしかであった。

ここにいつのころからか、乞食行者が住みついたのである。鐘乳地蔵の前で護摩《ごま》を焚《た》き夜は洞窟に寝泊りし、昼は村々を托鉢《たくはつ》する生活を始めたのである。

村人たちは、はじめのうちは邪魔にもしなかった。そのうちに行者は、つけあがりはじめた。男が留守の家に踏みこんで、娘を追いまわす。むりやりに金品を持ってゆく。怒ると、

「石汁《いしじる》地蔵のたたりがあっても、ええんかい？」

と、おそろしい顔でおどかすのである。

村長は、当時としてはかなり新しがりやの人物だった。村でいちばん早く牛肉を食べたのは彼だったし、若いころはわざわざ高知まで、汽船に揺られて、板垣退助の、自由民権演説会を聞きに行ったりした。

本もよく読み、当然、あらゆる迷信を憎んでいた。

この男が、小作の元気のいい若者を何人かつれて洞窟に入り、石汁地蔵を、鎚《つち》でさんざんに打ちこわした。乞食行者を、手とり足とり連れ出して、村境から放逐した。

行者は哀願し、祟《たた》りを持ち出しておどかし、さんざん泣きわめいたが、さいごはあきらめて黙りこんだ。村境でほうり出されると、ほうり出された姿勢のまま倒れて、動かなかった。

翌朝行ってみると、姿は消えていた。鍾乳洞に立ちもどった形跡もなかった。

そのまま、何年かが、この静かな山里に流れた。

村長の妻が妊娠した。長男が生まれてから少し間があったので、一家は喜んで出産の準備をはじめた。六ヶ月目に、裏の小川で足を洗っていて、滑って腰を打った。

少し出血して、その夜、流産した。

しばらくして、腹のなかにしこりができた。前からあったのに、気がつかなかっただけかもしれなかった。一時は気にしたけれども、別に痛みもしないので、そのまま忘れてしまった。

一年おいて、女児が生まれた。どこにも異常はなくて、元気に育った。

二年のちに、また女の子が、次の年に男の子が生まれた。いずれも健康で、立派に成人した。

体のなかのしこりは少しずつ大きくなって、やがて右下腹に固定したが、あいかわらず痛くもかゆくもなかった。妻は五十を超してから肥《ふと》りはじめ、いたって健康だった。

石汁地蔵をこわした元村長は中風で死んだが、もう九十に近い年だったので、誰も祟りのことを言いだしはしなかった。

半年ほど経《た》って、未亡人となった妻が、腹痛を訴えた。佐伯《さいき》の町まで行って医者に

見せると、あっさりと、

「盲腸炎ですけん、切りましょう」

と言われた。

切り取った虫垂《ちゅうすい》には、何の変化もなかった。そのかわりに腹腔《ふくくう》のなかからは、異様なものが取り出された。

小さな赤ん坊ほどの、それは石の地蔵だった。

よく見ると、それは体をちぢめ、手をにぎった、出産直前の胎児の形をしていた。爪先《つまさき》で弾《はじ》くと、カチッと音がするほどに硬かった。色は青みを帯びた灰いろで、鐘乳石にそっくりだった。ただ、表面はなめらかで、感じとしては、磨きあげた花崗石《みかげいし》に近かった。

処分のしかたに困って、医師は石の胎児を布でくるみ、未亡人に手渡した。それを膝《ひざ》にのせて、放心した表情で、未亡人はバスに乗り、村へ帰った。

最初に口どめしておかなかったので、噂《うわさ》はたちまち村にひろがった。人々は入れかわり立ちかわり、床の間に置かれた石児《いしご》を見に来て、

「何と怖しかもんじゃ」

「こんな硬かもんの、腹に入っとったら、痛むのももっともたい」

「しこりが出来たとが三十年も前というけん、三十年も抱いて歩きよったわけや」

三十年、という年数が、記憶力のいい古老に、あることを思い出させた。

新しい噂は、たちまち村中にひろがった。人々は耳に口をつけてひそひそとささやきあい、

「そげんなことのあったとかい」

「何ちゅう怖ろしかことじゃろ」

などと、顔を歪《ゆが》めながら話しあっているのだった。

この噂が未亡人の耳に入る前に、彼女はふたたび床についた。ほんの四、五日わずらっただけで、あっけなく死んでしまった。

六十に近くなって、石児を生んで、それを抱いて村に帰ってきたことが、未亡人はよっぽど恥しかったのにちがいない。入れかわり立ちかわり、村人たちに眺められて、口には出さぬながら、彼女は深く心を苦しめていたのだった。その苦痛が、このおとなしい老女の生命《いのち》を奪った、といってもよかった。

そこで噂は、公然たるものになった。

「ふうん、三十年前になあ、石汁ででけた地蔵をこわして……」

「行者の追い出さるるときに、代々崇ってやる、といったげな」

「こわされた石汁地蔵の魂が、女房の腹ん中に入ったとじゃろう」

「これ以上、村に祟らんければよかばって……」

老女は仕来たり通り埋葬された。けれども、あとに残った石の胎児を、どう処分するかで、人々は頭を悩ました。石汁地蔵の再来ならば、軽々しく埋めたり捨てたりもできかねた。

ついに、長老の一人が言いだして、石児はもっとも自然な場所に落ちついた。石で台座を刻み、坐《すわ》りをよくして、胎児は羽織袴《はおりはかま》の長老たちの手によって、鍾乳洞の奥に運ばれた。銀世界から竜宮城へ降りた先の狭いくぼみ、昔、石汁地蔵が立っていた場所に、同じように据えられたのである。

置いてみると石の胎児は、何十万年も昔からそこに坐っていたように、あたりの風景にぴったりと馴染《なじ》んだ。人々は安心し、同時にあらためて怖れを感じながら、引き返した。最初としんがりに松明を持った男が立ち、はじめはゆっくりと歩いていたが、だんだん足が早くなった。

とうとうみんな、駆けだした。足の弱い老人たちは、仲間の袂《たもと》をつかんだり、

「おおい、駆けちゃいけん。何もそげん怖がらんたっちゃよかろうが、落ちつけ。落ちつけい」

と叫びながら、自分も一所懸命に走っているのだった。

2

そのとき、未亡人の長女はみごもっていた。

兄にはすでに何人か、健康な子が生まれていたが、彼女ははじめての懐妊だった。人々は半ば心配し、半ば興味をもって、彼女の大きい腹を眺めていた。母親が、石の胎児を生んだばかりでもある。それに彼女は、父親が石汁地蔵を砕いてから、はじめて生まれた子供でもある。

その孫にも同じ呪《のろ》いはかけられているのではなかろうか。

人々の関心をあつめて、釜足《かまたり》は誕生した。

それが不幸な前兆のように、こののちも釜足は一生、人々の注目をあびて暮らすことになるのだが、生まれたときは五体のどこにも異常はなかった。

大学に行っている親戚《しんせき》の息子が、昔の偉い人にちなみ、同時に一生、食べ物に不自由しないように、というので、このめでたい名前をつけてくれた。

襁褓《むつき》に包まれて、暗い納戸《なんど》に置かれた赤ん坊は、小猿のように皺《しわ》だらけで、額がつき出ていて、真赤なみにくい顔をしていた。人を苛々《いらいら》させる声で、よく泣いた。しかし初めての子供に両親は喜び、健康だったことに胸をなでおろした。

内輪の、祝宴がひらかれた。人々は祝い酒を汲《く》みかわしながら、

「ようやっと、石汁地蔵の、祟らんようになったかのう」

「なんの、あれは迷信たい。原子爆弾の時代に、祟りなんてあるはずはない」

「そうとも。あの石児も、何か別の理由で腹に入っただけやろ。石汁地蔵とは関係ないよ」

などと話しあった。

たしかに、別の理由はあるらしかった。

噂を聞いて福岡の九大から、博士の肩書きを持つ偉い先生が、新しい〝石汁地蔵〟を見に、わざわざ村をおとずれた。一族の案内で鍾乳洞にのりこみ、壁にむけて据えられている〝地蔵〟を一目見るや、博士は叫んだ。

「まちがいない。リソペディオン（石児）だ……。それにしても大きい。君、写真をとりおわったら、寸法を計っておきたまえ」

助手は小さな怪物を抱きあげると、無造作に巻尺をあてた。風呂敷《ふろしき》に包み、バネばかりで重さをしらべた。

「身長は二十五センチです。体重は……一・八キロあります。……先生、六ヶ月ぐらいの胎児でしょうか」

「まず、そのくらいだね」

〝石汁地蔵〟をもとのように坐らせ、更に写真をとってから、一行は洞を出た。

いまは長男があとをついでいる、元村長の家に落ちついてから、博士はいろいろ事情を聞き、医学的な説明をしてくれた。

「原因は、子宮外妊娠なのです。ふつうの子宮外妊娠はそのまま流産します。でなければ卵管が破裂して危険になるため、手術で外に取り出します。

だが、ときどき受精後まもない胎児が、何かのはずみで腹腔中に落ちこむことがある。落ちこんでも、母胎とは臍《へそ》の緒でつながっているので、あるていどは発育する。胎盤のなかではなく、腸や肝臓や腎臓《じんぞう》のあいだで、大きくなるのです。

この場合は、三十年前に流産をしてから、しこりができた、ということです。流産したのが確かならば、たぶん二卵性双生児だったのでしょう。一児が流産し、もう一人がラッパ管から、腹腔内に落ちて、成長したものと思われます。

さて、腹腔に落ちた胎児は、切開で誕生した例が、一、二例だけあります。が、たいていは途中まで成育して死亡します。死亡したあとは、つぎの三つの、いずれかのケースになります。

一つは浸軟。羊水で軟らかくなり、しぜんに溶け、ふたたび母胎に吸収されてしまうのです。

一つはミイラ化。水分をうしなって、固まる。といっても乾燥しているわけではなく、青白い、屍蠟《しろう》となるのです。

第三が石灰化で、いったんミイラ化した胎児に、母胎の体液中のカルシウムがこびりつく。柔らかい部分はぜんぶ溶けて、カルシウムで置換される。

これがいわゆるストーン・ベイビイ、専門語ではリソペディオン、日本では石児と呼ばれるものです。

一五八六年にドイツで報告されてから、世界で二百数十例の記録があります。しかし、これほど大きくて、胎児の形そっくりなのは、他に例がないと思う。三十年も腹中に入っていた、というのもめずらしい。長くても十年以内にとり出されるのが普通ですから」

「それでは」

と親類の一人が、おずおずと聞いた。

「石汁地蔵をこわした呪いちゅうことは、関係はなかとですね」

「関係はない、と思います。……だが」

と、博士はまじめに言った。

「私たちは、なぜ腹腔内に落ちた胎児が、ストーン・ベイビイになるかの、説明はできます。だが、なぜ或《あ》る個体だけが、たまたま腹腔に落ちたのか。なぜこの子であって、他の子ではいけなかったのか、という問題になると、何も判らないのです。それなぜ、このお母さんに石児が生まれ、他のお母さんには生まれなかったのか、それも判らないのです。これは現代の医学の力を越えた問題です。そこにおそらく、宿命の問題がでてくるのでしょうが。

ですから私も、関係はない、と思う、ぐらいのことしか申せません。宿命に対してはわれわれは、つねに謙虚にならざるを得ない。ことにあのような……」

ちょっと言葉を切って、

「自然の悪意の、象徴のようなものを見せられたあとでは」

彼なりに良心的なこの説明は、村の人たちにはちょっと難しすぎた。

「関係ない、と思う」といった博士の言葉は「ひょっとしたら、関係があるかもしれない」と言いかえられ、

「九大の博士が、そう言いござった」

ということで、たちまち村中にひろまった。

暗い鍾乳洞にすえられた、新しい石汁地蔵は、村人の心にいっそうの気味のわるさと恐怖を引きおこすことになった。

博士の説明で、同じ母親から生まれた弟妹《きょうだい》たちも、かえって暗い気持になった。

「とすると、あの石汁地蔵は、おれたちの兄サか、姉サちゅうわけたい」

「そうやな。おれにとっては、弟か、妹かちゅうことになる」

「生まれとったら、もう三十か。いい親爺《おやじ》やね」

「女やったら、年増女《としまおんな》で、もう子供の二人ぐらいはでけとったろうかい」

「それより、おれは先に生まれたからよかばってん、お前たちはお袋の腹のなかで石汁地蔵と十ヶ月も同居しとったとぞ。みんな、お先に、お先に言うて、この世に生まれてきたとばってん、腹のなかの石汁地蔵は、どげな気持ちやったろうかなあ」

「それを言われると、気持の悪か。……ばってん、お袋の死ぬ、ほんのちょっと前に、生まれてきたとは、どげんわけじゃろうかなあ。三十歳までじっとしとって、お袋がいよいよ死ぬとば知って、腹を痛ませて、出てきたじゃろうなあ。ほんに内気な地蔵さんたい」

うんざりしながらも、親戚は茶飲み話で片づけた。炭焼き、耕作などの日々の仕事のうちに、気味わるさもしだいに薄れはじめた。石汁地蔵をこわした男の子に石児が生まれたのも、やはり偶然にすぎなかったのだ、と人々は納得しはじめた。

しかし、そう決めてしまうのは、まだ早計だった。

3

醜くて、陰気で、無口なほかは、釜足はごく普通の少年だった。――かのように見えた。少なくとも、小学校の上級に達するころまでは。学校の成績はどちらかといえば下位だったけれども、どうせ大学まで進むのは村から一人か二人かしかいないのだから、大した問題ではなかった。

そのかわり、運動神経はずばぬけていた。鉄棒は得意中の得意だったが、これはひごろから木登りがうまかったからである。身のこなしもすばやく、神社の大杉の、枝から枝へ飛びうつれるのは、村の子供のなかで、彼しかいなかった。

「あれは、猿の申し子じゃろう」

と、山仕事に行く道すがら、思いがけぬ高い木の梢《こずえ》で、木を揺すっている少年を見た大人たちは、噂した。

狭いところにもぐりこんだり、機敏に動いたりする能力も、釜足は抜群だった。そのころはまだ、子供が鍾乳洞へ入ることは禁じられていず、冬のあいだは子供たちの、恰好《かっこう》の探検場所となった。外にはどんなに木枯らしが吹きすさんでいても、中は地熱で、汗ばむほどにあたたかかったからである。

洞窟の、思いがけない石筍のかげや、ふつうの子供なら入れない岩の裂け目に、巧みに身をかくすのも、釜足の特技だった。父母はどういうものか仲が悪く、家にいても針のむしろに坐っている思いがしたから、洞内はまさに天国だった。誰よりも奥まで、洞窟に入れるのも彼だったが、それでもあの石汁地蔵――リソペディオンの所まで行ったことはなかった。キャップ・ランプも、大型懐中電燈も持っていない子供たちに、それはさすがに不気味すぎた。

「あんたの伯父さんが（石児は男だと、村人は決めていた）、銀世界から竜宮城へ降りた先に、居《お》らっしゃるとよ」

と、おせっかいな村の女が彼に教えてくれたことがある。

「お祖母《ばあ》ちゃんの腹の中に、三十年も御座らっしゃって、お祖母ちゃんの死ぬちょっと前に、出てこらっしゃったとよ。自分もこの世に生まれたい、いうてなあ。一回も外に出んまま、お祖母ちゃんといっしょに焼かれるのは、まっぴらじゃいうてなあ」

「それで」と、なみならぬ好奇心をそそられて、釜足は聞いた。「なんで銀世界と竜宮城の奥に、行かっしゃったと？」

「そりゃあ」と、話し好きの村の女は、創作した。

「石になって出ては来たけども、何というても赤ん坊の姿してござるじゃろ。やっぱり、またお母《かあ》の腹のなかが恋しい言うて泣くけん、鍾乳洞のなかに入れたんじゃ。あそこなら暗いし、あたたかいし、何やゴニョゴニョしたもんのあってお母の腹ん中そっくりじゃけん」

「ふうん」、釜足は首を振って、目を光らせた。それから、急に関心の失《う》せたような顔をつくって、口笛を吹いて、駆けだした。

関心がないのではなかった。逆に、もっとも興味をそそられたり、感動したときに、釜足は無表情をよそおうくせがあった。

話し好きのこの後家は、そののちも村の子供たちをあつめて、奇怪な話を聞かせた。

「なあ、人間死んだら、どこへ行くんじゃろか」

と、別の子供が聞いたことがある。

「さあ、仏様のところへでも行くんじゃろ」

「仏様のとこて、どこじゃろ」

「極楽たい」

「ゴクラクて、アメリカ?」

「いんや」

「なあ、ゴクラクて、どこな」

「極楽はな、そう」女は、いいことを思いついた、といった表情になった。「あの、金世界と銀世界と、竜宮城の、もっと奥たい。生きているうちは入れんように細か道ば、死んでからたどって行くと、極楽世界に行きつくとたい。……人間はみんな、女の股《また》から生まれてくるとじゃけん、死んでからもまた、女の腹んごとあるところに、戻ってゆくとじゃろ」

　息をひそめて聞いている子供たちのなかで、釜足だけがそっぽをむき、落ちつきなく鼻をすすったり、口笛を吹いたりしていた。

　いちどだけ、母親に、こう聞いたことがある。

「ねえ、母《かあ》ちゃんの腹ん中は、あの鍾乳洞の中んごと、広かとやろうか」

「変なこと聞かんと、外で遊んで来《き》い」

彼を生んでから病勝ちで、顔色がすぐれず寝たり起きたりの母親は、うるさそうに叱《しか》りつけただけだった。

母親の病気は、長いこと原因が判らなかった。何でも、どんどん輸血をする必要があるということで、村人たちが交代に、血を提供した。釜足も、何度か、ゴム輪で腕をしばられて、太い注射器に血を吸われた。

このときだけは、陰気な釜足の表情も明るくなって、浮き浮きしていた。自分から取られた、濃い、どろりとした血が、母親の痩《や》せた腕に押し入れられてゆくのを、釜足はほとんど恍惚《こうこつ》として眺めていた。それでも母親が弱々しい声で、

「済まんのう。釜足」

と言うと、突拍子もない声で歌い出したり、大あくびをして、聞こえなかったふりをするのだった。

母親はますます痩せてゆき、肌はたるんで土気いろになり、腹だけが惨《みじ》めにふくらんだ。そのころになってやっと、不治の白血病だ、と診断がついた。口の軽い田舎者のひとりがそれを教えて、それから彼女は、いっさいの輸血を拒むようになった。

「どうせ死ぬとじゃけん、他人《ひと》さまの生き血を貰《もら》うのは勿体《もったい》なか。極楽に行ってから罰が当たるけん」

そう言う母親の顔を、釜足は、穴があくほど見つめていた。喉《のど》のところまで、

（ゴクラクは、鍾乳洞の奥にあるんじゃろ。そうしたら、そこに行けば、いつでも母ちゃんに会えるんじゃろ）

と、問いただしたい衝動がこみあげているのを、やっとのみ下していた。

しかし彼女は、かえって明るくもなっていた。

「死んで、母ちゃんは、かえってしあわせたい。あの憎たらしか父ちゃんと、一緒に暮らさんでもようなるもんな。ああ、あの人のおかげで、ほんにひどか一生じゃった」

こんなとき釜足は、痛切に父親を憎んだ。しかし、どうしても憎み切れぬものも残った。

父と母はしばしば、はげしくやりあっていた。理屈も判らない釜足が母の方に立ったのは、母が女で、弱々しそうに見え、すぐ泣いて釜足を味方にひきこみたがったからにすぎない。しかし釜足がいったん母の立場に立って、いっしょに父親を攻撃すると、とたんに母親は、不満げな顔になるのだった。

「そうは言うても、父ちゃんもあれで、なかなかやり手やけんね」

そう母親が言うとき、釜足はいつも裏切られた気持になった。

釜足としても、両親がそろって仲良くしてくれている方が、どれだけいいか判らなかった。自分たちの喧嘩《けんか》に子供をまきこんでおいて、一方の味方につけておいて、自分だけ勝手に仲直りする、などという馬鹿《ばか》なことがあるはずはなかった。

「別るるぞ」

「ええ、別れますけん」

とののしりあって翌日、なぜか二人が急に仲むつまじくなっていることがあった。おそらく二人は夜半に何かしらの媾和《こうわ》を結んだのにちがいなかった。しかし釜足と父親には、和解の方法がなく、しこりは何となく、あとを引くのだった。

――しかし、そうした不幸な家庭生活も、いよいよおしまいだった。

まもなく母親は、食事もろくろく、とらぬようになった。

「食べとうない。あんたたち、食べえや」

そう言って、食事を母親は釜足や、甥《おい》の前に押しやった。これも同じく（どうせ死ぬものが、勿体ない）という気持のあらわれであることはたしかだった。

押しつけられたお膳《ぜん》を釜足は、かかえこんだ。いま食事がおわったばかりだ、というのに、がつがつと、欠食児童のように猛烈に食べた。飯碗《めしわん》も、病人用に魚や卵をつけた菜も、汁も、一切残さず平らげた。食欲から、というより、他の何かの衝動で、むりやり詰めこんでいることが、外からも判った。

つめかけていた近親者たちは、何となく興ざめな顔をした。その視線を浴びながら（まったく平気や、知っちゃいねえや）といったのんきな顔をつくって、釜足は舌で、歯のあいだをせせる音を立てていた。

母親が死んだときも、釜足は涙ひとつこぼさなかった。落ちつきなくきょときょとして、仏前の献菓に、物欲しげに手を出したり、式の最中に寺の縁側を走りまわったりした。

「あの子、少し足らんのと違うんか」

「どうも、母親が死んだちゅうことが、ようのみこめてはおらんごとある」

老人たちは、眉《まゆ》をひそめて、そう話しあった。

しかし、一家を襲ったこの不幸を、何十年も前の、石汁地蔵の祟りにむすびつけて考えた者はいなかった。むろん、いま洞窟のなかに安置されているリソペディオン――新しい石汁地蔵が、寂しくなってすぐ下の妹を呼んだのだ、などと言うものもいなかった。妹、といって正しいのかどうかは判らない。リソペディオンは、たしかに、受胎したのは彼女より先だったが、生まれたのは三十年もおくれたからである。

もっとはっきりした不幸は、クラスでの釜足の席が、少しずつ前列に動くことで示されていた。

4

入学のとき、釜足の席は中ほどだった。それが進級するにつれて、だんだん前にすすみ、とうとう最前列にまで来てしまったのである。列をつくるときも、彼がいつも、最先端だった。

小学校に入学してから、釜足の背は、六年間に一センチも伸びていないのだった。身体検査表からも、それはたしかだった。顔だけは年相応にこましゃくれているのに、手も足も、すべて小学校一年生のときのままの大きさだった。

中学に入っても、同じだった。まわりの少年たちが逞《たくま》しくなり、声変わりしはじめ、鼻の下に、うっすらと髭《ひげ》を伸ばしている者もある、というのに、釜足だけが変化がなかった。性器も子供のころのままで、腋毛《わきげ》も、陰毛も生えなかった。

ますます釜足は陰気に、孤独の殻にとじこもることが多くなった。学校にもあまり出てこず、弁当を持って家を出たまま、夕方まで、どこをうろついているのか判らない日も多かった。

ほとんどの時間を、彼は鍾乳洞のなかで過ごしているのだった。ここでなら、他人に会わなくともよかった。無意識のうちに少年を、憫笑《びんしょう》的に眺める村人の視線から、逃れていられた。
しだいに釜足は、同じ年頃の少年たちとも、遊ぶことを避けるようになっていた。たまたま洞窟に、子供達が〝探検〟にやってくると、釜足はすばやく、彼らの入ってくる場所よりわずか奥に逃れた。小さな岩の割れ目に身をかくし、ぴったりと壁にはりついて、もとの仲間たちを看視しているのだった。
やがて、侵入者たちが出てゆくと、洞窟のなかはふたたび、釜足ひとりの天地となった。彼ひとりの豪華な暗黒の宮殿と変わった。
ここは冬はあたたかく、夏は涼しかった。足もとには清冽《せいれつ》な水が流れていて、体を洗ったり、渇《かつ》えをいやしたりすることもできた。同じ場所でも、魂を吸いとられるほど、静かな日もあれば、おびただしい生き物が群れさわぐような物音が、
わあん
と、響いていることもあった。
鍾乳洞の、入口から百メートルぐらいの深さまでは、釜足はほとんど地形を知りつくしていた。どこが広く高く、どこが狭まっているか、どこに危険な裂け目があり、どこに石筍の林が立っているか、一見行きどまりのような壁の、どこに、やっと人ひ

とり通れるほどの穴が入っているか……。

そのすべてを釜足は手さぐりで、あるいは目の前に物が迫ったときの、ジインとするような感覚で、あるいは自分の足音の反響の工合で、本能的に、頭に入れていたのである。

はじめのうちは、懐中電燈を持ち出して、洞に入っていた。そのうちに、電燈なしでも、大体のかたちは、おぼろに見えるようになってきた。はるかな入口からの光線が、屈折に屈折を重ねて忍び入ってくる、燐光《りんこう》よりやわらかな明りさえ、釜足は目に捕えることができた。

鍾乳洞のなかに、やがて釜足はいくつか、特に居心地の良い寝場所を発見していた。みな洞窟の通路から一段上がった壁面のくぼみである。背中や尻《しり》のあたる鍾乳はなめらかで、快い傾斜と、適度の深みがある。ここに身をすっぽりと埋《うず》めていると、まわりをすべて守られている感じで、何とも言えず居心地がいい。

あたたかさと、暗さと、はるか遠くの、単調な水音を聞いているうちに、眠くなってくる。眠りとも目ざめともつかぬ間の時間を、長いことぼんやりと楽しんでいることもある。

そうした夢うつつのときにふっと、かつてお喋《しゃべ》りな村の女から聞かされた、鍾乳洞の伝説が、思い出されてくる。

ここは銀世界の入口だが、奥には巨大な石灰岩の壁がそそり立っている。その左下に小さな穴があり、そこから身をかがめて五十メートルもおり、石灰華段丘のつらなる竜宮城を過ぎると、石と化した自分の伯父が、もう十数年も坐りつづけているはずである。そして更に奥のまだ誰も入ったことのない、どこまで伸びているか判らない細い洞の中には、母親が、祖先たちの霊が、集まっているはずなのだ。

しかし、そこまで行ってみる気は、釜足にはしない。同じ洞窟の、奥の方に母親がいて、自分を見守ってくれているのだ、と信じている方が気持ちがやすらぐ。それに、ここでうつらうつらしていると、母親の方から出てきてくれることもある。

半睡の少年の目に、ふと、白い霧のようなものが洞の奥から流れ出て来たのが見える。おぼろな、それは母親の形をとり、彼の前に立つ。あいかわらず、痩せて、青ざめてはいるけれども、生きているときより、ずっと幸福そうである。

「母ちゃん、もうどこも、苦しゅうはないとか。父ちゃんと別れて、しあわせなんか」

微笑して、母親のまぼろしははっきりとうなずく。生前だったら、この質問にも、母はあいまいにしか答えなかったにちがいないのだ。すると釜足は、これも母親の生前ならとうてい言いだせなかったことを、口にする勇気が出る。

「母ちゃん、どうしておれ一人、こんなに背が伸びんのやろ」

母親は、あいかわらず微笑しているだけである。

「それでおれは、誰も友達がおらんとじゃ。一緒に野球もできんし……母ちゃん、おれの友達になってくれるな」

微笑したまま、母親はまたうなずく。さらに思いきったことを、釜足は言ってみる。

「女の、友達にもなってくれるな」

幻の、母親の微笑は承諾のしるしなのだ。釜足は安心する。しかし、それは初めから判っていたような気もする。ただ釜足は、母親が優しくうなずくさまを、見たかっただけなのかもしれないのだ。

「それじゃ」と釜足は気楽になって言う。

「女の子がしてくれるようなことば、母ちゃんもしてくれにゃいかんばい」

うまく母親をひっかけた、という、いたずらっぽい成功感がある。濃くなったり薄くなったりしている、青ざめた女を見つめながら、釜足は硬い石灰石の床から、腰を浮かす。ベルトをゆるめ、小学校一年生のときのままの、下腹をあらわにする。母親の手をとって、自分の腰にみちびく……。

いまや釜足は、自分の手の動きを、母親のそれと錯覚することが可能なのだ。そうだ、自分はただ、母親が手を離して、洞の奥へ逃げこまないように、手を添えているだけなのだ。いま自分の肉体を握り、子供っぽいなりにそそり立たせ、こうも甘美な感覚を与えつづけてくれているのは、まぎれもなく母親の手なのだ。

（仕方のない子やね）

と、あきらめたような顔をして、そのくせ、それほど厭《いや》そうではなく、母親は彼ののぞむことをやってくれるのだ。それも、安心しているとしばしば手をやすめ、

（もうおしまいにしようね）

といった表情をみせるので、釜足はたえずせがまねばならない。

（もっと、もっと……もっとしてくれんと厭《や》）

（じゃ、これだけで、ほんとにおしまい）

しばらく、はげしく動いて、……幸いに母親が止める寸前に、釜足の体はひとりでに律動をはじめている。甘美な痙攣《けいれん》に身をよじり、がっくりとのけぞる。白い霧が一瞬顔を包み、そして洞窟の奥へ吸いこまれてゆくのが判る。

やっと釜足は身を起こす。彼の肉体はもと通りに、惨めにしぼみ、なえている。すべてが終わったしるしの、一滴の男の液体も、まわりに跳ね飛んでいるわけではない。

にもかかわらず釜足は、この上もなく満ち足りた、平和な感情で、ふたたび現実のなかに戻ってくることができる……。

こう、はっきりした幻は見えなくとも、狭い通路の壁のなかや、高い天井の上のあたりで、風の響きにまぎらわしいざわめきを、釜足はしばしば聞いている。それも、洞窟のひごろ静かな場所で、低くくぐもった音が、

わあん

と聞こえるのも、いつもは奥に引っこんでいる死者たちの霊が、たまたま出て来て群れ遊ぶ響きであることを、釜足はもう知っていた。

こうして長いこと、洞のなかにこもっていると、なぜか日のあるうちには、外に出てゆきたくなくなる。暗さに、目のみならず、体のすべてが馴染んでしまうのである。学校を休んだ日はそのために、帰宅は大てい夜になったが、母のない家庭では別に叱られることもなかった。

父親は、大分市の商人にすすめられた小豆相場に、夢中になっていた。

村会議員の何人かが、この鍾乳洞を観光地にしたてあげて、金をとることを思いついた。まず郷土出身の文士に鍾乳洞を見せて、もっともらしい名前をつけてもらうことになり、下調べに村の有力者の一行が、ひさしぶりに洞窟に入ってみた。

5

先頭に立った新任の〝観光委員〟がふと人の気配を感じた。後続の連中は、かなり離れていた。

注意ぶかく壁面をみまわして動けなくなった。人の入れないような小さい、石筍《せきじゅん》のあいだに、目が二つ、懐中電燈の光を反射して輝いていた。

人が集まるのを待っていっせいに光線の束をむけた。

小さな中学生が、村では誰知らぬものはない少年が、石筍のあいだに身をかがめてさらに小さくなっていた。

急に気が強くなり、同時に腹を立てて、観光委員はどなった。

「こら、こげんとこは、子供が入るところではねえ。出ていって、表で遊べ。こんなところに長いあいだいると、お前も石汁地蔵んごと、石になってしまうぞ」

釜足はもぞもぞと、石筍のあいだから這《は》いだした。委員たちの足もとをすりぬけると、すばやい身のこなしで、洞窟の外へ逃げ出した。

その後ろ姿を見ながら、一人がつぶやいた。

「ほんに、あんな子供が生まれたちゅうのも、考えてみるとあれこそ、石汁地蔵の祟りかもしれんばい。あの、背中を丸めてゆく恰好なんぞ、よう似とるじゃろうが」

この感想は、委員たちに共通のものだったので、噂はたちまち村中にひろまった。

こうして石汁地蔵の伝説は、十数年を経てふたたびよみがえった。大人たちは彼の祖母が、石児を生んだときの衝撃をありありと思いだし、長老たちは何十年ぶりに、釜足の祖父の、石地蔵破壊の行為を思いだした。

自分に注がれる人々の視線が、以前よりいっそう、好奇の色を帯びはじめたのに、釜足は気づいた。不遠慮な大声で、すぐうしろから、噂されることもあった。

「可哀《かわい》そうにのう。本人は何の罪もなかとに、祖父《じい》がしたことのむくいば、受けてしもうてのう」

例によって、釜足は何も聞こえぬふりをしていた。顔色も変らず、それこそ石のように無表情だった。

その夏、大分県出身の文士が村にやってきて、村長の先導で鍾乳洞を見てまわった。

日をあらためて、もう一度見にきて、名前のリストを提出した。

「大体こんな名前が適当だろうと思うが、どこにどの名前をつけるかは、みなさんで適当に決めて下さい」

そういって、鮎《あゆ》やきのこ料理を肴《さかな》に、さんざん酒を飲んでから、さっさと引きあげてしまった。

観光委員はペンキ屋に頼んで、その名前をぜんぶ木札に書いた。何度も寄り合いをして、鍾乳洞のなかに適当に立てた。しかしそれ以上の、踏み板をつけたりの仕事は、予算がなくてできなかった。

とりあえずポスターを作り、大分市と別府市の観光課を通じて旅館に配ってもらうことと、入洞の観光客からは百円ずつ取ってキャップ・ランプを貸すこと、案内者をつけることぐらいが決まった。

こうして釜足の宮殿のそこここには、麗々しく、

宝玉殿《ほうぎょくでん》
岩紅葉《いわもみじ》
簾星洞《れんせいどう》
石象柱《せきぞうちゅう》

などの名前を記した、ペンキ塗りの板が立てられた。——とはいえ、それも釜足の、洞内での活動を少しもさまたげるものではなかった。

父親の小豆相場は、とうとう失敗におわった。祖先伝来の山林をぜんぶ手放した上に、ノイローゼ気味になって大分市の精神病院に入院してしまった。

がらんとした家には、釜足だけが取り残された。この家も差押えをうけていて、遠からず人手に渡るはずだった。いちばん近い親類が、厭々ながら、彼を引きとることを申し出たが、釜足は生まれた家を離れたがらなかった。

親戚は、ほっとした表情を露骨にみせた。石汁地蔵の呪いがかかっている、こんな少年を引きとっては、どんな災いがふりかかるかもしれなかった。

二日ほど、釜足はぼんやり、誰もいない家ですごした。食事の仕度にいままで遠縁の女が来てくれていたが、釜足一人だから、ということで、握り飯と惣菜《そうざい》と味噌汁《みそしる》を田植え用の岡持ちに入れて、運んできた。

それにはろくろく手をつけずに、釜足は生まれ育った家の大黒柱を撫《な》でたり、母親がしゃがみこんでいた土間の、かまどの前に立ってみたりしていた。母親がそこでわずらい、死んだ座敷の布団《ふとん》をしいてあった場所に、自分も寝そべり、古畳の匂《にお》いを嗅《か》いだりした。

二日めの夜、釜足は懐中電燈を持ち出すと、馴染みの鍾乳洞《しょうにゅうどう》にむかって、ちょこちょこと歩き出した。

鍾乳洞のなかは、夜も昼もかわりがない。懐中電燈の光に浮き出す石筍や、鐘乳や、石灰華段丘の、異様で豪華な景観も彼には馴染みぶかいものである。ところどころに立っている「星の森」「氷の滝」などの名札が、かえって安っぽい感じでさえある。なによりもこの広大な宮殿が彼ひとりのためにあることが贅沢《ぜいたく》な気分を強めるのである。

百畳敷ほどの、がらんとした大広間に出る。と思うと、井戸の底のような、低い場所に降りてゆかねばならぬこともある。地下水に足をひたしながら、細い通路も過ぎる。あたりはいちめんに鈍く輝く銀いろである。天井は暗いドームとなり、数百本の石灰乳が、氷柱《つらら》のように垂れ下がり……この銀世界を通りすぎて、また五十メートルほどの、下りになる。

竜宮城、と呼ばれる、グロテスクに盛りあがった石灰華段丘を過ぎる。ここから先は、鐘乳の分泌《ぶんぴつ》が特に濃いのか、通路も狭まるばかりの、石筍、鐘乳の密林である。密林というより巨鯨の体内に迷いこんだような、うねうねと曲がった、内臓感覚に満ちた空間である。あるいはこれも、石化した太古の鯨だろうか……。

細いくぼみのなかで、白い蛇が伸びている。指を触れてみると、硬い。ここで死んだ蛇が、石灰乳を浴びて、数千年のうちにおもむろに石となっているのである。

ふつうの体格の、大人は入れぬくらいに狭まった奥に、釜足は小さな赤ん坊の姿を見た。

はたして、地蔵そっくりの形で、それは壁をむいてうずくまっていた。前かがみになって、両拳《こぶし》を握りしめ、巨大な頭部をうつむけていた。青みがかった灰いろは、まわりの鐘乳とまったく同じ色だったが、磨きあげた硬そうな触感だけが違った。

これが、彼より一年先に生み落された伯父だった。

歯を喰《く》いしばって、釜足はそれを睨《にら》みつけていた。そのうちに、頭がくらくらとした。石児の地蔵が、ゆっくりと顔を、こちらに振りむけはじめたからだ。突き出た顔、閉じた目の痕跡《こんせき》まで見えてきた。

それは、恐ろしいほど、彼にそっくりの姿だった。

粗《あら》い壁に手をついて、釜足は身を支えた。石と化した伯父が、リソペディオンが、彼を振りむくはずはなかった。緊張のあまり釜足が倒れかかって、彼の目の位置がかわったので、石児の顔面が見えてきただけだった。

歯を喰いしばったまま、釜足は懐中電燈《でんとう》を左手に持ちかえた。右手で腰をまさぐり、家から持ってきた、金鎚をとりだした。

ふりかぶった。全身の力をこめて伯父の頭上に叩《たた》きつけた。

鈍い音がして、伯父の、顔の半分が欠け飛んだ。意外に柔らかい感触だった。欠けた面も、石灰岩とおなじ、青みをおびた灰色だった。

次の一撃で、左肩が落ちた。さらに一撃、石粉とともに首が完全に落ち……もう夢中で、釜足は金鎚をふるいつづけていた。

たちまち彼の伯父は、粉々の細片となって、狭い鍾乳洞のなかに散らばった。

それをズックの底で踏みにじり、狂人のように蹴《け》ちらしてから、釜足は太い息をついた。

手から、金鎚が落ちて、グワーンと音を立てた。音は、グワーン、グワーンとひびきあいながら、広大な鍾乳洞の隅々まで拡《ひろ》まっていった。

その夜かぎりで、村から、釜足の姿は消えた。

6

数年が経った。

大阪の、通天閣付近にあるストリップ劇場で、ストリッパーに混ってコミカルな演技を披露する、道化の姿が見られた。

これが、鍾乳洞の故郷を出奔して、何となく大阪に落ちついて以来の、釜足の職業だった。

もちろん、まだコメディアンとして、名が売れているわけではなかった。演技といっても、もっぱら柄の小ささが客の反感を買わぬことを買われて、舞台で腿《もも》をひろげたストリップ・ティーザーの股間《こかん》をブラシで掃除してやったり、スカートをまくりあげたり、そういった、舞台に変化をつける役割を演じているのだった。

楽屋の隅に、二畳ほどの仕切りを作って、そこが彼の住みかになっていた。旅まわりのストリップ嬢たちは、二週間か三週間で次々と顔ぶれがかわってゆき、同じ劇場《こや》に来るのは半年ぶりだったり、一年ぶりだったりすることがざらにあったが、釜足だけは楽屋の主のように、隅の二畳から動かぬのだった。

陰気で無口なことはあいかわらずだったが、彼はいまでは職業的に三枚目の演技で、愛嬌《あいきょう》たっぷりにふるまうことを覚えていた。あまり長い時間、それがつづくと苦痛になって、また黙りこんでしまうのだが、同じ相手に一週間やそこらなら、何とか表面をいつわることはできた。

ストリップの女たちはみんな好人物で、彼を可愛《かわい》がってくれた。裸商売のせいか気っぷもよく、子供用の背広をプレゼントしてくれたり、近所の洋食屋を奢《おご》ってくれたりした。

もちろん彼を男性とはみとめていないから、平気で着替えをする。もっとも楽屋にはいつも、バンドマンや照明係が打ち合わせに来たり、いっしょに旅行しているマネージャー兼業のヒモが、ヒモ同士花札を引いたりしているので、いちいち恥かしがっていては商売にならないのである。

それでも他の男性のばあいは、さすがに一緒に入浴はしないが、釜足が一人で楽屋風呂に入っていたりすると、脱ぎすてた服を見て、「あ、釜チャンならええわ」と、さっさと踏みこんでくるのである。お尻や腰をぶっつけるようにして彼を押しのけ、体を洗う。狭い楽屋風呂は、女が三人も入ってくると、たちまち一杯になる。

隅に押しこめられて小さくなっている、釜足の目の高さを、巨大な尻がかすめてすぎる。ぐい、とばかりにクローズ・アップして圧《お》しつけられる。湯槽《ゆぶね》に入るときなど、彼ごと、ひょいとまたぎかねない感じである。濃い女の体臭と湯煙にむせ、釜足は脂《あぶら》汗《あせ》を噴き出しながら、気の遠くなりそうな思いに耐えている。

尻ばかりではない。すさまじい繁茂の下腹や、もっと醜怪な部分も、しばしば目の上をさすらっている。釜足の体毛はきわめて薄く、ほとんどあるかなきかなので、繁《しげ》みの濃さはいっそう怖《おそ》ろしい思いがするのである。

上り湯を浴びて、釜足の目前に立ちはだかって、タオルで顔や、脇の下をふいているときなど……頭上にそびえる太腿や、顔をくすぐりそうな繁みや、内腿の向うに見える尻の二つの丸みは、舞台とはまったく違った、野蛮な迫力にあふれている。若い脂肪の滲《にじ》んだ肌の上で弾んでいる湯の玉や、毛のあいだにひっかかって光っている水滴も、生々しい感じである。

はるかな高みでブルンブルン揺れている乳房にいたっては、とうてい自分の手の届かぬ、官能的で高貴なものの象徴のような気もする。

ツンパからはみ出す余分な毛を剃《そ》りととのえるのも、風呂のなかで行う娘がいる。メリー倉橋、という、色も浅黒く足が長く、堅太りの逞しい女が、しきりに剃っていて、とうとう癇癪《かんしゃく》を起こした。

「ええ、あたしってどうして不器用なんだろうね、また切っちゃった」

東京出身のこの女の、歯切れのいい口調が、前から釜足は好きだった。

「何なら、剃ったげまひょか」と、例の演技で、口に出していた。すぐに、照れくささをごまかすように、こう言った。

「一回、百円でどないやろ、それで面倒くさい思いせんですむのなら、安いもんやでえ」

「そうね、じゃ頼むよ釜チャン」

メリー倉橋はさばさばと言って、腰掛けにのせた雄大な尻をひねった。釜足の前に、どっしりした感じの股《また》をひろげた。

近々と押しつけられ、頬をくすぐられたことは何度かあった。しかし、手に触れるのは初めてだった。

(慣れてるんや。こんなこと、何でもないんや)という顔を作って釜足はその繁茂に石鹸《せっけん》を塗った。硬い、縮れた毛の感触は、すべて柔らかい女のイメージから外れて、異様だった。ことに彼女のは濃く、ほとんど獰猛《どうもう》な感じに、はびこり、生えひろがっていた。女の精力の強さと生命力の旺盛《おうせい》さを象徴するような生えかただった。

メリー倉橋は、のけぞって笑った。

「アハハ、くすぐったいわ。そんな小さな、赤ちゃんみたいな手でなでまわされると。さわるんなら、もっとはっきり、強くさわってよ……中途半端《はんぱ》だと、感じちゃうじゃないの」

「危いがな。動くと、切ってしまうかも知れんでえ。もう特出しが、でけんようになっても知らんで」

そう言いながら、釜足はしだいに、この仕事に熱中していった。

西洋剃刀《かみそり》の一掃きごとに、音を立てて繁茂は根こそぎにされてゆく。あとには浅黒く柔らかい、ざらざらの地肌がひろがってゆく。なるべく細く、極限まで細く、馬のたてがみに似たタテの一線にそりととのえて、釜足の仕事はおわる。ぷっくりとした、丸い、すべすべの腹の下に、この一条《ひとすじ》の煙が立ちのぼっているからこそ客は興を引かれ、熱中し、声援を送るのである。

剃るのにことよせて頭を下げてゆくと、湯気に混って、むっとする女の体臭が鼻を衝《つ》く。この匂いに、釜足ははるかな昔、馴染んでいたような気もする。複雑な形態のものがその下からわずかにのぞいているが、それとても釜足には、さいきん初めて見るものとは、どうしても思えないのである。

(このまま上から、ぐい、と頭を抑えられたら。……つるりと滑って、肢《あし》のあいだに、顔を圧しつけてしまうかも知れへん)

わずかに、それを期待するような気持で、考えたりもする。しかしメリー倉橋は、タイルに背をもたせ、カランに手をのせて、心地よげに鼻歌で、流行歌を口ずさんでいるのである。

「おや、メリーちゃん、何してんの」

と、飛びこんできた女が言う。

「見たら判《わか》るだろ。百円で剃ってくれるんだってさ。安いもんだよ」

「あら、いいね、あたしも頼もうかしら」

こうしてたちまち、釜足のお得意はふえるのだった。

もちろん「あそこだけは自分で剃らなきゃね」という、癇性《かんしょう》な女もいた。しかし、ヒモや夫のついてくる女でも、大ていは面白がって、浴室での彼の前に、腿を開くのだった。マネージャー兼業のヒモや夫は、女をいたぶったり可愛がったり、赤ん坊のおむつをとりかえたり、出演中はパチンコに行っていたり、さもないときは他のヒモたちと花札を引いていて、案外に女の体の、手入れはしてやらぬものだった。

腰にタオルをまいて、釜足は女の、腿のあいだに坐《すわ》る。腰掛けの上の、女の繁茂は、ちょうど目の高さにある。あるいは浴槽の縁に腰かけるときもあり、すると舞台ではしゃがんでみせなければのぞけない部分までが、目の上にひろがるのである。

微細な真珠の粒を並べたあいだから、水滴が滲み、湯の香りが漂ってくることもあった。

しかし、すべての女にまさって、彼はメリー倉橋の、逞しい肉体に奉仕していると
きが、いちばん楽しいのだった。
困ったことに、メリー倉橋は、酔うと乱暴になるくせがあった。彼女の体を剃ると
きも釜足は腰にタオルを巻いていたが、それはしぜんに肉体が昂奮《こうふん》してくるのを、気
づかれるのが恥しいからだった。しかし彼女は敏感に、それを覚《さと》ったらしかった。
「見せてごらん」
といって、乱暴にタオルをひっぺがした。釜足は手で抑えて、しゃがみこんだ。居
合わせた二人の女が、面白がって抑えつけ、彼を大の字なりに、タイルにはりつけに
した。アスパラガスほどに変化した彼の肉体が、あますところなく、巨大な女たちの
視線にさらされた。
「まあ可愛い」
「いいじゃないの罪がなくて」
何本かの手がいっせいにのびて、彼を争った……。
釜足が半泣きになったのを見て、女たちは手を離してくれた。
しかし、これも時間が経《た》つと、甘美な思い出になった。のしかかる女たちの重み、
肌の匂い、巨大な尻や腿や乳の、ひんやりとしてぶあつい感触、湯煙、頭や背の下で

硬く冷たかったタイル、乱暴に体に触れた、無数の鞭《むち》のような指……それを思い出すと釜足はめったにないことだが、ひとりでに激情的になってしまうのである。

あのときだけは、ひごろの強情で、ひねくれた自分が、幼児のように素直になっていた、と思う。半泣きになったのは、わざと自分を強いてそうしたのだが、そのときの感情は、とても甘やかだったような気がする。ことにメリー倉橋から、好意を持っている彼女から、そうされたと思うと、いつ考えてもうっとりとするのである。

だんだん彼は、楽屋では重宝されはじめた。鏡に向かって裸で化粧している女から、

「ちょっと背中にパフはたいて」

と頼まれたり、アミダくじの使いにやられたりして、そのたびに小遣いをもらった。

ふしぎに、マネージャー役のヒモにはそんな小さな仕事を頼まないのは、他の女の前で、自分の男を軽く見られたくない、という見栄《みえ》があるのかもしれなかった。

肉体のみならず、心も彼女たちは釜足の前では隠さなかった。男の噂《うわさ》に熱中したり、だまされた、と訴えて泣いたり、喧嘩をしてとっくみあったりもする。大あくびをしたり、寝そべって体をかいていたり、バタフライのまま飛びこんできて、しゃがんでラーメンをすすっていたり、夜は並べられた布団のそここで、ヒモといさかいをしたり、甘い泣き声を洩《も》らしたり、微妙な震動が伝わってきたり……要するに裸を元手

の、女たちのあらゆる姿態が、残るくまなくくりひろげられるのだった。

いつか釜足は酒を覚え、タバコを覚えた。酒は女たちから茶碗酒を強いられているうち、酔い心地を知った。タバコは吸殻入れの丼《どんぶり》から口紅のついたのを拾って、いたずらに喫《の》んでみたのが、きっかけとなった。

これほど女たちに密接に、脂粉に包まれて暮らしながら、釜足は侏儒《しゅじゅ》である、というだけで、誰からも憎まれないのだった。いや、むしろ男たちは、彼に一目置いているようなところもあった。気取ったバンドマンや気むずかしい照明の親父《おやじ》も、楽屋をのぞいて話しかけるときは、必ず、

「釜足さん」

と、さん付けで呼ぶのだった。ストリッパーについて歩く、マネージャー兼業のヒモは、もっと卑屈に、

「お兄さん」

と呼んで、彼の機嫌を取った。

つとめて陽気にふるまっていても、彼のうちにひそむ鬱屈《うっくつ》、先天的な陰気さが、男たちには感じられて、こうした態度になってあらわれるのだった。女たちは、それに気づかずに、馴《な》れ馴《な》れしくするのだった。

メリー倉橋にいたっては、馴れ馴れしさを通りこして、粗暴ですらあった。人格のない下男か、奴隷《どれい》をあつかうように、彼女は釜足をあつかうこともあった。

7

メリー倉橋にもやはり、ヒモ兼業のマネージャーがいた。それは止むを得ないことだった。女ひとりで、裸を売って生きてゆくためには、肉体の面でも精神の面でも、支えになる男が必要なのかもしれなかった。

相手の男は、痩せて、頭を角刈りにしていて、目が鋭くて、典型的な極道者だった。しかし他にも何人か、とりしきっている女がいるらしくて、あまりメリー倉橋といっしょに、楽屋には姿を見せぬのが、釜足には有難かった。もっとも、楽屋泊りが予定されている日でも、メリー倉橋は街へ出たまま戻って来ぬときがあり、そんなときは豊満な肉体を、存分に男に賞味させているのにちがいなかった。蜜《みつ》にあふれたぶあつい花びらを惜しげもなく開き、香りの高い花芯《かしん》を、たっぷりと吸わせているのにちがいなかった。

その、恩田というマネージャー兼ヒモが、ある日、背広にゲタばきの姿でやってきて、釜足を近くの喫茶店に呼び出した。

「釜チャンに、相談があるんやけどもな」

と、この男は、粗雑な神経しかないらしくて、女と同じように、彼を馴れ馴れしく呼ぶのだった。釜足もその方が、気が楽でよかった。縄張り争いで相手の組の幹部を刺し、実刑を喰《く》らってきたことを自慢にしている、この単純な極道者を、釜足はかならずしも嫌いではなかった。恩田が彼のひとり決めの恋仇《こいがたき》であることを考えると、これもふしぎな心理だった。

「なあ釜チャン、あんたメリーとドサまわりしてみる気はないか」

「メリーはんとでっか」

「そや、他に何人か、女にも口をかけとる。わいがマネージメントして、劇団つくろう思うんや。あんたが一枚嚙《か》んでくれたら、舞台もおもろなるさかいな」

気乗りのせぬ顔をして釜足は椅子《いす》にそっくり返り、天井を眺めていた。恩田は考え込んで、

「そう、まあギャラもこの劇場《こや》よりは弾むつもりやけども。まあ、毛の生えたぐらいやけど」

「そう、御一緒してもええけども……ここの劇場主《こやぬし》はんにも、いろいろ世話になって

ますよってなあ、急には」

「その話は、わいがつけとくわ。何も心配せんでええわ」

恩田と別れて、楽屋へ帰ってから、釜足はまわりに誰もいないのを確かめて、おもいきり飛びあがった。五、六回、畳の上で、つづけざまにとんぼを切った。両手をのばして飛びあがり、天井の桟にぶらさがった。醜い顔をくちゃくちゃにして、鏡にうつしてみた。声を出して、笑いころげた。

——恩田の意気込みにもかかわらず、彼の新しい一座に、実際に参加したストリップ嬢は、メリー倉橋のほかにはいなかった。これではとても一座を組んで、各地の劇場をまわることなどできはしなかった。タレント屋に泣きついて、他の一座と同じパッケージに組んでもらうか、彼女と釜足のコンビを売物に、地方キャバレーのショウを打ってまわるほかはなかった。

メリー倉橋はスケジュールの紙をみて、恩田に嚙みついた。

「何よ。大きなことばかり言ってさ。アキばかりじゃない。たまにあるのもキャバレーばっかし。あたしの他に、あんたについてくる女いないんじゃむりもないけど、これじゃ格落ちもいいとこだわ。どうしてくれるの」

格落ちよりも実際は、自分が考えていたほど恩田が、他のストリップ嬢に人気がなかったことに、メリー倉橋は腹を立てているらしかった。しかしあまり人気がありすぎて、他の女に夢中になられても困るのだった。

「あやかまし。男の仕事に、口出すな」

そういって恩田が突き飛ばす。メリー倉橋が「ヒイッ」と泣いて、組みついてゆく、また突きとばす。楽屋の畳をひびかせて、Gストだけの巨大な体がひっくり返る。

「まあま、まあま」

と、間に立ってなだめながら、釜足は幼いころ、父母の喧嘩のあいだに立って、身のおきどころもない思いをしたことを思いだしていた。ふしぎなことに、彼をひき裂く辛《つら》さも、似たりよったりだった。

「舞台に聞こえまっせ、お静かに、お静かに」

それでも芸能人のカタログのような〝芸能通信〟誌にのせた、〝ヌードと侏儒〟の広告が興味をひいたのか、地方の興行師からぽつぽつ、口がかかってきた。それに比例して、メリー倉橋と恩田の機嫌も直ってきた。大阪の劇場を打ちあげて、最初の地方出演に出発したときは、列車のなかでポケット・ウイスキーをあけて、三人ともいい機嫌になっていた。

舞台は恩田の発案で「ヌードと侏儒のサド・マゾ・ショウ」となっていた。といっ

ても脚本のほとんどは、釜足がさりげなく、

「こないにしたら、どうでっしゃろ」

と、アイデアを出した通りにできていたのだけれども。

メリー倉橋と釜足が夫婦という役どころで、初めのうちは釜足がやたらに苛《いじ》められる。

「月給少ないじゃないの」

とか何とか叱りつけられ、メリー倉橋の巨大な脚を頭の上にのせられたりする。それをコミカルな演技で、一所懸命、マッサージしてやるのである。

いよいよ虐待《ぎゃくたい》に耐えかねて、釜足が反乱を起こす。メリー倉橋を突き飛ばし、背中に足をかけて、鎖で打って、床にひびく物すごい音を出す。このときメリーの衣装もはぎとり、豊満な肉体のすみずみまで、客席に見えるようにするのである。

そして模造品の巨大な男根をとりつけて、メリー倉橋を徹底的に征服する場面をみせる。ふしぎなことに、前半では静まっている客も、後半では笑いさざめき、このときに至って、盛大な拍手を送ってくれる。キャバレーで遊んでいる客も、家庭では妻に圧迫され、腹に据えかねていることが、意外に多いのであろう。侏儒で、一方がヌードのなかでも特に大柄なグラマーだから、滑稽感《こっけいかん》はさらに強調されるのである。

しかし釜足が好きなのは前半の、突き倒され、顔の上に巨大な脚をのせられ、すさまじい肉体の威圧感を下から見あげているときである。いつ踏みつぶされるか、という恐怖を、演技ではなく感じているときである。月給の少なさを罵倒《ばとう》され、ズボンの中をのぞかれて、

「子供みたい」

と嘲笑《ちょうしょう》されるときである。このときこそ釜足は自分がつくづく惨めに感じられ、逞しい恩田の前で卑小であることが、何ともいえず楽しいのである。

それにひきかえ、女を突き倒し、鎖で打つまねは好きではない。巨大な男根を誇示しつつ、のしかかってゆくのは、快楽の種類に奥行きがなくてつまらない。それを本物とまちがえた演技でメリー倉橋がしみじみと眺め、頬ずりしつつ、

「見直したわ。あんた、ステキねえ」

というのも、釜足としては興ざめるのである。あまりに通俗すぎ、荒っぽすぎる。こんなことでいい気持になる男は、よっぽど官能の素質を欠いている人間だろう、と思う。それでも演技であるから、せいぜいそっくりかえって、得意そうなポーズをとることを忘れない。

このとき、模造品がぽろりと落ち、だまされたことに怒り狂ったメリー倉橋は、ま

た箒《ほうき》をとりあげて追いかける。釜足は楽屋に逃げこむ、という結末になる。

8

地方の芸能社は特約の旅館をもっていて、宿泊券をくれたが、たいてい三人が一部屋に押しこまれた。これはかえって釜足には幸福だった。夜はメリー倉橋を中にはさんで二つの布団を敷き並べ、枕《まくら》を並べて寝るのだった。

ひそかに怖れ、かつ期待していた事態は、二晩めには、早くもやってきた。

釜足は寝息を立てていたが、眠ってはいなかった。恩田が何か低い声で、メリー倉橋にささやいていた。

「だめよ。釜チャンが起きるわよ」

「釜チャンならええやろ。別に何ともないやろ」

「あれでも男なのよ。殺生《せっしょう》よ。……まあ、今夜は寝ているみたいだからいいけど」

微妙な震動が、畳を通じて、伝わってきた。メリー倉橋の声はかすれて太く、そのためにいっそう生々しく感じるのだった。こうした声は、嚙み殺したものもあたりははばからぬ叫びも、ストリップ劇場の楽屋で、釜足は何度となく聞いていた。しかし、今夜ほど強い衝撃をうけたことは、かつてなかった。

メリー倉橋の声やあえぎや吐息の、強弱のそれぞれに、釜足はあたかも自分が彼女に同じ快感を与えているような、昂奮を感じるのだった。息をつめ、布団の下で釜足は手脚を硬く突っ張っていた。いつわりの寝息さえも、胸のふるえが気づかれそうで、もはや立てられなかった。

「起きてんやないのか」

と、気がついて、恩田が言った。

「おい釜チャン、眠ったふりしとらんでも、ええんやで」

何といっていいか判らないので釜足は目をあけた。メリー倉橋の布団をうず高く盛りあげた姿勢のまま、恩田は気を利《き》かしたつもりらしく、こう言うのだった。

「慣れてもらわな、困るで。これからずっと、一緒の部屋で寝るんやさかいな。そのあいだ、わいらが精進しとるわけにも行かん。釜チャンも、平気になってもらわんとな」

「へ、へい」

と、震える、かすれた声で言った。

「悪いけど、気にせんといてね」

「いえ、何も悪いこと、おまへん。お二人が仲良うしとらはるところを見ると、わても幸せな気分になりますよって」

これは、嘘《うそ》ではなかった。二人の快楽の傍にいて、のけものにされていることは、悲しくはあったけれども、どこか甘美な感情もあった。逞しく美しい、男と女が仲良うするのはええことや。見とっても、少しも、醜うも恥しうもあらへんと、あらためて考えた。

その次から、二人は大っぴらに振舞った。釜足の眼など、意識していなかった。いや、もしかしたら、侏儒から見られていることで、かえって昂奮しているのかもしれなかった。こんなことさえあったのだから。

熱中してくると、二人は布団をはねのけて動いていた。耐えられなくなって釜足は、自分の布団に身を起こした。無意識の憎悪《ぞうお》と、陶酔の目で、熱っぽく眺めた。それを見て、恩田が、面白そうに言った。

「お、釜チャンが我慢でけなんだかして、起きてたわ。物はついでや。ちょっと手伝《てつど》うてんか」

「手伝い、言いますと？」

「こっちに来て、寝るんや。腹這いに」

自分のうしろの、床の上を、恩田は指した。

「小さいよって、どこでももぐりこめるさかい、都合ええわ。……そこに腹這《はらば》うて、いろいろ手伝うてんか。メリーの足の指やら、わいの尻の穴《けつ》やら、睾丸《たま》やらを、舐《な》めたり、いろうたりしてな」

当然、そうするものと信じ切った口調でそう言って、恩田はまた、メリーの体にむかった。

震えがしばらく止まらなかった。いつか恩田にも、釜足を奴隷のようにあつかうメリー倉橋のくせが移ったのかもしれなかった。

釜足は、怒ってもいいはずだった。断固として拒んでもいいはずだった。なぜか、それはできなかった。むろん憎悪も烈《はげ》しかったが、それとともに恩田の命令は、この上もなく魅力的な申し出のようにも思われるのだった。

そっと顔を伏せて、釜足はメリー倉橋の足指を口にふくんだ。意外に長い指は、特有の冷たい匂いと、わずかな味と、こりこりした舌ざわりで、ふしぎに彼の官能に媚《こ》びた。

そのまま彼は、舌を上に、メリー倉橋の体の中心にずり上げていった。暗く熟れきった匂いを放っている恩田の、引きしまった二つの李《もも》にさえ、もはや嫌悪《けんお》は感じなか

った。跳ね踊っているそのものに突き出た額を打たれて、舌先に捕えようとつとめながら、侏儒は、

(自分は二人の快楽に協力しているのだ、二人がいっそう仲良くなるように、これでも一所懸命やっているのだ。……この状態は、何といい気持ちなのだろう。何と居心地がよく、悲しいけれど快いのだろう)

と考えてさえいた。

しかし、この惨《みじ》めな幸福さえも、長くはつづかないのだった。

次の出演地は、福島市のキャバレーだった。そこに乗りこんで、昼間の下調べに市内をまわっているときに、ストリップ劇場の看板に、ある名前を見つけた。恩田が以前につきあっていた女――というより、むしろ本妻的な待遇をしていながら、彼が新しく作った一座には、どうしても加わろうとしなかった女だった。

写真入りの出演者を見ている恩田とメリーのあいだに、一瞬、気まずい空気が流れた。恩田が吐きすてるように、

「ふん、なんだこんな婆《ばば》ァ。もうこっちからお断りや」

と言って、その場は解決した。

ところがその夜、メリー倉橋と釜足がショウを終って、楽屋に帰ってみると、恩田

の姿がなかった。

恩田が帰ってきたのは、午前二時を過ぎていた。いらいらしながら入浴し、着替えをすませ、タバコをつづけざまに喫《す》って待っていたメリーが嚙みついた。

「あの女に会ってきたんだろう。ちゃんと判っているんだから」

恩田もなぜか、いらいらしていた。けわしい目をむけた。

「行ってきて悪いか。おれの勝手だ」

「ヒイッ」

とメリーは叫ぶと、恩田にしがみついた。恩田はそれを突き倒し、馬のりになり、拳を固めて、メリーの顔を殴りはじめた。これほど烈しい喧嘩《けんか》は、いままでになかった。

「釜チャン、釜チャン」と、太い腿をばたつかせながら、メリーは叫んだ。「何してるの、この男を殺して。こいつを殺して。殺して。かまわないから」

ほとんど無意識に、釜足は手近にあった、重いものをつかんでいた。力いっぱい、それを恩田の頭に打ちおろした。

骨の陥没する響きがした。恩田はぐたり、と頭を垂れ《こうべ》、メリーに重なった。それをつきとばして、メリーは立ち上がった。

恩田の口から、血が流れはじめた。

メリー倉橋は、ギリギリと歯を喰いしばった。

「何をしたのっ」

と、叫んだ。

「あたしの恩田に。あたしの恩田を、どうしたの。さあ、もとのようにして戻せっ。人殺し。人殺し」

幼いときからお馴染《なじ》みの、裏切られた、という思いが、静かに湧《わ》きあがってきた。機械的に釜足は手をふりあげた。メリーの頭の上に打ち下ろした。メリーは叫びかけた形相のまま、急に目をみひらいた。眼球が半ば飛び出したのだった。目のまわりと、鼻から血をふき出しながら、メリーはうつぶせになった。

固くにぎりしめていた凶器に、釜足ははじめて目を落とした。

故郷を出奔したとき、伯父のリソペディオンを打ちくだいたのと、まったく同じ形の、大道具用の金鎚《かなづち》だった。

十日ほどのちに、釜足は生まれ故郷の村に帰ってきた。藪《やぶ》のあいだにひそみ、生家のまわりをすでに、私服の警官がうろついているのを見定めた。そのまま向きをかえて、なつかしい鍾乳洞にやってきた。

途中までの山道は鋪装《ほそう》され、穴の入口にはものものしい看板が立っていた。しかし、人の姿はなかった。中は蛍光燈で明るく、ところどころ鉄板がしいてあったが、それも途中までだった。

銀世界を降り、竜宮城をすぎた。懐中電燈はもってこなかったけれども、釜足の目は昔とおなじように、暗いなかでよく利いた。

豪壮な灰いろの宮殿や、形だけは華麗な灰いろの花々や、巨鯨の臓物めいた形象もあいかわらずだった。濃い石灰乳のなかで石化しつつある蛇の屍骸《しがい》も、以前のままだった。ただ、彼が打ちくだいた伯父の石汁地蔵だけは、あとかたもなくなっていた。

身をよじって、釜足は洞窟《どうくつ》のいちばん奥の石灰乳のしたたる、細い通路にもぐりこんだ。もし警官が気がついたとしても、ここまでは入られぬにちがいなかった。四つん這いになって、数十メートル進んで、やっと居心地のいい、あたたかいくぼみをみつけて、坐りこんだ。

(ここなら安心や。ここで死ぬんや。そう決めて、逃げてきたんや)

たしかにここなら、万一発見されても、逮捕の方法がないわけだった。

逃走の途中で買いあつめた睡眠薬を侏儒はすべて掌《てのひら》にあけて、口に入れた。苦い、舌のしびれる感じを我慢しながら、何度にもわけて、のみ下した。

眠気が強まるとともに、白い霧のようなものがうずまいて、彼をおしつつんだ。わあん、という霊の唸《うな》りが聞えはじめた。霧はだんだんと女の、母親の形に凝《こご》ってきた。

（やっぱり、ここがいちばん居心地のよかばい。母ちゃん）

母親のまぼろしは、微笑してうなずいた。

（母ちゃんといっしょにいるのが、いちばん好きや。これからずっと、ここにいることに決めた。よかろう？ 母ちゃん）

母親はまた微笑した。白い手をのばして、釜足に触れた。溶けるような快感が、彼を浸した。

濃い石灰乳が一滴、釜足の額に散った。やすらかな寝息を立てはじめた侏儒の体を、一滴、また一滴と、白い液体がおおいはじめた。

こうして、大分県大野郡山中の、一鍾乳洞の奥では、何万年もかけてまた一つ、新しい石汁地蔵が出来はじめたのだった。

三島由紀夫と新選組

人生最後の仕事として新選組を構想している。しかし普通の手法では例えば司馬氏に、はるかにはるかに及ばない。奇手が必要だ。そこで今流行の劇画の手法をとりいれることにした。

たとえば現代人をワープさせて新選組に入隊させるとか。当然週刊誌向きの作品になるだろう。ただし劇画は手段であくまで文章による仕事だ。

長編にして話をふくらませて三島由紀夫をぜひ登場させたい。実はそっくりの人物がいるのだ。新選組に極めて重要なかかわりを持つ実在の人物が。

しかし三島は新選組に入隊させるには剣術が下手すぎる。ちゃんと切腹できたことだけでは資格があるが。

三島に転生した、と思われる新撰組関連の重要キャラクターとは？　ふたりとも色白の秀才で口舌文章の徒。隊士を集め、最後に驚天動地の勤王演説をぶち、まもなく斬死《きりじに》する。母親への執着があったのではと思われる点まで共通している。大変な才能をもちながら、どこかいかがわしさが付きまとう印象まで共通だ。

そう、三島は過去の自分をなぞって生き、なぞって死んだのだ。

さて、三島の過去の自分とはだれだ？

新選組の母体となる隊士を集め、横浜外人焼き打ちで幕府を攘夷《じょうい》に決起させようとして失敗した出羽の人清河八郎《きよかわはちろう》だ。あまりに似すぎているので三島八郎として登場させたいくらいだ。もっとも清河は近藤土方《ひじかた》沖田とほとんど無縁だが、長編にするのでなんとかからませられそうだ。

三島は果たして清河八郎の転生なのか？　事実三島は転生にこだわっていた。彼は過去の自分、清河八郎をなぞって生き、なぞって死んだとしか思えないが、未来の三島は今どこかに生まれているのか？　チベットのあたりか？

三島清河転生説の最大の難点は清河が北辰《ほくしん》一刀流の剣聖千葉周作の門人だったことだ。剣技では二人は絶対に同一人の転生ではありえない。劇画を文章にするのが基本コンセプトなのだが、それでもムリだ。

三島清河転生の件は三島と親交のあった美輪明宏《あきひろ》さんに聞いてみたい気がする。いや美輪さんを煩《わずら》わすのは申し訳ない。たまたま拙宅では小狸《こだぬき》が三匹くんずほぐれつしていてかわいいったらない。つかまえて腹を叩《たた》く予定だったがやめて、こいつらに三島転生の件を聞いてみようかと思う。狸は魔性のものだし恩返しをするというから。だいぶ餌《えさ》もやったことだし。

二〇二一年五月

宇能鴻一郎

解説

篠田節子

「白玉か何ぞと人の問ひしとき　露と答へて消えなましものを」の『伊勢物語』芥川《あくたがわ》の顚末《てんまつ》を、かなり長い間、誤って記憶していた。

ある男が恋い焦《こ》がれた高貴な身分の女性を盗み遁走《とんそう》したところ、芥川のほとりで雷雨に見舞われ、女を蔵の奥に入れ入り口を守っていたが、夜が明けてふと見やると女は鬼に食われてしまい跡形もない。実のところは追ってきた親族の男たちによって取り返されてしまったのであるが……。

この話を私は、「男が食べ物や衣類を女のために調達しようと里に下り、戻ってきてみると、小屋の中で女は凍死していた」と覚えていたのだ。

なぜそんな記憶が作られたのか。本書、宇能鴻一郎「姫君を喰《く》う話」の印象があまりに鮮烈だったからだ。

あれは中学三年生の冬、庶民の家に子供の勉強部屋などない時代のことで、私は受験問題集を抱えて都立図書館の閲覧室に通っていたのだが、もともとそう勉強好きな方でもない。しかも四方は誘惑に満ちた本の壁であるから、机に向かうよりは、手当たり次第、そこにある本を取っては通路にしゃがみ込んで読みふけることになる。図書館の本には「純文学」、「ミステリー」、「エンタテインメント」、「ポルノ小説」といった偏狭《へんきょう》な仕切りなどない。ただ「日本の小説」と分類されるだけだ。何と宇能鴻一郎という作家にふさわしいことだろう。そこでまったく偶然に「姫君を喰う話」に出会った。

導入は、女子中学生にとっては食欲が減退しそうな内臓料理の蘊蓄《うんちく》で、続いて第一の語り手「私」がモツ焼き屋で出会った無遠慮な客に、性と食についての悪趣味な話を延々と聞かせる場面となる。子供にとって生理的嫌悪《けんお》感を催す話ばかりだが、いやらしい大人の世界への好奇心いっぱいで読み進む。後半、語り手が「虚無僧《こむそう》」に変わると、雰囲気は一変。流麗な語り口で不穏さを秘めた物語文学が始まる。斎宮《いつきのみや》が禊《みそ》ぎを行う桂川《かつらがわ》の対岸に立ち上る鬼火、水につけられ震えている斎宮を気遣う警護の武者の気持ちが恋慕に変わり、野の宮の縁の下での何とも匂《にお》やかな情交場面に移っていく。やがて御所の中で不穏な噂《うわさ》が立ち、斎宮の追捕《ついぶ》を怖《おそ》れた武者は姫君を背負い鞍馬《くらま》の山中へと逃げるのだが……。

愛情と執着が食人に繋《つな》がるテーマは『雨月物語』の「青頭巾《あおずきん》」にも通じる。

ただしこの小説の原典は、『伊勢物語』でも『雨月物語』でもなく、平安後期の秘画絵巻『小柴垣草紙《こしばがきぞうし》』である。物語の流れは「姫君を喰う話」と重なるが、結末は密通した斎宮が野の宮から放逐されて終わる。また内容もそのものずばりの性交場面であり、宇能鴻一郎の描き出した精緻《せいち》で詩情溢《あふ》れる官能描写や鬼と化した武者の厳粛な悲しみとはまったく無縁な内容である。

「鯨神《くじらがみ》」は昭和三十六年度、第四十六回芥川賞受賞作であり、著者の代表作の一つとされる。明治初期、捕鯨で栄えた九州の小漁村を舞台に、親族の多くを巨鯨に殺された刃刺しの青年が、巨鯨と凄絶《せいぜつ》な戦いを繰り広げる。

主人公と流れ者の紀州男、幼なじみの女、鯨名主とその娘、登場人物たちの生き生きとした動きと、主人公の真《ま》っ直《す》ぐな心情、産業としての鯨漁を超えてたかが海の哺《ほ》乳類《にゅうるい》と命のやりとりをする漁師たちの矜持《きょうじ》。何ともみずみずしく勇壮な作品で、老練な文章を駆使しながらも二十代の若者の才気とエネルギーがほとばしる。土俗的世界を舞台に単なる巨鯨と人との戦いを描いた冒険小説ではないことは、「鯨神」というタイトルからして明らかだ。生と性と死が濃密に関わり合う村落社会の中で、荒ぶる神であるとともに、豊穣《ほうじょう》をもたらす神としての巨大な哺乳類への畏敬《いけい》の念が捕鯨の技術とともに継承されてきたことが作中のエピソードにうかがえる。これは神に挑んで神を殺した英雄の物語でもあり、主人公の苦痛に満ちた最期《さいご》に鯨神と一体化していく描写に漂うのは、土俗を超えた宗教的感情である。

こちらと「西洋祈りの女」も含めた宇能鴻一郎の初期作品については、よく「土俗的世界」という言葉が使われる。東京大学文学部国文科博士課程中退というプロフィールと著者写真のお坊ちゃま的な風貌《ふうぼう》が禍《わざわい》したのか、しばしばその「土俗的世界」をインテリ文士（死語）の作り出した観念的小説世界と解釈する向きがあるようだが、作品を読む限り作家の身体感覚が捉《とら》えた日常の記憶の積み重なりの上に構築された物語に思える。

最新作『夢十夜―双面神ヤヌスの谷崎・三島変化』は、本人とおぼしき作家が登場し、もちろんその人物を宇能鴻一郎その人と見ることはできないが、それでも、終戦で満州から引き上げてきた後、一家で開拓地に入った、という経歴はおそらく事実であろう。たとえそれが虚構であったとしても、学童疎開《そかい》か何かで優雅ならざる「田舎暮らし」を経験しているのではないか。村落共同体の相互監視と差別的抑圧的空気を嫌というほど吸いながら、草刈りや蛇捕り、豚の餌《えさ》やりといった一連の労働を、宇能鴻一郎という作家は経験しているように思われる。

「西洋祈りの女」の中のそうした村落の空気は、「鯨神」に比べてもなお濃密で、谷《たに》間《あい》の村や川の風景、人々や家畜の描写も息を飲むほど生々しく実在感を帯びている。夏の村に弾《はじ》ける、この上なく野卑で活力に満ちた生存と生殖の営み、その一方で力尽きて死んでいくものや喰われるものとの対比が鮮やかだ。

そんな場所に来訪神が降り立つ。村長の招きで訪れた病気封じの祈禱師《きとうし》は西洋風の出《い》で立《た》ちをした子連れの女。神秘の衣をまといつけ、西洋風の祈りで病人を癒《い》やす貞節な未亡人。尊敬の念と憧憬《しょうけい》を持って迎えられる一方で、生命力を持て余した青年たちや、退屈な日常を生きる女たちの好奇心を刺激する。

生命力が爆発する真夏の日盛りの中で、一人の青年の憑《つ》かれたような行動が、来訪神の仮面を剝《は》がす。仮面が落ち、神通力が失われた女は子供を連れて村を追われ、悲劇の幕が閉じる。

これもまたただの祈禱師陵辱の物語ではなく、神殺しの儀礼を描いた神話的作品であり、「鯨神」よりもさらにそのテーマ性が際立《きわだ》っている。

「パンティ」「スリップ」はもちろんのこと「ズボン」さえもはや死語となりつつある時代に読む「ズロース挽歌《ばんか》」。以前、『監禁淫楽《いんらく》』というタイトルのアンソロジーで私の短編も一緒に収録された。その折、巻頭を飾る作品を書いた女性作家と電話でやりとりし、このタイトルに女二人で爆笑した覚えがある。

女子高校生誘拐監禁事件に題材を取り、作家である「私」が受刑者に取材するという形を取る。実際に起きたいくつかの事件は、解放された女性の奪われた歳月と癒されることのない精神的な傷を思えば、犯人の卑劣さが際立つ許しがたい犯罪なのだが、宇能鴻一郎の豊かな表現力によって作り出された物語の中で印象的なのは、成熟し損なった男の悲しみと、すべてを運命と諦《あきら》めて飲み込み開き直る年若い女性のたくましさだ。こうした題材を扱いながら、陰惨な性や、紋切り型で空疎な女性像とは無縁に、悲しいユーモアを漂わせた上質な作品を書かせたものは、「リソペディオンの呪《のろ》い」の主人公の次の言葉として語られる作者の感性かもしれない。

「巨大な男根を誇示しつつ、のしかかってゆくのは、快楽の種類に奥行きがなくてつまらない。(中略) あまりに通俗すぎ、荒っぽすぎる。こんなことでいい気持になる男は、よっぽど官能の素質を欠いている人間だろう」

官能小説大家の面目躍如である。

「リソペディオンの呪い」に登場するのは、大分県に実在する鍾乳洞《しょうにゅうどう》、大正十五年に発見された風連洞窟《ふうれんどうくつ》だ。作者は観光か何かでかつてこの場所を訪れたのだろうか。まずはその精妙な描写で、神秘的な洞窟世界に読者を誘《いざな》う。洞窟を母親の胎内に見立てた聖地はいくつか実在するが、そこに生と性と死を繋ぐ円環のようなものを見るのは自然なことなのかもしれない。そうした洞内の窪《くぼ》みの一つに、通路に背を向けるように立つ地蔵を思わせる石筍《せきじゅん》があった。

地元の村の開明的な村長がひょんな理由からその地蔵を破壊させてしまったことから異様な現象が起き、不幸な出来事が一族を襲う。

これだけでは月並みな因縁話だが、そのかつて地蔵のあった場所に、生まれ出ずることが叶《かな》わないまま母親の胎内で数十年を過ごし石化した胎児が納められる、となると何とも不気味な色合いを帯びてくる。

それを石地蔵の呪いや祟《たた》りと見るか、単なる遺伝子配列上の小さな誤りと見るかは、各人の知性に関わってくることだが、やがて村長の孫にあたる男の子に障害が現れる。母親は亡《な》くなり、父は事業に失敗したことから精神障害を発症し入院、親類も残された少年と関わりになることを避ける。

唯一《ゆいいつ》、彼を受け入れてくれるのは、母の胎内を象徴し生と死の円環を繋ぐその洞窟だ。そこで彼は、自らの伯父である石化した胎児と対面することになる。閉塞感《へいそくかん》に覆《おお》われた村を捨てた後、彼はささやかな居場所を見つけ出すが……。

障害を背負った男の孤独と諦念《ていねん》、亡き母親への思慕の情が伝わってきて、何とも切ない気分に見舞われる一編だ。

「名にし負うくんち見むとて長崎に遊びしはいつの年なりけむ……と江戸文人の風雅に倣《なら》って書きだしたいのだけれども、生憎《あいにく》はっきりと覚えている。おととしの十月、よく晴れた数日のことで、南国の陽ざしはまだ烈《はげ》しいものの風は涼しさを加えており、白壁や石畳の隅々には水飴《みずあめ》を引きのばしたような透明な翳《かげ》りが落ちていて、祭りに湧《わ》きたつ街なかをそぞろ歩くには、うってつけの陽気であった」

見事としか言いようのない冒頭の長文から、長崎くんちの賑《にぎ》わいが空気感を伴って肌に、鼻腔《びこう》に、伝わってくる。

「花魁小桜《おいらんこざくら》の足」は短編集に収められるたびに、加筆修正がなされたようで、右の文章は平成十七年刊『べろべろの、母ちゃんは……』(出版芸術社)に収録されたヴァージョンだ。

長崎を訪れた作家が、部屋に呼んだ按摩《あんま》——老検校《けんぎょう》といった風情《ふぜい》の盲目の粋人——に誘われ、夜の出島の廃園でかつてこの地で起きた花魁の殉教物語を聞くことになる。

本書ではあっさり触れられる花魁と甲比丹《カピタン》の交流や、彼女を殉教へと誘導する通詞の野心と変態ぶりがこの平成十七年ヴァージョンでは存分に描かれ、小桜の決意と覚悟が必然性を帯び、ラストの鮮やかなどんでん返しに読者は喝采《かっさい》するわけだが。

本書、令和三年ヴァージョンで焦点が当てられるのは、そのどんでん返しの部分で、キリシタン改めの踏絵を前にして、なぜ小桜がそうした行動を取るに至ったかの経緯が伏線としてより丁寧に描かれる。

文学好きの読者ならもう気づかれたことだろう。

「雲のかなたにそびえる高峰」と宇能鴻一郎が讃える文豪谷崎潤一郎の「瘋癲《ふうてん》老人日記」で、自分が執心する嫁の足形を墓石に刻みつけ、死後も踏まれ続けることを切望する老人が登場するのだが、本書では銅板に刻みつけられたキリストを無垢な若い花魁の生身の足が踏みつける。何とも鮮やかな対称図形に、単なるオマージュを超えた作家の創造力を見る。いずれにしても平成十七年版と併せて読むと、いっそう味わい深いものがある。

ところで谷崎はともかくとして、宇能がなぜ三島由紀夫にこだわり、巻末エッセイでまで触れているのか、私にはわからない。

市ケ谷駐屯地の事件が起きたのが私の中学三年生のときで、以降、友人やボーイフレンドたちに話題を合わせるためにいくつかの三島作品を読み、その後も再読しているものの、今に至るまでまったく印象に残っていないのだから、そのテーマ、文体、センスとよほど相性が悪いのだろう。

ときおりネットの投稿などで、宇能鴻一郎について、「三島事件に衝撃を受けて純文学の筆を折りポルノ作家に転向」などと書かれた文章を目にするが、悪い冗談、としか思えない。宇能鴻一郎が「純文学業界」で活動していた時期と、女性一人称文体の官能小説で一世を風靡《ふうび》した時期の間には十年の開きがあり、その間に本書に収録されたような傑作群がある。

そもそもがデビュー作「光りの飢え」から「地獄銛《もり》」「菜人記」に至る初期作品にしても純文学の檻《おり》（枠ではない）にはとうてい収まらない、ストーリー性とテーマ性、迫力ある描写を併せ持った大きな作品群で、宇能鴻一郎は今、再評価されるべき作家なのではなかろうか。


（令和三年五月、作家）

初出一覧

「姫君を喰う話」「小説現代」一九七〇年三月号
「鯨神」「文學界」一九六一年七月号
「花魁小桜の足」「小説現代」一九六九年一一月号
「西洋祈りの女」「新潮」一九六二年三月号
「ズロース挽歌」「問題小説」一九六九年一〇月号
「リソペディオンの呪い」「問題小説」一九七〇年九月号

本書は新潮文庫のために編まれたオリジナル作品集である。
編集にあたり、各作品の底本は左記に拠った。

「姫君を喰う話」(七北数人編『猟奇文学館3　人肉嗜食』所収　ちくま文庫)
「鯨神」(宇能鴻一郎『鯨神』所収　中公文庫)
「花魁小桜の足」
(宇能鴻一郎『夢十夜　双面神ヤヌスの谷崎・三島変化』所収　廣済堂出版)
「西洋祈りの女」(宇能鴻一郎『鯨神』所収　中公文庫)
「ズロース挽歌」(七北数人編『猟奇文学館1　監禁淫楽』所収　ちくま文庫)
「リソペディオンの呪い」
(宇能鴻一郎『ふしぎ文学館　べろべろの、母ちゃんは……』所収　出版芸術社)

「花魁小桜の足」は、同名の短編を、単行本『夢十夜』の一部として著者が再構成し、同書50~70頁に収めたものをテキストとして使用した。

本作品中には、今日では不適切とされる語句や表現がありますが、舞台となる時代設定を鑑み、あえて使用しています。（編集部）

篠田節子著
仮想儀礼（上・下）
柴田錬三郎賞受賞

金儲け目的で創設されたインチキ教団。金と信者を集めて膨れ上がり、カルト化して暴走する――。現代のモンスター「宗教」の虚実。

篠田節子著
銀婚式

男は家庭も職場も失った。混迷する日本経済を背景に、もがきながら生きるビジネスマンの「仕事と家族」を描き万感胸に迫る傑作。

篠田節子著
長女たち

恋人もキャリアも失った。母のせいで――。認知症、介護離職、孤独な世話。我慢強い長女たちの叫びが圧倒的な共感を呼んだ傑作！

篠田節子著
蒼猫のいる家

働く女性の孤独が際立つ表題作の他、究極の快感をもたらす生物を描く「ヒーラー」など、濃厚で圧倒的な世界がひろがる短篇集。

新潮文庫編
文豪ナビ 谷崎潤一郎

妖しい心を呼びさます、アブナい愛の魔術師――現代の感性で文豪作品に新たな光を当てた、驚きと発見がいっぱいの読書ガイド。

谷崎潤一郎著
痴人の愛

主人公が見出し育てた美少女ナオミは、成熟するにつれて妖艶さを増し、ついに彼はその愛欲の虜となって、生活も荒廃していく……。

谷崎潤一郎著

陰翳礼讃・文章読本

闇の中に美を育む日本文化の深みと、名文を成すための秘密を明かす日本語術。文豪の精神の核心に触れる二大随筆を一冊に集成。

谷崎潤一郎著

刺《し》青《せい》・秘密

肌を刺されてもだえる人の姿に、いいしれぬ愉悦を感じる刺青師清吉が、宿願であった光輝く美女の背に蜘蛛を彫りおえたとき……。

谷崎潤一郎著

春琴抄

盲目の三味線師匠春琴に仕える佐助は、春琴と同じ暗闇の世界に入り同じ芸の道にいそしむことを願って、針で自分の両眼を突く……。

谷崎潤一郎著

猫と庄造と二人のおんな

一匹の猫を溺愛する一人の男と、二人の若い女がくりひろげる痴態を通して、猫のために破滅していく人間の姿を諷刺をこめて描く。

谷崎潤一郎著

吉野《よしの》葛《くず》・盲目物語

大和の吉野を旅する男の言葉に、失われた古きものへの愛惜と、永遠の女性たる母への思慕を謳う「吉野葛」など、中期の代表作2編。

谷崎潤一郎著

蓼《たで》喰《く》う虫

性的不調和が原因で、互いの了解のもとに妻は新しい恋人と交際し、夫は売笑婦のもとに通う一組の夫婦の、奇妙な諦観を描き出す。

谷崎潤一郎著

卍（まんじ）

関西の良家の夫人が告白する、異常な同性愛体験――関西の女性の艶やかな声音に魅かれて、著者が新境地をひらいた記念碑的作品。

谷崎潤一郎著

少将滋幹《しげもと》の母

時の左大臣に奪われた、帥の大納言の北の方は絶世の美女。残された子供滋幹の母に対する追慕に焦点をあててくり広げられる絵巻物。

谷崎潤一郎著

細（ささめゆき）雪
毎日出版文化賞受賞（上・中・下）

大阪・船場の旧家を舞台に、四人姉妹がそれぞれに織りなすドラマと、さまざまな人間模様を関西独特の風俗の中に香り高く描く名作。

谷崎潤一郎著

鍵・瘋癲《ふうてん》老人日記
毎日芸術賞受賞

老夫婦の閨房日記を交互に示す手法で性の深奥を描く「鍵」。老残の身でなおも息子の妻の媚態に惑う「瘋癲老人日記」。晩年の二傑作。

新潮文庫編

文豪ナビ　三島由紀夫

時代が後から追いかけた。そうか！　早すぎたんだ――現代の感性で文豪の作品に新たな光を当てる、驚きと発見に満ちた新シリーズ。

三島由紀夫著

手長姫　英霊の声
―1938－1966―

一九三八年の初の小説から一九六六年の「英霊の声」まで、多彩な短篇が映しだす時代の翳、日本人の顔。新潮文庫初収録の九篇。

三島由紀夫著
春の雪
（豊饒の海・第一巻）
大正の貴族社会を舞台に、侯爵家の若き嫡子と美貌の伯爵家令嬢のついに結ばれることのない悲劇的な恋を、優雅絢爛たる筆に描く。

三島由紀夫著
奔馬
（豊饒の海・第二巻）
昭和の神風連を志した飯沼勲の蹶起計画は密告によって空しく潰える。彼が目指したものは幻に過ぎなかったのか？　英雄的行動小説。

三島由紀夫著
暁の寺
（豊饒の海・第三巻）
〈悲恋〉と〈自刃〉に立ち会った本多繁邦は、タイで日本人の生れ変りだと訴える幼い姫に出会う。壮麗な猥雑の世界に生の源泉を探る。

三島由紀夫著
天人五衰
（豊饒の海・第四巻）
老残の本多繁邦が出会った少年安永透。彼の脇腹には三つの黒子がはっきりと象嵌されていた。〈輪廻転生〉の本質を劇的に描いた遺作。

山田詠美著
ベッドタイムアイズ・指の戯れ・ジェシーの背骨
文藝賞受賞
視線が交り、愛が始まった。クラブ歌手キムと黒人兵スプーン。狂おしい愛のかたちを描くデビュー作など、著者初期の輝かしい三編。

大塚ひかり著
本当はエロかった昔の日本
日本は「エロ大国」だった！『源氏物語』など古典の主要テーマ「下半身」に着目し、性愛あふれる日本人の姿を明らかにする。

有吉佐和子著
紀ノ川
小さな流れを呑みこんで大きな川となる紀ノ川に託して、明治・大正・昭和の三代にわたる女の系譜を、和歌山の素封家を舞台に辿る。

松沢呉一著
マゾヒストたち
―究極の変態18人の肖像―
女王様の責め苦を受け、随喜の涙を流す男たち。その燃えたぎるマゾ精神を語る。好奇心と探究心を刺激する、当世マゾヒスト列伝！

松浦理英子著
奇貨
孤独な中年男の心をとらえたのは、レズビアンの親友が追いかけた恋そして友情だった。女と男、女と女の繊細な交歓を描く友愛小説。

前川裕著
魔物を抱く女
―生活安全課刑事・法然隆三―
底なしの虚無がやばすぎる!! 東京の高級デリヘル嬢連続殺人と金沢で死んだ女。泉鏡花が結ぶ点と線。警察小説の新シリーズ誕生！

泉鏡花著
歌行燈・高野聖
淫心を抱いて近づく男を畜生に変えてしまう美女に出会った、高野の旅僧の幻想的な物語「高野聖」等、独特な旋律が奏でる鏡花の世界。

太宰治著
お伽《とぎ》草紙
昔話のユーモラスな口調の中に、人間宿命の深淵をとらえた表題作ほか「新釈諸国噺」「清貧譚」等5編。古典や民話に取材した作品集。

新潮文庫最新刊

恩田陸・阿部智里
宇佐美まこと・彩藤アザミ
澤村伊智・清水朔
あさのあつこ・長江俊和 著

あなたの後ろにいるだれか
―眠れぬ夜の八つの物語―

恩田陸の学園ホラー、阿部智里の奇妙な怪談、澤村伊智の不気味な都市伝説……人気作家が競作、多彩な恐怖を体感できるアンソロジー。

末盛千枝子著

「私」を受け容れて生きる
―父と母の娘―

それでも、人生は生きるに値する。美智子様のご講演録『橋をかける』の編集者が自身の波乱に満ちた半生を綴る、しなやかな自叙伝。

益田ミリ著

マリコ、うまくいくよ

社会人二年目、十二年目、二十年目。同じ職場で働く「マリコ」の名を持つ三人の女性達の葛藤と希望。人気お仕事漫画待望の文庫化。

S・シン
青木薫訳

数学者たちの楽園
―「ザ・シンプソンズ」を作った天才たち―

アメリカ人気ナンバー1アニメ『ザ・シンプソンズ』。風刺アニメに隠された数学トリビアを発掘する異色の科学ノンフィクション。

M・キャメロン
田村源二訳

密約の核弾頭（上・下）

核ミサイルを積載したロシアの輸送機が略奪された。大統領を陥れる驚天動地の陰謀とは？　ジャック・ライアン・シリーズ新章へ。

企画　新潮文庫編集部

ほんのきろく

読み終えた本の感想を書いて作る読書ノート。最後のページまで埋まったら、100冊分の思い出が詰まった特別な一冊が完成します。

姫《ひめ》君《ぎみ》を喰《く》う話《はなし》

宇能鴻一郎傑作短編集

新潮文庫　う－28－1

令和三年八月一日発行

著者　宇《う》能《の》鴻《こう》一《いち》郎《ろう》

発行者　佐藤隆信

発行所　株式会社 新潮社

郵便番号　一六二―八七一一
東京都新宿区矢来町七一
電話 編集部(〇三)三二六六―五四四〇
読者係(〇三)三二六六―五一一一
https://www.shinchosha.co.jp

価格はカバーに表示してあります。

乱丁・落丁本は、ご面倒ですが小社読者係宛ご送付ください。送料小社負担にてお取替えいたします。

印刷・株式会社三秀舎　製本・株式会社植木製本所

ISBN978-4-10-103051-7 C0193